KB116892

천사들의
탐정

# 天使たち
# の探偵

**天使たちの探偵**

TENSHI TACHI NO TANTEI

by Ryo Hara

# 천사들의 탐정

# 天使たちの探偵

하라 료

권일영 옮김

비채

날개 없는 천사들에게

마치 다른 세상인 듯 이 세계를 도려내 보여준

두 거장, 르네 클레망과 구로사와 아키라에게 감사드린다.

# 차 례

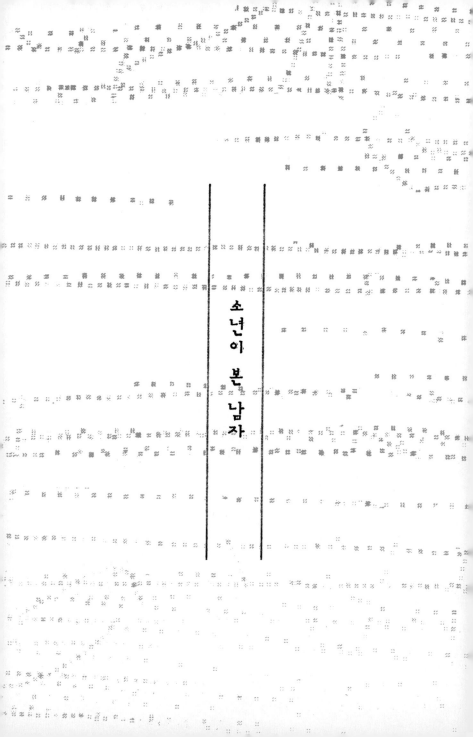

소년이 본 남자

# 1

　장마철로 접어든 어느 금요일 오후였다. 소년은 빗물이 뚝뚝 떨어지는 어린이 교통안전용 노란 우산을 들고 사무실 문 앞에 서 있었다. 짙은 빨간색 운동복도 비에 젖었다. '근로기준법'에 따르면 열다섯 살 미만 어린이는 고용하지 못한다. 설사 학교에 다니지 않더라도 열두 살 미만 어린이를 고용하는 일은 위법이다. 아니, 그게 문제가 아니다. 열두 살 미만 어린이가 탐정을 고용할 수 있느냐는 게 문제였다. 그런 어린이 앞으로 발행한 탐정 비용 청구서가 정당한 것으로 받아들여질까……? 소년이 사무실 문을 열고 들어왔을 때 맨 먼저 그런 생각이 들었다.

　"뭐니?"

　나는 당황스러움을 감추지 못하고 물었다.

소년은 "저어……"라고만 하고는 이미 물웅덩이가 되어가는 사무실 바닥으로 눈길을 떨어뜨렸다.

"장난이라면 상대해줄 시간 없다." 내가 말했다. "볼일이 있다면 우산을 문밖 벤치 옆에 두고 오렴."

소년은 시키는 대로 하고 돌아왔다. 다시는 못 오게 무섭게 대하지 않은 것은 잘못이었다. 읽고 있던 오타케 히데오의《포석의 방향》에 필터 없는 '피스' 빈 담뱃갑을 책갈피 대신 끼웠다. 흑돌을 들고 필승을 기두는 방법이라는 슈사쿠류<sub>에도시대의 바둑 명인인 혼인보 슈사쿠가</sub> <sub>사용한 포석 스타일</sub>를 설명한 페이지였다.

"문을 닫고 이쪽 의자에 앉아야지."

나는 의자에서 일어나 로커 쪽으로 갔다. 수건을 꺼내 손님용 의자에 앉으려는 소년에게 휙 던졌다.

"괜찮아요. 젖어도 아무렇지 않으니까요……."

소년이 수건을 돌려주려고 했다.

"보는 내가 감기 걸리겠다. 얼른 닦아."

소년은 시킨 대로 했다. 운동복 상의 아래로는 검은 반바지 차림에 무릎 근처까지 올라오는 흰색 양말, 검은 운동화를 신고 있었다. 머리에는 '야쿠르트 스왈로스'의 야구모자를 썼다. 나는 어린애라면 작년 일본 프로야구 우승팀 모자를 써야 하는 거 아닌가 싶었다. 사실─십이 년 전에 와타나베라고 당시 파트너가 사무실을 잠깐 비우는 바람에─ 처음 혼자서 의뢰인을 맞이했을 때 이상으로 흥분한 상태였다.

"무슨 일이지?"

책상으로 돌아와 새 담뱃갑을 뜯고 담배를 꺼내 불을 붙였다. 소년은 수건을 들고 닦던 손길을 멈추고 진지한 표정으로 대답했다.

"보디가드가 되어주세요."

"뭐라고? ……너, 왕따 당하니? 다른 애들이 괴롭히지 못하도록 지켜달라고 하는 건 아닐 테지?"

"내 보디가드가 아니고요. 어떤 여자를 지키는 거예요."

"호오…… 여자라고? 누구?"

소년은 잠시 생각하더니 조심스러운 목소리로 물었다.

"경호를 맡아줄 건가요?"

제법 그럴듯하게 거래를 제안했다. 열 살쯤 되어 보이는 소년은 키가 140센티미터 정도, 햇볕에 그을린 얼굴에 반짝이는 눈빛은 진지해 보였다. 그리고 방금 생각났다는 듯이 이렇게 덧붙였다.

"돈은 있어요. 그 사람을 내일 아침까지 지켜주는 데 얼마나 들죠? 여기 오만 엔이 있는데 모자라면……."

"잠깐만, 꼬마야." 내가 말했다. "다시는 돈 이야기 꺼내지 마. 난 너 같은 꼬마에게 고용되고 싶지 않아. 또 돈 이야기를 꺼내면 바로 문밖으로 쫓아낼 거야. 알겠니?"

소년이 흠칫 놀라 수건을 떨어뜨리더니 얼른 집어들면서 고개를 끄덕였다.

"내 말은, 어린이인 네가 어른인 나한테 도움을 받고픈 일이 있는데 그게 내가 할 수 있는 일이라면 도와주겠다는 거야. 하지만 나보다 네 부모님이나 학교 선생님, 또는 경찰이 너를 더 잘 도와줄 수 있다고 판단되면 그쪽으로 넘길 거야. 무슨 말인지 알겠지?"

소년은 나를 뚫어져라 바라보았다. 거짓이 없는 표정이었다. 하지만 어른이 모두 사악하지는 않듯 어린이라고 다 정직하다고는 할 수 없다.

"그렇지만 제가 설명을 제대로 못해서 경찰이 상대해주지 않을 거예요. 그래서 여기 부탁하러 온 거고요."

나는 메모지를 꺼내며 말했다.

"나는 사와자키……. 네 이름을 가르쳐줄래?"

소년은 잠깐 머뭇거리더니 바로 대답했다.

"에노모토 다이스케榎本大介예요."

요즘 애들 이름은 어쩌된 일인지 같은 한자라도 오스케라고 읽지 않고 다들 다이스케라고 읽는다.

"몇 살, 몇 학년이지?"

"열 살. 요도바시 제4초등학교 5학년이에요."

"주소는?"

"기타신주쿠 3-50, 신주쿠 제2공단아파트 3동 205호."

"전화번호?"

다이스케는 기억을 떠올리는 표정을 지으며 기타신주쿠 지역 국번이 붙은 번호를 불렀다. 나는 담배를 끄고 책상 위에 있는 전화기를 들어 그 번호로 전화를 했다.

"저어……."

다이스케가 뭐라고 하려다가 이내 입을 다물었다. 신호가 네다섯 차례 가더니 저쪽에서 전화를 받았다.

"여보세요, 에노모토입니다."

소년의 어머니이거나 가사도우미로 여겨지는 나이 든 여자 목소리였다.

"다이스케 있습니까?"

내가 물었다. 바로 앞에 있는 본인은 체념한 표정으로 고개를 숙였다.

"다이스케는 친구 집에 놀러간다고 나갔는데요……."

"요도바시 제4초등학교 5학년 에노모토 다이스케네 집이죠?"

"예. 그렇습니다만…… 누구신가요?"

나는 수화기를 내려놓고 소년에게 물었다.

"경호를 해달라는 여성 이름은?"

다이스케는 안도한 표정으로 고개를 들었다.

"니시다 사치코라는 사람이에요."

"어디서 들어본 이름 같구나."

소년은 어안이 벙벙한 표정을 지었다. 이 또래 애들이라면 그런 이름의 유행가 가수는 모르겠지.

"그 사람과 너는 어떤 관계지?"

"어떤 관계라니요?"

"친척인지, 친구인지, 걸프렌드인지, 학교 선생님인지."

"아뇨, 저하고는 관계가 없어요. 전혀 모르는 사람이에요."

"오호…… 경호를 맡으려면 그 사람이 어디 있는지는 알 필요가 있지 않겠니?"

"아, 그건 알아요. 부도심에 있는 '블랙 빌딩' 이층 '디베르티멘토 17'에서 일해요. 보석 가게죠."

"그래? 그럼 니시다라는 사람을 보호해달라고 부탁하는 이유를 들어볼까?"

다이스케는 고개를 끄덕이더니 어린아이답게 빠른 말투로 이야기하기 시작했다.

"오늘은 선생님들이 교직원회의를 하는 날이라 오전 수업만 있어서, 친구들이랑 '가부토 신사'를 지나 집에 가는 길이었어요. 그런데 갑자기 비가 억수같이 쏟아져서 다른 친구는 모두 뛰어갔지만 나랑 마사시는 신사 마루 밑에 숨었죠. 집에 가면 바로 바이올린을 배우러 가야 하니까 조금 더 놀고 싶었거든요……. 마사시한테 빌린《근육맨》만화를 보고 있는데 어떤 남자 두 명이 신사 정면에서 비를 피하며 이야기를 나누기 시작했어요. 처음엔 무슨 이야기를 하는지 듣지도 않았지만 만화를 다 보고 집에 가려는데 한 남자가 '부도심 블랙 빌딩 이층에 있는 디베르티멘토17이라는 보석 가게에 근무하는 니시다 사치코라는 여자를 처치해달라'고 하더라고요."

"처치해달라고 했다고?"

"네."

"처치한다는 게 무슨 뜻이지?"

"그건…… 죽인다는 뜻 아닌가요?"

"그런가? 그래, 그 말을 들은 다른 남자는 뭐라고 대답했니?"

"다른 남자가 '언제까지?' 하고 물었죠. 그러자 '오늘 안으로 처치해'라고 했어요."

"그래서?"

"다른 남자가 '알았다'고 대답했고요."

"두 남자를 봤니?"

"아뇨. 그 이야기를 듣고 무서워져서 신사 마루 밑에 가만있었거든요……. 그래도 두 사람 가운데 어느 쪽인지 모르겠지만 신사에서 나가는 뒷모습은 얼핏 봤어요. 마르고 키가 큰 남자라는 정도만 알 수 있었지만요."

나는 잠시 생각에 잠겼다. 소년은 불안한 표정으로 내 눈치를 살폈다.

"왜 얌전히 바이올린 배우러 가지 않았니?"

"집에 갔더니 선생님이 감기 때문에 오늘 쉬자고 연락을 해서……. 그래서 저금통을 깨서 바로 여기로 온 거예요."

"왜 여기로 찾아왔지?"

"그야 이 건물 옆을 자주 지나다녀서 여기에 탐정사무소가 있다는 걸 알고 있었으니까요. 다른 탐정사무소는 전혀 모르는걸요."

"만화나 텔레비전에 나오는 탐정과 실제 탐정이 다르다는 건 알고 있을 테지?"

"그건…… 그렇지만……."

소년은 당황했다.

"됐어. 방금 한 질문은 잊어라. 그런데 너는 알지도 못하는 여자의 경호를 부탁하기 위해 용돈을 쓰겠다는 거냐?"

"그야…… 사람 생명은 돈보다 중요하잖아요?"

"누구한테 그런 터무니없는 소리를 배웠니? 돈 꺼내봐."

소년은 반바지 주머니에서 접혀 있는 만 엔짜리 지폐를 꺼내 보여주었다. 말대로 다섯 장쯤 되었다.

"알았어. 도로 넣어둬."

소년은 내가 마음이 바뀌어 돈을 받아주지 않을까 하는 표정으로 짐짓 느릿느릿 지폐를 주머니에 넣었다.

"그런데 딱 한 번 들었을 텐데 '디베르티멘토17'이라는 어려운 이름을 용케 외웠구나."

"바이올린 학원에서 듣기 공부 때 늘 클래식을 들려주거든요. 모차르트는 지루하지 않아서 〈디베르티멘토17번〉이란 곡이 있다는 걸 알아요."

나는 담배를 입에 물었지만 불을 붙이지는 않았다. 이 소년의 이야기를 어떻게 받아들여야 좋을지 판단이 서지 않았기 때문이다.

"니시다 사치코라는 사람을 지켜줄 수 있어요?"

다이스케가 물었다.

"고민중이다."

내가 대답했다. 가장 적절하고 옳은 처리는 소년을 데리고 가까운 경찰서로 가는 것일 테지. ―얼간이라는 소리를 들을 각오를 하고서라도.

"저어……."

소년이 의자에서 일어나며 말했다.

"오줌이 마려운데 화장실 좀 갈게요."

"문을 나가서 왼쪽 막다른 곳에 있다."

소년은 의자 등받이에 수건을 걸쳐놓고 사무실 문밖으로 나갔다. 나는 의자에서 일어나 창가로 가서 비안개가 자욱한 주차장 맞은편 큰길을 내려다보았다. 창문에는 파트너와 함께 일하던 시절부터 '와타나베 탐정사무소'란 글자가 페인트로 적혀 있었다. 그걸 보고 다이스케 같은 어린이가 어떤 느낌을 받게 될지 지금까지 한 번도 생각해본 적이 없었다. 어른의 반응이라면 생각해볼 필요도 없었다.

소년이 늦는다는 사실을 깨달은 것은 이 분쯤 지나 담배에 불을 붙였을 때였다. 나는 후다닥 사무실을 뛰어나갔다. 다른 사무실과 함께 쓰는 화장실에는 소년이 보이지 않았다. 대기실 대신 놓아둔 복도 벤치에 있어야 할 노란색 우산도 보이지 않았다. 일단 사무실로 돌아왔다가 퍼뜩 짚이는 게 있어 다시 사무실을 나와 좁은 계단을 달려내려가 건물 출입구 쪽으로 갔다. 자물쇠가 없는 녹슨 우편함을 열어보니 아니나 다를까, 축축하게 젖은 만 엔짜리 지폐 다섯 장이 접힌 채 들어 있었다. 나는 어쩔 수 없이 열 살 꼬맹이에게 고용당하고 말았다.

## 2

부도심에 솟아 있는 고층 빌딩 가운데 하나인 블랙 빌딩은 겉모습만 보고 붙인 별명일 뿐이다. 정식 명칭은 '도신 빌딩'이다. 지하에 도신 전철의 터미널 역이 있고, 건물은 도신 그룹 본사, 도신 백화점, 파크사이드 호텔, 그리고 '블랙 펄스'라고 불리는 사무실 임대 구역 등 모두 네 구역으로 나뉘어 있다. 작년 가을 나는 어떤 사건 때문에 도신 그룹 본사에 들어간 적이 있어서 주변에 있는 다른 건물보다 잘 알고 있다. 목적지인 '디베르티멘토17'이라는 이름의 보석 가게는 '블랙 펄스' 이층 거의 한복판에 있었다.

나는 비스듬히 맞은편에 있는 '제비붓꽃'이라는 카페에 자리를 잡았다. 이미 '디베르티멘토17'에 들어가 니시다 사치코를 만나고 싶다고 해뒀다. 동료 여직원이 니시다는 오전에 거래처에 나가 자리를 비웠지만 늦어도 오후 3시까지는 돌아올 거라고 했다. 나는 계획을 바꾸어 나중에 전화하겠다고 하고 가게를 나왔다. 그러고는 여직원이 알아차리지 못하도록 슬며시 이 카페로 들어왔다. '숯불 로스팅'이라는 곰팡내나는 커피를 한 모금 마시고 신주쿠 경찰서의 니시고리 경부에게 전화를 걸었는데 오늘은 비번이라 출근하지 않았다는 대답을 들었다.

정확하게 2시 30분, 맵시 있는 서류가방을 든 마흔 살쯤 되어 보이는 날씬한 여성이 '디베르티멘토17'로 들어가는 모습이 보였다. 그 여자는 일단 가게 안쪽으로 사라졌다가 서류가방과 흰색 바탕의

레인코트를 두고 매장으로 돌아왔다. 흰색 실크 블라우스에 검은색 윈저타이와 검정 롱스커트—보석 가게 여직원의 평범한 유니폼이었다. 내가 말을 걸었던 여직원이 그 여자에게 다가가 둘이 이야기하기 시작했다.

나는 카페 카운터석에서 일어나 안쪽에 있는 전화박스로 들어가 미리 알아두었던 번호로 전화를 걸었다. 돌아온 여직원이 동료 곁을 떠나 수화기를 집어드는 모습이 보였다. 거리가 멀어 표정까지는 살필 수 없었다.

"네, 보석상 '디베르티멘토17'입니다."

나이에 비해 맑고 탄력 있는 목소리였다.

"니시다 사치코 씨 들어오셨습니까?"

내가 물었다.

"예, 접니다만……."

"저는 조금 전에 매장에 들렀던 사람인데 사와자키라고 합니다."

"아, 예. 방금 이야기 전해 들었습니다……. 그런데 무슨 용건이신가요?"

이런 경우에는 단도직입으로 묻는 수밖에 없다.

"실례지만 누군가 니시다 씨의 목숨을 노릴 만한 일 없습니까?"

"뭐라고요? 대체 무슨 소리죠?"

목소리에서 탄력이 사라졌다.

"어떤 두 남자가 '디베르티멘토17'에 근무하는 니시다 사치코라는 여성을 오늘 중으로 처치하자고 의논하는 걸 들었다는 사람이 있습니다. 혹시 짚이는 구석이 없습니까?"

"아뇨. 두 남자라니, 대체 어떤 사람이죠?"

"그건 알 수 없습니다."

"일 때문에 아주 비싼 물건을 가지고 다닐 때가 있어서 일반적인 회사원들이 하는 일에 비하면 위험하다고 늘 윗분들이 주의를 주지만…… 설마, 그런 소설 같은 일을 당할 일은 없을 겁니다."

"그러신가요?"

"사와자키 씨라고 하셨죠? 실례지만 경찰입니까?"

"아뇨, 그렇지는 않습니다. 하지만 사치코 씨의 안전을 걱정하는 사람이라는 점은 믿어주십시오. 그런데 사치코 씨는 에노모토 다이스케라는 어린이를 아십니까?"

"아뇨."

사치코가 대답했다.

"어린이라면, 몇 살쯤 된 아이죠?"

"열 살입니다. 요도바시 제4초등학교 5학년이라고 합니다만."

"그 아이가 그런 이야기를 들었다고 했나요?"

"그렇습니다. 아직 어린애라 뭔가 잘못 들었을지도 모릅니다."

"아마 그런 모양이네요……."

"니시다 씨. 자녀가 있습니까?"

"예…… 있습니다. 중학교에 다니는 딸이."

니시다의 맑은 목소리가 살짝 흐려진 느낌이 들었다. 전화로는 거 짓말인지 어떤지 알 수 없었다.

"……어쨌든 그런 일이 있어 전화를 드렸습니다. 혹시 모르니 내일 아침까지는 아무쪼록 조심하도록 하세요."

니시다는 건성으로 고맙다고 하며 전화를 끊었다. 나는 아까 앉았던 자리로 돌아오면서도 보석 가게 안에 있는 니시다에게서 눈을 떼지 않았다. 그녀는 일단 내려놓았던 수화기를 다시 들고 어딘가로 전화를 걸었다. 하지만 두세 마디만 했을 뿐 바로 수화기를 내려놓았다. 멀리서 봐도 니시다가 허둥대고 있다는 것을 알 수 있었다. 그녀는 자기 동료에게 다가가 잠시 이야기를 나누었다. 상대가 고개를 끄덕이자 서둘러 가게 안쪽으로 모습을 감추었다. 나는 계산을 위해 카페 카운터로 갔다. 니시다 사치코가 하얀 레인코트를 손에 들고 매장 안쪽에서 나왔다. 그녀가 '디베르티멘토17'를 나설 때 나도 카페를 나왔다.

미행 대상은 에스컬레이터를 타고 지하층으로 내려가더니 연결 통로를 이용해 블랙 빌딩을 빠져나갔다. 행선지는 신주쿠 역 서쪽 출구 방향이었다. 지하통로를 따라 신주쿠 1초메의 은행과 생명보험회사가 몰려 있는 구역까지 칠팔 분을 걸어 지상으로 나갔다. 비가 내렸지만 이슬비에 가까웠다. '신주쿠 우체국' 앞에서 오른쪽으로 꺾어져 걸음을 재촉하더니 오륙층짜리 회색 건물 입구로 다가갔다. 올려다보니 건물 모퉁이에 '제일흥업은행'이라는 파란색 큰 간판이 보였다. 얼른 손목시계를 확인했다. 벌써 2시 55분이 지난 시각이었다. 나는 니시다를 따라 그 입구로 들어갔다. 아무리 계좌도 없고 예금도 없이 고작 남의 뒤나 밟는 탐정이지만 은행으로서는 그날 최악의 손님은 내가 아니었던 모양이다. 나보다 앞서 도착한 손님 가운데 권총을 든 이인조 강도가 있었으니.


3


먼저 눈에 들어온 광경은 얼룩무늬 니트 스키마스크를 쓴 건장한 남자가 은행 카운터 한가운데로 뛰어오르는 모습이었다. 다른 한 명은 검정 마스크를 쓴, 마르고 키가 큰 남자였는데 내 왼쪽 뒤편에 서서 벽을 등진 채 서 있었다. 들어선 순간 이미 그곳을 탈출하기는 힘든 상황이었다. 두 사람은 '콜트'나 '스미스앤드웨슨'으로 보이는 자동권총을 손에 들었다. 그런데도 그 뒤로 십여 분 동안은 영화나 텔레비전에서 본 은행 강도 장면과 달리 모두 침착해서, 이런 표현이 어떨지 모르지만 상황은 느긋하게 진행되었다.

"좀 이르지만 문 닫을 시간이다."

카운터 위로 올라간 남자가 우렁찬 목소리로 말했다.

내 바로 앞에 멍하니 서 있던 니시다 사치코가 본능적으로 도망치려고 하다 나랑 정면으로 부딪혔다.

"꼼짝 마!" 벽 쪽에 있던 검은 마스크를 쓴 남자가 권총을 겨누며 말했다.

"아무도 다치게 하고 싶지 않다." 카운터 위에 올라선 남자가 말했다. "서 있는 사람은 당장 가장 가까운 의자에 앉아라."

은행원 두세 명과 여러 손님들이 그 말대로 움직였다. 나도 니시다 사치코의 팔을 잡고 옆에 있는 정사각형의 인조가죽 의자에 앉았다. 등받이가 없어서 어디로든 앉을 수 있는 의자였다. 은행원은 모두 열 명가량. 손님 수도 비슷했다.

"좋아. 지금부터 내 허락 없이 일어나는 사람은 총알 맛을 볼 각오를 해라."

카운터 위의 남자는 아래에 있는 여자 은행원에게 총구를 겨누며 안전장치를 풀었다. 여자 은행원은 겁에 질려 몸을 움츠렸다.

"누구 입구 셔터를 내려줄 은행원은 손을 들어라."

입구에서 가까운 구석에 있던 젊은 남자 은행원이 머뭇머뭇 손을 들었다.

"그럼 네가 해. 미안하지만 삼십 초 안에 셔터를 내리도록."

젊은 은행원은 서둘러 카운터에서 나오더니 입구 쪽으로 다가갔다. 검은색 마스크를 한 남자가 그 은행원 뒤를 따랐다.

"잠깐." 카운터 위에 선 남자가 은행원에게 말했다. "내가 시킨 일 이외에 수상한 짓을 하면 이 아가씨뿐 아니라 손님까지 여러 명 죽게 될 거야."

젊은 은행원은 마른침을 삼키며 고개를 끄덕였다. 그는 자동 유리문으로 나가 건물 입구 옆에 있는 대리석 무늬 벽으로 다가갔다. 검은색 마스크를 한 남자가 밖에서는 보이지 않는 위치에 서서 자동문 유리 너머로 은행원을 향해 총구를 겨누었다. 은행원은 도망쳐 경찰에 신고해야 했다. 그런 교육을 받았을 테지만 자칫 사상자가 날까봐 쉽게 행동하지 못했는지도 모른다. 그는 벽에 붙은 금속판을 열고 셔터 스위치를 눌렀다. 정면 벽시계를 보니 분침이 거의 천장을 가리키고 있었다. 3시 정각에 은행은 밀실이 되었다.

'제일흥업은행' 신주쿠 역 서쪽 출구 지점은 입구에서 안쪽까지 약 15미터. 들어오면 오른쪽에 지점 내부 공간을 둘로 가르는 카운터가 있고 고객 대기 공간 뒤쪽 벽에서 은행원들이 앉은 뒤쪽 벽까지의 폭은 12~13미터쯤 되는 작은 지점이었다. 신주쿠 역 동쪽 출구의 '미쓰코시' 옆에 있는 신주쿠 지점이 더 크고 여기는 출장소 같은 규모였다. 게다가 고객이 드나드는 출입구는 한 곳뿐이라 이인조 강도에게는 안성맞춤인 은행이었다.

셔터를 내린 은행원이 카운터 안쪽으로 돌아오자 강도들은 각자 회색 작업복 점퍼의 지퍼를 내리더니 그 안에서 즈크<sub>마사로 짠 직물</sub> 손가방을 꺼냈다.

"여기 책임자는 손을 들어라."

카운터 위의 남자가 말했다. 그러자 은행원 가운데 가장 안쪽에 있는, 다른 책상보다 훨씬 큰 책상에 앉아 있던 쉰 전후로 보이는 남자가 손을 들었다. 짙은 파란색 스리피스 양복과 금테 안경은 아무리 봐도 은행원다웠지만 검고 짙은 눈썹이나 머리카락과 체격에 비해 크고 마디가 굵은 손은 구기종목이나 어떤 아마추어 스포츠의 코치 같은 느낌이었다.

"넌 누구지?"

카운터 위에 있는 남자가 물었다.

"지점장인 무토 에이지다."

"배짱 좋군. 고객을 대할 때처럼 정중하게 대답하면 좋겠어. 지금 당신네 금고에는 얼마나 들어 있나? 잠깐. 조사해서 거짓말이면 총탄이 여자 은행원 한 명의 무릎을 관통할 거야. 그러니 신중하게 대답해."

"일억 일천만 엔쯤 있을 거다. 오늘 업무로 들고난 금액은 정확히 모르고."

카운터 위에 있는 남자가 휘파람을 불었다.

"그거 대단하군. 이렇게 작은 지점에 돈을 그렇게 많이 놔두나? 다들 그렇다지만 일본은 정말 부자군. 자, 무토 씨. 이 가방을 들고 따라와."

지점장은 은행 직원들이 쓰는 책상 사이를 지나 카운터 위에 있는 남자 쪽으로 다가왔다. 3미터쯤 되는 거리까지 오자 남자는 멈추라고 하더니 즈크 가방을 던졌다.

"가방이 또 하나 있지."

검은색 마스크를 쓴 남자가 재빨리 움직이더니 카운터 너머로 지점장에게 가방을 던지고 원래 위치로 돌아갔다.

"뭘 멍하니 서 있나? 무토 씨, 다음 할 일은 잘 알 텐데. 다행히 금고실 문은 열려 있고……."

그는 총을 들지 않은 손으로 지점장 가까이에 있는 두 여자 은행원을 가리켰다.

"너하고 너. 지점장을 거들어. 그리고 세 사람 가운데 한 명이라도 수상한 짓을 하면 가만두지 않는다. 그러니 서로 잘 지켜봐. 만약 돈을 따로 숨긴다거나 금고실 안에 있는 비상경보장치 스위치를 누른다거나…… 그런 일이 일어나면 세 명 모두에게 책임을 묻겠다."

지점장과 두 은행원은 금고실로 향했다.

"고객이 불편한 시간을 일 초라도 줄일 수 있도록 빨리 움직이기 바란다. 은행에 돈을 맡길 때는 넙죽넙죽 받으면서 내줄 때는 어떻게든 번거롭게 만든단 말이야. 싹 뜯어고쳐야 해."

세 사람이 금고실로 들어갔다.

"셔터를 내린 거기……."

카운터 위의 남자가 불렀다. 젊은 은행원이 벌떡 일어섰다.

"손목시계에 초침 있나?"

은행원이 의아한 표정으로 있다고 대답하며 여러 차례 고개를 끄덕였다.

"미안한데 금고실에서도 들리도록 큰 목소리로 일부터 초를 불러줘."

은행원은 당황해서 흥분한 목소리로 초를 세기 시작했다. 삼십팔 초까지 헤아렸을 때, 지점장과 여자 은행원 두 명이 모습을 드러냈다. 지점장이 가방을 하나 들고 있었고, 여직원 둘이 끙끙거리며 가방을 하나 더 카운터 쪽으로 가지고 왔다. 세 사람은 빵빵하게 채운 가방을 카운터 위에 있던 남자가 총구로 가리킨 지점에서 조금 떨어진 위치에 얹어놓았다.

"수고했어." 카운터에 있는 남자가 말했다. "자기 자리로 돌아가도 돼. 이제 거래는 순조롭게 무사히……."

바로 그 순간, 귀가 찢어질 듯한 소리가 났다. 동시에 카운터 위에 있던 남자가 허공으로 날아오르더니 뒤통수부터 바닥으로 떨어졌다. 냉정하고 평온했던 분위기가 순식간에 공황 상태로 빠져들었다. 지점장인 무토가 가방 뒤에 숨겼던 회전식 권총으로 갑자기 남자의 가슴을 쏘았던 것이다.


# 4


은행 안에 있던 손님과 은행원 대부분은 놀라고 겁에 질려 소리를 지르며 총격이 일어난 곳에서 재빨리 멀어지려고 했다. 나는 검은색 마스크를 쓴 남자의 반응을 살폈다. 그는 바닥에 큰대자로 뻗은 동료와 카운터 너머에서 권총을 내밀고 있는 무토 지점장을 번갈아 봤다. 마스크 속 두 눈이 믿을 수 없다는 듯이 휘둥그레졌다. 자동권총을 든 손은 마른 몸통 옆으로 축 늘어져 있었다.

"이제 그만 포기하시지."

무토가 침착한 목소리로 말했다.

"금고실에서 경보장치 스위치를 눌렀으니 지금쯤 은행 밖은 경찰이 포위했을 거야."

그러자 검은색 마스크를 쓴 사내가 알 수 없는 고함을 지르며 권총을 겨누었다. 은행 안에 있는 모든 사람이 어느 쪽에서든 총성이 울릴 거라고 예상하며 몸을 웅크렸지만 잠깐의 공백이 있었다.

"여보, 위험해!"

내 옆에 있던 니시다 사치코가 불쑥 일어서더니 지점장 무토에게 소리쳤다.

권총을 손에 든 두 사람은 동시에 소리친 여자 쪽을 돌아보았다. 지점장은 놀란 표정을 지었을 뿐이지만 검은색 마스크를 쓴 남자는 반사적으로 총구의 방향을 바꾸었다. 나는 벌떡 일어선 니시다 사치코의 무릎 조금 위를 노려 최대한 빠르고 강하게 태클을 걸었다. 둘이 바닥에 거칠게 쓰러지는 찰나 총성과 함께 내 등 바로 위로 총탄이 지나가는 느낌이 들었다.

은행 안은 비명으로 가득 찼다. 그 비명을 찢듯이 또 한 발의 총성이 울렸다. 나는 지점장이 검은색 마스크를 쓴 남자를 쐈기를 바라며 바닥에 엎드린 채 고개를 들었다. 그러나 상황은 그게 아니었다. 검은색 마스크는 카운터로 달려가 가방 하나를 낚아채더니 은행 출입구 쪽으로 도주했다. 자동문이 열리자 이쪽을 돌아보더니 천장을 향해 또 한 발의 권총을 발사했다.

"모두 꼼짝 마!"

그가 벽에 붙은 금속 패널로 달려가 셔터 스위치를 조작하는 모습이 보였다. 셔터가 올라가기 시작하자 마스크를 벗어 점퍼 주머니에 쑤셔넣었다. 셔터와 바닥의 틈새가 50센티미터쯤 되기가 무섭게 가방을 안고 몸을 굴려 서둘러 밖으로 빠져나갔다.

나는 상반신을 일으켜 거의 내 밑에 깔리다시피 한 니시다 사치코를 부축해 일으켰다. 그녀는 작은 목소리로 죄송하다고 말하고 레인코트에 묻은 먼지를 털었지만 지금 자기가 어떤 상황에 처했는지 모르는 것 같았다.

나는 일어나 카운터 안쪽을 들여다보았다. 지점장 무토가 오른쪽 가슴에 총탄을 맞아 셔츠가 피투성이가 된 채 쓰러져 있었다. 숨 쉴 때마다 입술 사이로 피거품이 일었다 사그라졌다.

출입구 쪽을 바라보던 손님과 은행 직원들은 일제히 휴 하고 안도의 한숨을 내쉬었다. 열린 셔터 밖으로 무장한 경찰 병력이 두 손을 높이 든 탈주범을 포위한 모습이 보였다. 마르고 키 큰 남자의 뒷모습에서 저항 의지는 전혀 찾아볼 수 없었다. 다른 한 무리의 무장 경찰이 그 입구를 통해 우르르 은행 안으로 밀려들어왔다.

신주쿠 경찰서 형사들이 맨 먼저 달려왔다. 구급차가 도착하자 중상을 입은 무토 지점장은 들것에 실려나갔다. 니시다 사치코가 자기는 무토 에이지와 별거중인 아내라면서 병원까지 함께 가겠다고 나섰고 이 요구는 받아들여졌다. 은행 바닥에 쓰러진 얼룩무늬 스키마스크의 남자는 사망한 것으로 밝혀졌다. 사진을 찍고, 쓰러질 때의 상황을 조사한 뒤 그는 검은 비닐로 된 시체 운반용 부대에 담겨 옮겨졌다. 검은색 마스크를 쓴 남자의 총구가 10센티미터만 낮았어도 내가 먼저 그 부대 안에 들어갔을지 모른다.

시체가 옮겨지자 사건 현장에 있던 손님과 은행원에 대한 조사가 시작되었다. 손님 대부분은 주소와 이름만 적고 간단한 진술을 하면 바로 풀려났다. 특별히 자세한 질문을 받은 사람은 지점장 부재 시 책임자인 경리과장, 지점장과 함께 금고실에 들어갔던 두 여자 직원, 사망한 범인이 총구를 겨눴던 여자 직원, 셔터를 내린 젊은 남자 직원, 비교적 가까이서 세 차례의 발포를 목격한 은행 직원과 손님 몇 명, 그리고 나였다.

신주쿠 서 형사들 가운데 두세 명 아는 얼굴이 보였다. 작년 가을에 일어난 사건으로 몇 차례 접촉했기 때문이다. 이름을 기억하는 사람은 다지마리는 주임 형사뿐이었다. 그는 나를 알아보았을 텐데 아는 척하지 않았다. 수사 지휘를 맡은 수사과장은 벌레 씹은 표정과 상대를 불안하게 만드는 것만이 삶의 보람인 듯한 말투를 쓰는 오십대 후반의 경시였다. 경찰이 몰려온 지 한 시간쯤 지난 오후 4시 20분경, 마주치고 싶지 않은 얼굴인 니시고리 경부가 뒷문으로 통하는 직원 전용 문으로 쑥 들어왔다. 오늘 비번이라고 했었는데 다지마 주임이 연락한 게 틀림없다.

내가 진술을 마친 때는 오후 4시 반이 지난 시각이었다. 하지만 담당 형사는 돌아가도 괜찮다는 말은 하지 않았다. 니시고리 경부는 수사과장, 다지마 주임과 이야기를 나누더니 수거한 조서를 쭉 훑어본 다음 천천히 다가왔다.

"따라와." 니시고리가 퉁명스럽게 말했다. 그 표정을 보니 잔뜩 벼르는 느낌은 아니었지만 일사만루의 위기를 맞은 투수를 상대로 타석에 들어선, 왕년의 강타자 도요다 야스미쓰를 꼭 닮았다.

은행이 있는 빌딩 뒷문 골목에 세운 세드릭닷산에서 만든 세단 안에서 니시고리 경부와 나는 담배를 피웠다. 밖은 이미 어두컴컴했다. 비를 좋아하는 장 피에르 멜빌의 영화처럼, 더 거세진 비가 앞 유리창에 폭포가 되어 흘렀다.

"왜 은행에 있었나?" 니시고리가 물었다.

"세일즈 활동. 거액을 인출한 고객을 붙잡고 경호원 필요 없냐고 영업을 하거든."

"쓸데없는 소리 집어치워. 네가 볼일도 없이 저런 곳에서 어슬렁거릴 리 없잖아."

"나도 은행에는 볼일 보러 드나들어."

"흥, 네 계좌가 어느 은행에 있고 잔고가 어느 정도인지도 모를 줄 알아? 아니면 오 년 전에 와타나베한테 받은 네 몫 오천만 엔을 이 은행에 가명으로 맡기기라도 했나?"

와타나베는 내 예전 파트너이고 그전에는 니시고리의 상사였다. 육 년 전에 경찰의 함정수사를 돕는 척하다가 일억 엔이나 되는 현금과 그 금액에 맞먹는 분량의 각성제를 들고 사라져서 지명수배당한 알코올의존자이기도 하다. 니시고리는 내가 그 건에 가담하지 않았다는 걸 알면서도 들볶는다.

"계좌를 새로 만들려고. 오늘도 일당 오만 엔짜리 일이 들어왔지. 수입이 제법 짭짤하거든."

"그래서 3시가 다 되어 은행에 들렀다고?"

그의 질문에는 대답하지 않고 담배를 창밖으로 던져버렸다.

"내 구역에 담배꽁초 버리지 마." 니시고리가 가시 돋친 목소리로 말했다.

"내 담배는 잎과 종이뿐이라 언젠가는 흙이 돼. 하지만 그 필터라는 건 지구가 멸망할 때까지 필터로 남는다더군."

나는 대시보드에서 재떨이를 꺼내주었다.

"닥쳐. 네가 그따위로 나오면 은행 강도 세번째 공범 혐의로 한동안 잡아둘 수도 있어."

"도대체 그런 혐의는 어디서 나오는 거지?"

"유럽 쪽에서는 동료 한 명이 평범한 손님처럼 섞여 있다가 예상하지 못한 사태가 일어났을 때 도와주는 경우가 많다더군. 그렇게 생각하면 조서에 있는 네 행동은 동료의 무의미한 살인을 막아 죄를 줄이려 한 걸로도 볼 수 있지."

"여전히 생각이 배배 꼬였군. 멋대로 해."

니시고리는 작년 가을에 맸던 것과 같은 넥타이를 거칠게 당겨 느슨하게 풀었다.

"아, 그보다 이런 건 어떨까? 은행 앞에 진을 친 신문기자나 방송국에서 나온 애들에게 사람 목숨을 구한 명탐정으로 요란하게 소개하는 건? 큰 신문은 어떨지 몰라도 삼류 신문이나 스포츠신문이라면 달라붙을걸. 빌어먹을 장마 때문에 야구 시합도 열리지 않으니까. 네 얼굴 사진까지 싣고 '인명구조자인가 공범인가' 하는 제목을 붙이면 관심 좀 끌 거야."

나는 한숨을 내쉬었다. 얼굴이 널리 알려진 탐정이 있다는 얘기는 어디서도 들어본 적 없다. 니시고리는 실없이 협박하는 형사가 아니다.

"미행하느라." 내가 말했다.

"누구를?"

"물어도 소용없어. 내가 대답할 수 없다는 건 잘 알 텐데."

"미행 대상이 은행 강도나 권총 상해 사건과 관계없다고 단언할 수 있나?"

"관계가 있다는 걸 나타내는 건 아무것도 없다, 고는 단언할 수 있지."

"그 미행을 부탁한 사람은 누구야?"

나는 천천히 고개를 가로저었다.

"의뢰인은 미행 대상 이상으로 은행 강도와 아무런 관계가 없는 인물이지."

"그런 판단은 내가 한다."

"아니, 그렇지 않아. 나야." 나는 쓴웃음을 지으며 대꾸했다.

"네 판단이 잘못되었을 경우 책임은 누가 지지?"

"나 자신."

"아니, 그렇지 않아. 나야." 니시고리는 웃지 않고 말했다. 나는 진심으로 그렇게 생각하는 옆 자리의 '공복公僕'을 놀릴 마음은 없었다.

"그럴 필요가 있다면 가까운 시일 안에 반드시 연락하지."

"그 말 잊지 마. 뒷좌석에 우산 있으니까 그거나 가지고 나가."

나는 조수석 문을 열고 말했다. "유실물 담당 부서에서 슬쩍 집어 온 우산이겠지. 거기에 손대는 순간, 절도 공범으로 체포되기나 하면 곤란하지."

세드릭에서 뛰어나와 신주쿠 역으로 통하는 지하 통로 입구까지 가는 동안, 나는 흠뻑 젖고 말았다.


6


이튿날 아침 신문에는 '제일흥업은행' 강도 미수 사건이 크게 보도되었다. 은행 강도는 이제 그리 보기 드문 사건이 아닌 세상이 되었지만 지점장이 무장한 범인과 총격전을 벌여 그 가운데 한 명을 사살한 일은 세상 사람들을 놀라게 하기에 충분했다. '……사람이 개를 물면 기사가 된다'는 실제 사례를 보여준 셈이다.

신문의 논조는 물론 무토 지점장의 행동에 대해 부정적이었다. 일단 총기 불법 소지가 위법이고, 둘째로 주위에 있던 일반 고객과 은행원을 매우 위험한 상황에 빠뜨린 책임이 있으며, 셋째로 범인 가운데 한 명을 사살한 것은 과잉방어다—이런 식이었다. 하지만 모두가 지점장을 몰아세우는 분위기는 아니었다. 어젯밤 텔레비전 보도 프로그램에서 다룬 방식도 비슷했다. '날로 늘어나는 이런 종류의 범죄에 대해 우리는 비폭력이라는 미명 혹은 허명 아래 너무도 무력해 아무것도 할 수 없지 않은가?'라는 뉘앙스가 여기저기 숨어 있었다.

"그 지점장이 좀 지나쳤다는 생각은 들어요." 인터뷰에 응한 샐러리맨은 이렇게 덧붙였다. "그렇지만 남의 재산을 맡은 은행이 아무리 보험으로 메울 수 있대도 너무 쉽게 강도에게 돈을 빼앗겨버리는 건 아닐까요?"

제일흥업은행 부행장은 '무엇보다 고객이 위험에 처한 점을 진심으로 사죄드리며 앞으로 다시는 이러한 일이 일어나지 않도록 엄중하게 주의를 주도록 하겠다'고 사과한 뒤에 '개인적으로는 무토 씨가 형기를 마치고 사회에 복귀할 때까지 제가 할 수 있는 일을 다할 작정이다'라는 소감을 덧붙여 물의를 빚었다. 기사를 보니 무토 지점장은 십여 년 전 과장으로 있을 때와 육칠 년 전 사이타마의 작은 지점 지점장으로 있던 시절에 각각 한 차례씩 두 번이나 은행 강도를 당한 경험이 있다고 보도했다. 동료인 경리과장이 '그 때문이겠지만 무토 지점장은 은행 경비 강화에 매우 적극적이었고, 평소에도 강도 사건 뉴스를 접하면 매우 화가 나는 듯했다'고 동정적인 코멘트를 했다. 어느 대학의 사회학 교수는 '이처럼 눈에는 눈으로 대응하는 발상은 절대 허용해선 안 된다'면서 '이번 사건이 적어도 이런 종류의 범죄가 다시 일어나지 않도록 하는 효과를 발휘하기 바란다'는 투로 앞뒤가 맞지 않는 의견을 내놓기도 했다. 뜬금없기는 하지만 이번 일을 '자위대 문제'와 얽어 문제로 삼는 이들도 있었고, 똑같은 이유로 지점장의 행동을 긍정하는 반성파도 보였다.

'신주쿠 경찰병원'에서 치료중인 무토 지점장은 총탄을 빼내는 수술을 무사히 마쳤으며 중상이기는 해도 생명에는 지장이 없다는 기사가 났다. 별거중인 아내에 대한 기사는 전혀 실리지 않았다.

범인 가운데 사망한 남자는 도가미 다다오라는 마흔여섯의 파산 직전 부동산업자였고, 살아남은 쪽은 아사다 세이야라는 서른세 살 된 무직자였다. 예상대로 아사다는 범행을 모두 도가미 혼자 계획했으며 자기는 그저 지시에 따랐을 뿐이라고 진술했다.

무토 지점장이 가지고 있던 38구경은 필리핀에서 개조한 권총이었다. 그는 올 설 연휴에 동남아 여행을 다녀왔다고 한다. 의외였던 사실은 범인이 가지고 있던 권총이었다. 지점장을 쏘고 니시다 사치코를 향해 발포한 아사다의 권총은 38구경 '스미스앤웨슨 M52'였는데 도가미가 가지고 있던 권총은 콜트를 본떠 만든 모조 권총이었다. 무토 지점장이 먼저 쏘아야 할 상대를 잘못 고른 셈이다.

신문을 훑어본 뒤 11시까지 기다렸다가 블루버드를 몰고 기타신주쿠 제2공단아파트로 갔다. 장마철이라 맑은 날은 아니었지만 잔뜩 흐렸을 뿐 비는 내리지 않았다. 3동 이층 5호에서 '에노모토'라는 문패를 발견했다. 초인종을 누르자 열 살쯤 되는 소년이 나왔는데 어제 내 사무실을 찾아온 소년과 전혀 닮지 않았다.

"에노모토 다이스케…… 네 이름이니?"

불길한 예감이 적중했다는 사실을 깨달았다.

"네, 그런데요." 소년이 대답했다. 그 꼬마는 가명을 써서 나를 조종했던 셈이다. 두둑한 배짱이다. 틀림없이 피치 못할 사정이 있으리라.

"집에 어른 안 계시니?"

"점심때면 엄마가 오는데 토요일엔 에어로빅하러 가셔서요."

손목시계를 보았다. 이삼십 분쯤 여유가 있을 것 같았다.

"너한테 좀 물어보고 싶은 게 있는데 괜찮겠니?"

"예……."

소년은 불안한 표정을 지으면서도 호기심이 동하는지 샌들을 신고 문 앞까지 나왔다.

"네 친구 가운데 남자아이인데 네 주소와 전화번호를 다 아는 애가 있니?"

"그럼요. 같은 반 애들이면 다 알아요. '비상연락망'이라는 게 있는데 거기에 반 애들 주소하고 전화번호가 적혀 있는걸요."

어제 나를 찾아온 소년은 처음부터 가명을 쓸 작정이었단 말인가. 지금 생각하면 엉겁결에 에노모토 다이스케라는 이름을 댄 것 같았는데, 하기야 그 소년이 연락망에서 미리 적당한 이름을 골라두었다고 해도 놀랄 일은 아니었다.

"너희 반에 남자애들이 몇 명 있니?"

내가 물었다.

"아마…… 스물세 명일거예요."

적지 않은 숫자다. 게다가 오늘은 토요일이다. 초등학교는 탐정이 방문하기 매우 까다로운 곳 가운데 하나다. 유괴 사건이 자주 일어나면서 조폐공사 못지않게 경계가 삼엄했다. 같은 반 학생 가운데 그 소년이 있을 거라는 보장도 없다. 찾아내려면 꽤 수고를 해야 할 것 같았다.

"아, 이제 스물두 명이겠다." 다이스케는 자기 머리를 톡 치며 정정했다. "작년 여름에 마사시가 전학을 가서 한 명 줄었어요."

마사시라고? 들어본 적 있는 이름이다. 마사시가 다이스케이고 다이스케가 마사시인 걸까?

"그 마사시라는 애는 네 주소와 전화번호를 기억하겠지?"

"그럼요, 친군데. 우린 진찰 사진 찍는 걸 좋아해요. 미타카로 이사했지만 처음에는 편지도 하고 전화도 했으니까 ……."

소년의 얼굴에 슬픈 그늘이 졌다.

"그런데 3월쯤에 메구로에 있는 할아버지 댁으로 옮길지도 모른다는 편지가 온 뒤로는 연락이 없어요……. 그때 자기 엄마 아빠가 이혼할지도 모른다고 했거든요."

"그래? 그 마사시라는 애 성이 아마……."

"무토예요. 무토 마사시……. 아, 어제 마사시네 아빠가 은행에서……."

다이스케 소년이 불쑥 입을 다물었다. 내가 갑자기 추악한 무언가로 변신이라도 했다는 표정이었다.

"아저씨는 누구죠? 경찰?"

"아니. 그렇지는 않아."

어린이에게 거짓말하면 안 된다고 한다. 이 세상에 어린이와 거짓말이 동시에 존재하는 한 그런 말이 늘 옳다고는 생각하지 않지만

이 경우에는 그 가르침을 따르기로 했다.

"나는 마사시의 부탁을 받아 어제부터 그 아이 어머니를 보호하는 탐정이란다."

"아저씨, 니시신주쿠 '나루코텐 신사' 근처에 있는 탐정사무소에서 왔어요?"

"맞아······. 어떻게 알지?"

"알아요. 작년에 우리 친구 고지가 집을 나갔을 때 마사시가 아저씨 탐정사무소에 부탁해서 찾자고 해서 그 건물 앞까지 간 적이 있어요. 그렇지만 무서워서 그만두었죠. 고지가 이틀날 돌아와서 부탁할 일도 없어졌지만."

나는 소년이 친구가 기르다 잃어버린 강아지를 기억해내기 전에 얼른 대화를 마치고 공단아파트를 나왔다.


그로부터 닷새가 지났다. 그사이에 무토 에이지와 니시다 사치코—니시다는 결혼 전에 쓰던 성이고 아직 이혼 전이니 무토 사치코가 정확한 이름이지만— 부부 사이에 대해 조금 조사해보았다. 이혼을 요구하는 쪽은 아내였다. 니시다 사치코는 열다섯 살인 딸 사에코와 아들 마사시를 자기가 맡는다는 조건만 내세우며 위자료는 전혀 요구하지 않았다. 남편은 이혼을 절대로 할 수 없다고 버티는 중이었다. 부인을 사랑하기도 하고 두 아이를 잃고 싶지 않기 때문이기도 했다. 은행원으로서 출세에 영향을 미치는 탓도 있겠지만 자세한 사정은 알 수 없다. 두 사람이 심하게 말다툼하는 모습을 목격한 지인이나 이웃 주민의 이야기도 들었다. 부부는 3월부터 별거 상태이며 딸은 어머니와 함께 살고 아들은 아버지와 함께 지낸다. 어쨌든 주위 사람들은 상당히 까다로운 이혼 재판이 될 거라며 걱정하는 눈치였다.

신주쿠 경찰서 니시고리 경부에게 전화해 남들 같으면 일 년에 먹을 욕을 한꺼번에 들은 뒤, 은행 강도 당일 정오 전후로 아사다 세이야가 어디 있었는지 알아봐달라고 부탁했다. 마사시가 '가부토 신사' 안에서 마르고 기 큰 남자와 또 다른 남자의 대화를 훔쳐들었던 시간이다. 하지만 이튿날 들은 답변은 아사다에게 완벽한 알리바이가 있다는 이야기였다. 긴시초에 있는 바의 호스티스가 사건 전날 밤부터 당일 오후 1시쯤까지 아즈마바시 근처에 있는 호텔에서 함께 있었다고 증언했다. 이 세상 남자 가운데 구분의 일은 마르고 키가 크다. 내 추측은 멋지게 어긋났다.

그밖에도 두세 가지 조사를 했지만 그 때문에 닷새나 걸렸던 것은 아니다. 무토 지점장이 회복하기를 기다렸던 것이다.


7


'신주쿠 경찰병원'은 신주쿠 경찰서와 '도쿄 의대병원' 사이에 있는 삼층짜리 흰 건물이다. 일층 로비에 있는 흡연실에서 담배를 피우며 기다리는데 양쪽 어깨가 비에 젖은 코트를 벗어들며 니시고리 경부가 현관으로 들어왔다. 그는 나를 보고도 로비와는 반대 방향으로 걸어갔다. 안내 담당 제복 차림의 경찰관에게 경찰수첩을 보여주더니 다음에는 개찰구 같은 칸막이를 지나 '사무국'이라는 팻말이 달린 문 안으로 사라졌다. 얼마 지나지 않아 그 문에서 나온 니시고리는 다시 맞은편 '경무국' 문 안으로 들어갔다. 그리고 제복 차림의 여성 경찰관과 함께 나오더니 내게 오라고 손짓했다. 그의 손에 있던 코트는 보이지 않았다.

나는 담배를 끄고 로비를 나와 안내 창구 뒤편의 칸막이 쪽으로 갔다. 니시고리가 칸막이 너머로 물림쇠가 달린 통행증을 건넸다.

"이걸 가슴에 달고 따라와."

니시고리가 시키는 대로 했다. 우리 세 사람은 사무국과 경무국 사이의 복도를 지나 막다른 곳에 있는 엘리베이터를 탔다. 여성 경찰관이 삼층 버튼을 눌렀다. 두 사람도 나와 마찬가지로 가슴에 통행증을 달았다. 엘리베이터가 삼층에 멈추자 우리는 여성 경찰관의 안내에 따라 병원 복도를 걸었다. 일반 병실과 달리 복도를 어슬렁거리는 환자나 문병 온 사람들은 보이지 않았다. 간호사 두 명과 스쳐지났을 뿐이다.

303호실 앞에는 제복을 갖춰입은 경찰 두 명이 지키고 있었다. 우리가 다가가자 병실 문이 살짝 열리더니 체구가 작고 머리가 하얀 의사와 간호사가 나왔다. 여경이 의사에게 말했다.

"유치인 면회를 신청한 신주쿠 경찰서의 니시고리 경부님입니다."

의사가 자기소개를 하고 간호사가 내민 진료 기록을 훑어보았다.

"면회는 삼십 분 이내로 부탁합니다. 환자가 지치지 않도록. 간호사가 함께 있을 테니 그 부분에 대해서는 우리 간호사의 지시를 따라주시기 바랍니다."

의사와 여경이 돌아가자 간호사는 우리를 병실 안으로 안내했다. 창에 쇠창살이 있다는 점만 빼면 지극히 평범한 병실이었다. 한가운데에 놓인 침대에는 오른쪽 어깨에 깁스 같은 것을 한 무토 에이지가 상반신을 살짝 일으킨 상태로 누워 있었다. 의료기기에 둘러싸여 있을 줄 알았는데 그렇지 않은 걸 보니 회복이 예상보다 순조로운 모양이다. 침대 맞은편 의자에 앉아 있던 무토의 아내 니시다 사치코와 뚱뚱한 초로의 남자가 자리에서 일어났다.

"신주쿠 경찰서 니시고리 경부입니다. 이쪽은 전화로 말씀드린 사건 참고인 사와자키 씨."

초로의 남자는 경계하는 표정으로 인사했다.

"무토 씨의 변호사 다이고라고 합니다. 무토 씨는 아실 테고. 이쪽은 부인인 사치코 씨입니다."

간호사가 구석 쪽에서 접이식 의자를 가져다줬고 우리는 침대 옆에 의자를 놓고 걸터앉았다. 변호사와 니시다 사치코도 의자로 돌아갔다. 다이고 변호사가 헛기침하고 말을 이었다.

"솔직히 말씀드리면 무토 씨에게 이 면회를 거절하라고 권했습니다. 이미 무토 씨는 총기 불법 소지 및 기타 혐의 사실을 전부 인정했고 검찰의 기소를 기다리는 상태니까요⋯⋯. 그러니 법정에서 시비를 가리면 될 일이지 경찰의 심문에 응할 필요는 없죠. 전화로 말씀하시기를 강도 사건에 관한 새로운 사실이 있다고 하셨는데 무토씨가 그런 문제라면 면담도 괜찮다고 해서 이렇게 자리가 마련된 겁니다. 이 점을 미리 확실하게 말씀드립니다. 그쪽에서 말씀하시기 전에, 에…… 사와자키 씨라고 했나요? 사건 참고인이라고 하셨는데 이분이 이 자리에 참석한 이유와 자격을 우선 여쭤보고 싶군요."

니시고리는 내가 강도 사건 때 현장에 있었던 사람이고 범인이 쏜 총탄에 지점장 부인이 맞지 않도록 막아준 인물이라고 설명했다. 니시다 사치코는 내 얼굴을 바로 기억해냈다.

"남편이 그때 그런 상태여서 그때는 고맙다는 인사도 드리지 못해 정말 죄송합니다. 나중에 아이들에게 이야기했더니 엄마는 왜 그리 멍청하냐고 아들이 한마디 하더군요."

침대 위에 있는 무토도 아내의 생명을 구해주어 고맙다며 정중하게 인사했다.

"그러면 사와자키 씨는 그 사건의 증인이기도 하군요." 다이고 변호사는 태도를 살짝 누그러뜨렸다. "그런데 무슨 새로운 내용을 증언하신다는 말씀인지?"

"강도 사건과는 좀 다른 이야기인데 중요한 문제여서 묻습니다. 제가 사건 현장에 있었던 것은 우연한 일이 아니라 무토 씨의 부인을 직장에서부터 미행했기 때문입니다."

무토 부부와 변호사는 의아하다는 표정을 지었다.

"그건 누가 부인의 목숨을 노릴지도 모르니 다음 날까지 경호원이 되어 부인을 보호해달라는 의뢰가 들어왔기 때문입니다."

니시다 사치코가 웨이브 진 앞머리를 쓸어올리며 눈을 가늘게 뜬 채 나를 보았다. 은행 강도의 쇼크로 기억의 한구석으로 밀려났던, 그날 내가 한 전화 내용을 떠올리는 표정이었다.

"집사람의 경호라니. 대체 누가 그런 의뢰를 한 거죠?"

무토의 목소리가 깁스 때문인지 아니면 심적 동요 때문인지 낮게 웅얼거리는 느낌이었다.

"요도바시 제4초등학교 5학년 학생인데 에노모토 다이스케라고 하는 열 살짜리 소년이죠. 하지만 그건 친구 이름을 허락받지 않고 빌려 쓴 겁니다. 무토 마사시가 제 진짜 의뢰인입니다."

"아들이?" 무토가 목소리를 높이더니 다친 곳에 통증이 있는 듯 얼굴을 찡그렸다.

"괜찮으세요?" 간호사가 물었다. 무토는 간호사를 무시한 채 물었다.

"아들이 당신에게 집사람 경호를 부탁했다는 거요?"

나는 고개를 끄덕였다. 내가 한 말이 무토의 머릿속에 스며들기를 기다렸다가 다시 입을 열었다.

"이만큼 말씀드렸으면 새로운 사실은 무토 씨 당신이 털어놓아야 하지 않을까요?"

무토는 잠시 내 얼굴을 노려보더니 갑자기 외면했다.

"왜 그러십니까?" 다이고 변호사가 끼어들었다. "이분은 강도 사건과 관계없는 영문 모를 이야기로 무토 씨를 곤혹스럽게 만들고 있는 것 같은데…….”

“좀 더 알기 쉽게 이야기해드리죠.” 내가 말했다. “부인의 이혼소송 담당 변호사로부터 들은 이야기입니다. 강도 사건이 일어나기 전날 밤, 무토 씨와 부인은 전화로 꽤 긴 시간 말다툼을 했다더군요. 무토 씨는 그 말다툼 뒤에 화풀이를 하려고 그 이혼 담당 변호사에게 전화를 걸어 협박 비슷한 말을 했죠. 그러자 변호사는 부인에게 전화를 걸어 요즘 들어 가장 심한 말다툼을 했다는 사실을 확인합니다. 게다가 그런 다툼을 마사시도 알고 있었던 모양이고요.”

무토 부부는 내 말을 부정하지 않고 그저 고개만 숙였다.

“이 면담은 강도 사건에 관한 게 아니라 두 분의 이혼 문제에 대한 면담입니까?” 다이고 변호사가 빈정거렸다.

“강도 사건에 관한 이야기를 하죠.” 내가 말했다. “다만 무토 씨가 십일 년 전과 육 년 전에 당했던 두 건의 강도 사건 이야기입니다. 이건 신주쿠 경찰서가 이미 자세하게 조사했으니 니시고리 경부에게 들어보는 게 빠르겠죠.”

니시고리는 불쾌하다는 표정으로 나를 째려본 뒤 마지못해 입을 열었다.

십일 년 전에 일어난 ‘제일흥업은행’ 시부야 지점 사건은 이인조 은행 강도였고 차로 도주하던 중에 경찰과 총격전이 벌어져 주범 격인 남자는 사살되었습니다. 다른 범인과 구천오백만 엔에 이르는 현금은 그 차에서 발견되지 않은 채 지금도 행방을 알 수 없는 상태입니다. 육 년 전 사이타마 현 요노 지점에서 일어난 사건은 라이플을

든 남자의 단독 범행이었는데 이것도 미제 상태입니다. 강탈당한 돈은 대략 육천만 엔."

"그래서?" 내가 다음 이야기를 재촉했다. 니시고리는 나를 사납게 노려보고 나서 말을 이었다. "수사본부에는 십일 년 전에 도망친 범인과 육 년 전 단독범이었던 남자가 이번 사건의 주범인 도가미 다다오와 동일 인물일 가능성이 있다는 의견도 있습니다. 분명히 나이와 체격은 모순이 없는 것 같은데 두 사건으로부터 시간이 많이 흘러 수사는 진척이 없습니다. 가장 큰 이유는 도가미가 사망했기 때문이죠."

"도가미라는 남자가 은행에서 보인 태도는 초등학생 앞에 선 베테랑 교사처럼 능숙한 모습이라 도저히 초범이라고는 생각할 수 없었죠. 만약 이 세 사건의 범인이 모두 도가미라는 사실이 입증되면 그 세 지점 모두에서 근무했던 무토 씨 입장은 어떻게 될까요?"

"잠깐만!" 다이고 변호사가 날카로운 목소리로 말했다. "당신들 지금 무토 씨가 은행 강도 공범이라는 말투로군. 무슨 증거가 있다고 그런 터무니없는 억측을."

변호사의 위세와는 달리 무토 부부는 지친 표정으로 서로를 마주 보았다.

"증거는 없죠." 내가 말했다. "하지만 마사시는 부모의 이혼 이야기와 반복되는 두 사람의 심한 말다툼 때문에 마음의 상처를 입었습니다. 그리고 어느 날 아버지 소지품에서 어린이가 보기에도 진짜인 권총을 발견했고……. 아, 니시고리 경부. 무토 씨의 집을 수색했을 텐데 권총과 관련한 증거품이 나온 게 있죠?"

"있지." 니시고리가 퉁명스러운 목소리로 대답했다. "무토 씨 옷장 구석에 있던 'JAL'이라고 적힌 여행가방 안에서 나머지 총탄 서른 발과 권총을 포장했던 걸로 보이는 기름종이가 나왔어. 그 집에는 자물쇠를 채워 뭔가 숨길 곳이나 금고 같은 것은 전혀 없었고."

"어린이의 풍부한 상상력으로 아버지가 그 권총을 사이가 틀어진 어머니에게 쏠 작정이 아닌가 싶어 불안에 휩싸인 거죠. 소년은 아버지가 집을 비웠을 때 권총이 제자리에 있는지 확인하는 게 일과가 되고 말았습니다. 권총이 제자리에 있는 한 어머니는 안전할 테니까요. 강도 사건이 일어난 그날, 마사시는 그 총이 사라진 걸 발견했죠. 먼저 자기 어머니에게 연락했지만 외출중이라 직장에 없었습니다. 아버지에게 연락했는지 어떤지는 모르겠습니다. 아마 무서워서 못 하지 않았을까요? 물론 경찰에는 갈 수 없죠. 아버지가 어머니를 쏘지 않을 수도 있는데 그러면 아무 짓도 하지 않은 아버지를 경찰에 신고한 셈이 될 테니까요."

나는 말을 끊고 무토 부부를 바라보았다. 두 사람은 어린 아들에게 안겨준 고뇌 때문에 몸이 움츠러든 듯했다.

"마사시는 신주쿠에 살 때 본 적 있는 제 탐정사무소를 떠올렸습니다. '탐정'에 대한 그 아이의 지식은 텔레비전이나 만화에 등장하는 탐정이었던 것 같습니다. 어머니를 지켜줄 사람은 그 탐정사무소 유리창 안에 있는 사람밖에 없다고 생각해서……."

나는 잠깐 뜸을 들이고 결론을 이야기했다.

"무토 씨. 당신은 그날 권총을 가지고 직장에 갔습니다. 초능력이라도 있지 않는 이상, 그날 은행 강도가 들 거라는 사실을 알고 있었다는 이야기가 됩니다."

침묵이 병실을 지배했다. 무토 에이지는 가슴 아래쪽에서 깍지를 끼고 있던 두 손의 관절이 새하얘지도록 꼭 쥐고는 입을 꾹 다물었다. 긴장의 마지막 벽을 허물기 위해서는 한 번 더 밀어붙여야 했다.

"증거는 아무것도 없습니다." 내가 다시 말했다. "그렇지만 만약 당신이 공범이라는 사실을 부정한다면 아마 경찰은 마사시를 심문해야만 할 겁니다. 마사시는 아들이니까 아버지를 지키기 위해 많은 거짓말을 하겠죠. 그래도 경찰은 결국 필요한 답을 얻어내고야 말 겁니다. 마사시는 자기가 당황해서 탐정을 고용한 것이 아버지의 계획을 엉망으로 만들었다는 사실을 깨닫겠죠. 아버지의 죄가 드러난 것은 자기 때문이라고 생각할 겁니다. 이번에는 당신이 아들을 지켜줄 차례 아닐까요?"

"여보……." 니시다 사치코가 애원하는 목소리로 남편을 불렀다. 무토는 아내에게 여러 차례 고개를 끄덕였다.

"알아. 마사시를 법정에 세울 수야 없지." 그는 니시고리를 돌아보고 말했다. "다 털어놓기 전에 딱 한 가지만 약속해주시겠습니까?"

"뭐죠?"

"3시에 아들과 딸을 면회할 수 있는 허가를 받았습니다. 부디 그걸 취소하지 말아주십시오. 애들만 만날 수 있다면 아무런 미련 없이 법의 심판을 받겠습니다."

니시고리는 잠시 생각한 뒤 대답했다.

"자백 여부와 상관없이 당신은 아이들을 만날 수 있어요. 누구도 그 권리는 빼앗지 못합니다."

무토는 마음이 놓인다는 표정으로 고개를 끄덕였다.

"말씀하신 대로 저는 세 건의 강도 사건 공범입니다. 지금까지 한 이야기가 맞습니다."

"잠깐만." 다이고 변호사가 얼른 끼어들었다. "무토 씨. 더는 발언하면 안 됩니다. 당신에겐 묵비권이 있고……."

"아뇨, 다이고 선생님. 제겐 저를 지키기 전에 자식을 지켜야 할 의무가 있습니다. 제 뜻대로 하게 해주십시오."

변호사는 입을 다물 수밖에 없었다. 내가 물었다.

"왜 도가미를 죽였죠?"

"더는 은행 강도를 반복하고 싶지 않았기 때문입니다. 도가미는 아무리 큰돈이 생겨도 결국 그걸 다 써버리는 능력밖에 없는 사람이었죠. 이렇게라도 하지 않으면 도가미에게 끌려다니며 계속 강도질에 가담할 수밖에 없는 상황이었습니다. 처음에는 도가미도 단순한 공범에 지나지 않았죠. 경찰과 총격전을 벌이다 죽은 오야부라는 녀석이 주범이었고 저는 그 남자에게 부정융자로 약점이 잡혀 어쩔 수 없이 시부야 지점 강도 계획에 말려들었던 겁니다. 그게 이 악몽의 시작이었죠."

"왜 아사다는 쏘지 않았나요? 도가미의 권총은 진짜고 아사다는 모조 권총을 갖고 있다고 생각한 겁니까?"

"그렇죠. 계획이 그랬습니다. 제가 공범자라는 사실은 아사다에게 알리지 않았기 때문에 그 사람을 쏠 생각은 애초에 없었습니다. 그 사람이 쏜 총탄에 맞았을 때는 정말 깜짝 놀랐죠. 두 사람이 왜 권총을 바꾸었는지는 모르겠습니다."

니시고리가 전문가의 의견을 말했다.

"아마 카운터 위에 있으면서 뒤를 볼 수 없는 도가미보다 전체를 볼 수 있는 아사다가 진짜 총을 가지고 있어야 한다고 생각을 바꾸었을지도 모르겠군."

나는 부부의 얼굴을 번갈아보며 물었다.

"부인께서 이혼을 요구하신 것도 이번 강도 사건과 관계가 있을 것 같군요?"

주저하는 아내를 대신해 남편이 이야기하기 시작했다.

"도가미는 일 년쯤 전부터 세번째 은행 강도를 하자고 끈질기게 강요하기 시작했습니다. 은행 내부에 협력자가 있으면 얼마나 유리한지 경부님께서는 잘 아실 겁니다. 가장 큰 이점은 금고에 무엇이 들었는지 아는 상태에서 실행에 옮길 수 있다는 사실이죠. 제가 계속 거부하자 도가미는 아내에게 협박 전화를 걸어 압력을 가했습니다. 저는 아내에게 옛날 두 사건을 포함해 모든 사정을 털어놓았습니다. 둘이 머리를 맞대고 두세 달은 버텨냈죠. 그러자 도가미는 중학생인 딸을 표적으로 삼더군요. '너희 아버지 재산은 불법적인 수단으로 모은 것이다.' 이런 식의 전화와 편지를 여러 차례 보냈습니다. 열다섯 살인 딸의 반응은 설명할 필요가 없을 겁니다. 아내는 내가 자수하고 과거를 청산하길 바랐죠. 사실 그렇게 했어야 합니다. 하지만 저는 어리석게도 그 '계획'을 통해 악몽에서 벗어날 수 있다고 확신했던 겁니다. 계획의 내용까지는 아내에게 이야기하지 않았습니다. 도가미를 총으로 쏴 죽이겠다고 하면 반대할 게 뻔하니까요. 아내는 제가 결국 이번에도 은행 강도에 가담할 수밖에 없을 거라고 보고 일단 딸을 데리고 별거에 들어가 저를 멀리했습니다. 그리고 이혼을 요구하며 아들도 달라고 했죠. 위자료가 필요 없다는 것은 제 재산이 아이들을 키우기에 떳떳한 돈이 아니라고 생각했기 때문일 겁니다. 아버지 말씀으로는 마사시는 자기가 아버지 곁에 남고 누나가 어머니와 지내면 언젠가 부모가 관계를 회복할 수 있을 거라 생각한 모양이더군요. 저는 아들이라도 제 곁에 남아 다행이라고 생각했죠. 마사시를 제 마음의 마지막 기댈 곳으로 삼아 요 몇 달 동안 도가미에게 맞서 방아쇠를 당기는 그 순간만을 그리며 지냈습니다……. 그런데 그 애가 '계획'을 무너뜨리고 말았네요. 아니, 그 애가 진정한 의미에서 저를 악몽에서 깨워준 겁니다. 그렇죠?"

## 8

병실 밖에서 무토 사치코와 잠시 이야기를 나누었다. 내가 전화로 열 살 소년의 이야기를 했을 때 아들이 아닐까 하는 생각이 들었다고 했다. 전화를 끊고 난 뒤 요도바시 제4초등학교에 다닐 때 다이스케라는 친구가 있었던 사실도 기억해냈다. 하지만 그때만 해도 그게 무슨 의미인지 상상도 하지 못했다. 마사시와 두 달 넘게 만나지 못한 상태였다고 했다. 얼른 메구로에 있는 마사시의 할아버지 집으로 연락해봤지만 통화는 못했다고 했다.

"그래서 빨리 남편을 만나야겠다는 생각에 은행으로 달려간 거예요."

나는 헤어지기 전에 무토 사치코에게 탐정 요금 잔액이 든 봉투를 건넸다. 삼십 분쯤 되는 시간 동안 경호를 맡은 요금은 만 엔이면 충분하다고 말했다. 의뢰인이 열두 살도 안 된 어린이라 영수증은 발행하지 않았다. 무토 사치코는 돈을 받지 않으려고 했지만 앞으로는 내게 지불할 만 엔도 아까울 만큼 어려운 생활이 시작될 거라고 겁을 주어 결국 받게 만들었다.

나는 빗속을 걸어 신주쿠 역으로 향했다. 어제 지병인 천식 발작을 일으킨 블루버드를 가지러 기치조치에 있는 자동차 수리공장으로 가야만 했다. '오다큐HALC' 앞에 있는 횡단보도에서 신호를 기다리는데 건너편에 서 있는 마사시가 보였다. 엿새 전과 마찬가지로 노란색 우산을 썼다. 소년 옆에 있는 여학생은 중학생 누나인 사에코, 그 옆에 있는 사람은 아마도 할아버지, 즉 무토 에이지의 아버지겠지. 신호등이 녹색으로 바뀌자 그들은 이쪽을 향해 걷기 시작했다. 나는 잠깐 몸을 숨길까도 생각했지만 이미 늦었다. 마사시는 내 얼굴을 똑바로 바라보았다. 나도 걸음을 내디뎠다. 여기라면 마사시도 내가 신주쿠 경찰병원에서 나왔다고 생각하지는 않을 거라는 판단이 섰기 때문이었다. 여기는 내 사무실에서 신주쿠 역으로 가는 길이기도 했다. 거리가 점점 좁혀졌다. 서로 시선을 피하지 않았다. 피할 수 없었다. 피하면 마사시가 말을 걸 것만 같은 기분이 들었다. 서로 스쳐 지날 때 마사시의 우산이 내 어깨 아랫부분에 닿아 빙글 돌았다. 마사시가 뒤를 돌아보았는지 어떤지는 알 수 없었다.

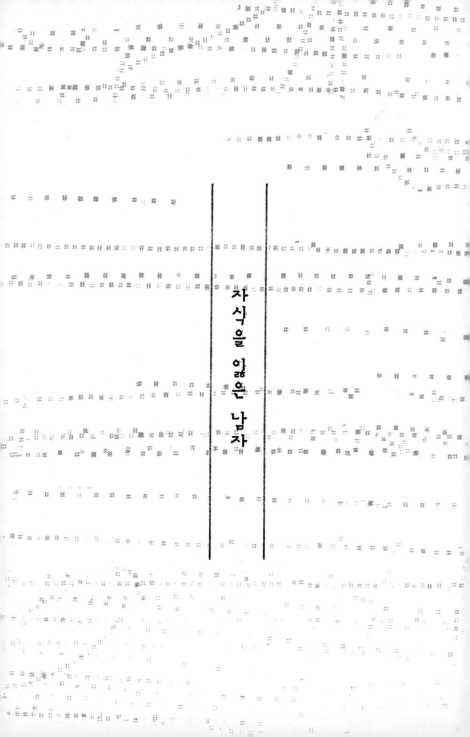

자
식
을
잃
은
남
자

# 1

아직 더위가 물러가지 않은 길에 서서 그 사내는 바로 앞 아스팔트 바닥이 열기에 녹아버리기를 기다리기라도 하듯 꼼짝 않고 노려보았다. 일방통행이라 차의 흐름이 잠시 끊어지기를 기다렸다가 손에 든 흰 장미 한 송이를 차도 한복판으로 가볍게 던졌다. 나는 마침 사무실 창문을 열고 건물 뒤편 주차장 너머 도로를 내려다보는 참이었다. 영화의 한 장면이라면 몰라도 실제로 저렇게 연극하듯 행동하는 남자를 보기는 처음이었다.

나는 파일 박스 쪽으로 가서 그 위에 놓인 선풍기 스위치를 눌렀다. 사무실에 나오지 않았지만 달리 아무것도 한 일 없는 여름휴가가 끝나고 열흘 만에 다시 연 사무실 환기를 위해서였다. 구형 선풍기는 후끈한 열기를 휘젓기만 할 뿐 별 효과가 없었다. 나는 담배에 불을 붙이고 그동안 쌓인 우편물과 신문을 정리했다. 그게 끝났을 무렵 주차장에서 사람 말소리가 들려 다시 창문 쪽으로 갔다. 아까 흰 장미를 던지던 남자가 이 건물 맞은편에 있는 약국 주인과 이야기하며 주차장 출입구 쪽으로 걸어갔다. 두 사람은 길가로 나와 멈춰서서 뭔가 난처한 표정으로 이야기를 이어갔다. 털이 다 뽑힌 새를 떠올리게 만드는, 일흔이 넘은 약국 주인이 이야기를 하고 상대방은 그저 듣기만 하는 듯했다. 약국 주인이 주차장을 돌아보다 나를 발견하고는 살짝 고개를 숙였다. 작년에 안경을 살 때까지는 맹인이나 진배없었는데 저 거리에서 내가 보인다니, 물건을 잘 고른 모양이다. 상대 남자도 나를 보았다. 나는 책상으로 돌아가 담배를 껐다.

화장실에 다녀오니 장미를 던진 남자가 사무실 문 앞에 서 있었다. 마흔 살 언저리로 보이는 날씬한 체격에 옅은 파란색 여름 정장 차림. 안에는 흰 폴로셔츠를 받쳐입었다.

"스즈키 약국에서 듣고 찾아왔습니다. 실례지만 사와자키 씨 맞습니까?"

남자는 정확한 일본어를 구사했다. 눈이 가늘고 길며 눈썹과 수염이 옅은 전형적인 조선인―아니면 한국인이라고 해야겠지―의 외모였다. 바둑 기사 조치훈 9단이 십 년 더 나이 들고 20킬로그램 정도 체중을 줄인 느낌이었다. 나는 그렇다고 대답했다.

"저는 최정희라고 합니다."

나는 고개를 꼬았다. 따라하라고 해도 따라할 자신이 없는 발음의 이름이었다.

"그렇게 해선 이름을 들은 것 같지 않군. 한자로 어떻게 쓰는지 가르쳐주면 좋겠는데."

나는 사무실 문을 열고 안으로 들어갔다.

남자는 양복 안주머니에서 지갑을 꺼내 명함을 한 장 빼더니 사무실 안으로 들어와 그걸 건네주었다. 명함에는 '사이테이키崔貞熙'라는 이름과 니시신주쿠 7초메에 있는 아파트 주소, 전화번호가 함께 적혀 있었다. 주소로 보아 이 사무실에서 직선거리로 400미터 떨어진 곳이다.

"사이崔 씨라고 불러도 괜찮겠어요?"

"그러시죠. 내가 댁을 택기沢崎 씨라고 불러도 괜찮다면."

"괜찮지 않지. 난 그렇게 불린 적이 한 번도 없으니까."

"나도 친한 사람들은 '최'라고 부르는데."

"처음 보는 사람에게 자기 방식을 들이밀 작정이요? 난 댁과 친하지도 않고 친해지고 싶다는 생각도 없습니다. 용건을 마치고 얼른 친한 친구들에게 돌아가시죠."

최는 쓴웃음을 지었다. 그리고 표현을 골라가며 이야기하기 시작했다.

"딱 일주일 전에 이 건물 뒤에 있는 주차장 앞 도로에서 교통사고가 났습니다. 뺑소니사고였죠. 사흘 후 그 차가 발견되었는데 사고가 나기 며칠 전에 도난 신고가 된 스카이라인이란 차종으로, 경찰은 차 소유자는 뺑소니와 관계가 없다고 보는 모양입니다. 사고는 일주일 전인 월요일—8월 11일 오후 4시경에 일어났는데 안타깝게도 목격자가 한 명도 없어서 누가 운전했는지 밝혀지지 않은 상태입니다."

그는 이마에 땀이 맺힌 채 말을 이어나갔다.

"사와자키 씨, 댁이 조금 전에 그 창에서 길 쪽을 내려다봐서 생각이 난 겁니다만 그날 뭔가 목격한 게 없나요?"

"여름휴가라 열흘 만에 사무실에 나온 거라서 말이죠. 그날 나는 여기 없었습니다." 흰 장미를 머릿속에 떠올리며 내가 물었다.

"뺑소니라고 했는데, 사망 사고였나요?"

"그렇습니다. 여섯 살 난 제 딸이…… 그 자리에서 바로 숨을 거두었습니다."

"그거 안됐군요."

"예……. 어린이 교통사고는 부모 책임이죠. 하지만 그렇다고 사람을 치고 도망가도 괜찮다는 건 아닐 겁니다."

그는 양복 주머니에서 손수건을 꺼내 목덜미와 이마의 땀을 닦았다.

"그러셨군요. 사무실을 비웠다니…… 그럼 어쩔 수 없군요."

그는 실망한 표정으로 인사하더니 힘없는 걸음으로 사무실을 나갔다.


최정희는 이튿날 오전 10시에 다시 내 사무실을 찾아왔다.

"사와자키 씨에게 일을 부탁하고 싶습니다."

그는 손님용 의자에 앉아 말했다. 옷차림은 어제와 같았지만 주간 지만 한 크기의 손가방을 들고 있었다.

그는 먼저 자기는 음악가라며 약력을 대략 이야기했다. 나중에 조금 자세하게 조사했더니 최정희는 열여덟 살에 한국 국립음악대학에서 도쿄 예술대로 유학해 재학중에 벌써 국내외 작곡 콩쿠르에서 우승했고 졸업한 뒤에는 미국, 유럽으로 건너가 국제적으로 음악 활동을 펼쳤다. 1970년대 초반에 다시 일본으로 돌아와 NHK교향악단에서 지휘자로 출발했다. 그 뒤 십 년 동안 전세계 유명 오케스트라로부터 의뢰받아 작곡을 하는 한편, 지휘자로서도 명성을 쌓았다. 지금은 미국 '클리블랜드 관현악단' 상임지휘자이며 이번에 '일본 필하모니 관현악단'의 수석 상임지휘자로 초빙되어 5월부터 일본에서 지내는 중이라고 했다. 또 부인은 유명한 피아니스트로 독일 사람이라고 했다. 그러고 보니 클래식음악에 문외한인 나도 신문이나 잡지에서 본 적이 있는 것 같았다.

만약 뺑소니 범인을 찾아달라는 의뢰에 응한다면 사기죄를 저지르는 것이나 마찬가지다. 질적으로 양적으로 훌륭한 경찰 수사로도 밝혀내지 못한 범인을 탐정 혼자 찾아낼 수는 없다. 하지만 최정희가 의뢰한 내용은 전혀 뜻밖이었다.

"옛날 여자에게 보낸 내 편지를 사라는 협박 전화가 왔는데 그 거래 현장에 당신이 함께 가주면 좋겠습니다."

나는 의자에서 일어나 선풍기 바람의 세기를 '강'에서 '중'으로 바꾸었다. 더위가 어제보다 조금 누그러들기도 했고 선풍기 날개 윙

웅거리는 소리가 시끄러워 대화를 방해했기 때문이다.

"언제 어디서 받기로 했죠?" 내가 책상으로 돌아와 물었다.

"오늘 11시에 신주쿠 역 동쪽 출구에 있는 '베르테르'라는 카페 이층입니다."

"상대방이 누군지 압니까?"

"아뇨…… 전화 목소리로는 젊은 남자인 것 같더군요."

"상대방이 요구하는 금액은?"

"처음에는 백만 엔이었는데 지금은 이백만 엔을 내라고 합니다."

"그건 왜죠?"

최정희는 폴로셔츠 주머니에서 필터 있는 '지탕'을 꺼냈다.

"담배를 피워도 괜찮습니까?"

"그러시죠."

나는 비교적 깨끗한 재떨이를 골라 최정희 앞에 놓아주고 나도 담배에 불을 붙였다. 그가 담배 연기를 내뿜으며 말했다.

"그 남자가 처음 전화를 걸어온 것은 지난주 일요일이었습니다. 내 편지를 모두 다섯 통 가지고 있는데 백만 엔에 사라고 하더군요. 나는 이십 년쯤 전에 그 여성과 사귀었지만 뒤가 켕길 일은 전혀 없습니다. 편지가 공개되더라도 좀 난처할 뿐이지 협박받을 일은 없다고 대답했습니다. 다만 아소 유코—제 편지를 받은 상대인데, 그녀가 불편해질지도 모르니 그 편지를 되찾아서 나쁠 일은 없다고 생각했죠. 적당한 사례를 받고 편지를 돌려줄 거라면 언제든 만나자고 대답했습니다. 유코와는 1967년 가을에 헤어진 뒤 한 번도 만나지 못했습니다. 어떻게 살고 있는지 전혀 몰라요. 그런데 전화 상대방은 아무 대답 없이 전화를 끊더군요……."

최정희는 담뱃재를 재떨이에 떨더니 의자에서 일어나 내 책상 옆을 돌아 창가로 갔다. 유창하게 일본어를 하는 이 남자가 일본인이 아니라는 사실을 새삼 느꼈다. 일본인이라면 보통 다른 사람의 사무실에서 이렇게 행동하지 않는다. 최정희는 창밖을 내려다보면서 이야기를 이어갔다.

"그런데 어젯밤 그 남자에게서 두번째 전화가 왔습니다. 일방적으로 시간과 장소를 지정한 뒤에 이번에는 이백만 엔을 내라고 요구하는 겁니다. 그리고 다시 전화를 걸게 만들면 금액이 곱절로 오를 거라면서 전화를 끊더군요."

최정희는 불안한 표정으로 나를 돌아보았다. 나는 담배를 끄고 물었다. "처음에 전화가 온 게 일요일이었다고 하면 이튿날 따님 사고가 일어났다는 거군요?"

"……그렇습니다."

최정희는 가느다란 눈으로 나를 바라보았다.

"사고를 당한 따님 이외에 다른 자제분이 있나요?"

"예, 네 살배기 사내애와 이제 두 살 된 막내딸이 있죠."

"따님 사고에 뭔가 수상한 점은 없었습니까? 그러니까 단순한 교통사고는 아닌 것 같은 점이 없었느냐는 거죠."

최정희는 생각하면서 손님용 의자로 돌아가 대답했다.

"아뇨, 미심쩍은 부분은 없었습니다. 외국인 아이들도 받는 유치원에 함께 다니는 친한 여자애가 바로 앞에 사는데 그 집에 갔다가 돌아오는 길에 당한 사고였죠. 딸이 좀 말괄량이라 차가 보이지 않으면 차도를 막 건너기도 해서 안네-마리, 그러니까 아내가 늘 조심하라고 했는데도…….”

담배를 든 최정희의 손이 가늘게 떨렸다. 그는 그걸 숨기듯 담배를 재떨이에 눌러 껐다.

“그래도 단순한 사고가 아닐 가능성이 없다고는 단언할 수 없겠죠?”

최정희는 한숨을 내쉬었지만 결국 내 말을 인정하며 고개를 끄덕였다.

“그래서 사와자키 씨에게 함께 가달라고 부탁하는 게 좋겠다고 생각한 겁니다. 협박 전화와 사고 사이에 아무런 관계도 없다고 생각하지만 무슨 일이 일어날지 모르니까요.”

“돈은 어떻게?”

최정희는 손에 든 가방을 들어올렸다.

“이백만 엔 준비했습니다.”

“탐정이 아니라 경찰을 찾아갔어야 한다고 생각하지 않나요?”

“아뇨, 그건 곤란합니다. 전화를 건 사람은 남자였지만 원래 내 편지를 가지고 있을 사람은 아소 유코입니다. 그럴 리는 절대 없다고 생각하지만 유코가 돈을 원하고 있을 가능성도 있겠죠. 만약 그렇다면 경찰을 부를 수는 없습니다. 유코는 내 재산의, 뭐랄까…… 사분의 일은 요구할 권리가 있습니다. 절반은 지금 아내의 것이라고 해도 내 몫의 절반은 유코 것이죠. 아니 그 이상이라고 할 수 있을지도 모르겠습니다. 내가 경제적으로 가장 어려웠던 유학 시절 삼 년 동안 생활할 수 있게 해준 사람이 유코였으니까……. 그 삼 년이라는 시간이 있었기에 내가 음악가로 성공하게 된 겁니다."

손목시계를 보니 벌써 10시 반이 지난 시각이었다.

"시간이 없으니 다음 이야기는 '베르테르'로 가는 길에 듣기로 하죠. 편지 거래에 대한 의논도 해야 하고."

<br>

## 2

<br>

그 카페는 신주쿠 역 앞 신주쿠 거리에서 야스쿠니 거리로 가는 길가에 있었다. 커피를 떠올리게 만드는 짙은 갈색 외장을 한 가게였다. 나는 안으로 들어가 바로 이층으로 올라갔다. 11시 십오 분 전. 최정희는 거의 한가운데에 있는 칸막이석에 혼자 앉았다. 다른 손님은 도로 쪽으로 난 창문 옆에 미성년자로 보이는 남녀 한 쌍뿐이었다. 나는 그 옆 칸막이석에 앉았다. 긴장한 최정희의 뒷모습이 3미터 앞에 있었다.

커피를 주문하고 신주쿠 역 매점에서 사온 〈주간 바둑〉을 펼쳤다. 명인전 리그 최종 라운드가 끝나 조치훈 9단과 가토 마사오 9단이 동률로 도전자 결정 플레이오프를 한다는 소식이 실렸다. 오타케 히데오 9단은 안타깝게도 1승 7패로 리그 탈락했다. 져도 모양이 나는 기사는 오타케 9단과 후지사와 히데유키 명예 기성뿐이지만 패배는 역시 패배다. 커피를 한 모금 마시고 담배에 불을 붙였을 때 계단에서 발소리가 났다.

이십대 중반의 세일즈맨처럼 보이는 남자가 약속 상대를 찾듯이 세 테이블의 손님을 둘러보았다. 하지만 찾는 사람이 없는지 맨 안쪽 칸막이석에 앉아 스포츠신문을 펼쳤다. 창가의 젊은 커플이 자리에서 일어섰다. 빨간 오토바이용 헬멧을 든 여자는 계단 쪽으로 걸어갔지만 검은색 비닐봉지를 든 남자는 최정희가 있는 칸막이석 앞에서 멈춰섰다. 'Live under the Sky 86'이라고 적힌 티셔츠에 청바지를 입고 무릎 아래까지 오는 부츠를 신었다. 올백으로 넘긴 머리에 도전적인 눈을 한 얼굴은 함께 있던 여자와 이야기할 때보다 훨씬 어른스러워 보였다. 하지만 남자의 나이는 틀림없이 열여덟, 열아홉 정도였다.

그는 말없이 맞은편 자리에 앉아 비닐봉지에서 묶음으로 된 봉투 같은 것을 꺼내 최정희 앞에 놓았다. 최정희는 얼른 담배를 끄고 봉투를 들어 살폈다. 두 통까지는 봉투 안에 든 편지지를 꺼내 살펴보았지만 나머지는 봉투에 적힌 수신인과 두께만 확인했다.

"넌 누구지?" 최정희가 물었다. 티셔츠를 입은 젊은이는 슬쩍 미소를 짓더니 고개를 저었다.

"그럼 왜 이 편지를 가지고 있는 건가?"

"질문에는 대답할 수 없어." 젊은이가 짜증난 목소리로 대꾸했다.

최정희는 잠시 젊은이를 노려본 뒤 말했다.

"이것만은 꼭 묻고 싶군. 이 돈을 요구한 사람이 아소 유코는 아니겠지?"

젊은이 얼굴이 살짝 붉어지더니 분노를 머금은 목소리로 말했다.

"묻고 싶은 게 그뿐인가?"

"뭐?" 최정희가 되물었다.

"당신이 알고 싶은 게 내가 누구인지, 왜 그 편지를 가지고 있는지, 그 편지 수신인이 이 건과 관계가 있는지 없는지—이 세 가지겠지?"

나는 테이블 위에 놓인 전표를 들고 자리에서 일어섰다.

"그렇다." 최정희가 남자의 질문에 대답했다. "대답하면 네 요구대로 하지."

나는 계단 쪽으로 향했다.

"그 세 가지 질문에 대한 답과 아소 유코가 현재 어디 있는지 적힌 메모를 준비했어. 어제 전화로 말한 것을 주면 메모를 건네지."

"틀림없겠지?"

나는 일층으로 내려갔다. 최정희가 잠깐 생각할 시간을 달라고 하는 소리가 들렸다. 나는 계산대에서 커피 값을 치르고 카페 밖으로 나왔다.

예상대로 카페 앞 차도 건너편에 400시시급 오토바이가 서 있고 먼저 나갔던 여자가 그 옆에 있었다. 소매 없는 청재킷에 빨간 티셔츠, 몸에 딱 달라붙는 청바지 차림에 부츠를 신고 있었다. 웨이브 진 긴 머리카락 사이로 보이는 얼굴은 기가 센 느낌이었다. 빨간색 헬멧을 쓰고 손에는 그보다 훨씬 큰 검은 헬멧을 든 채 카페 입구를 지켜보는 중이었다. 오토바이는 이미 시동이 걸려 있었다.

나는 여자가 눈치채지 못하도록 일단 신주쿠 역 방향으로 걷다가 얼른 신주쿠 거리 횡단보도를 건넜다. '후지 은행' 모퉁이에서 방향을 바꾸어 여자 뒤로 접근했다. 오토바이는 검은색 가와사키 '엘리미네이터'였다. 여자 옆 보도를 지나 야스쿠니 거리 모퉁이까지 가서 기다렸다. 십 초도 지나지 않아 티셔츠를 입은 젊은이가 카페에서 달려나왔다. 자랑스러운 표정으로 여자에게 비닐봉지를 흔들어 보였다. 나는 야스쿠니 거리의 차량 흐름을 살피며 택시를 찾았다. 30미터쯤 앞에 '빈차'로 보이는 오렌지색 택시가 보여 손을 들었다. 오토바이를 탄 커플이 내 앞에서 좌회전해 오우메 가도와 오타키바시 사거리 방향으로 달려갔다. 운전은 물론 남자가 했다. 나를 태운 택시는 약 50미터 뒤처져 출발했다.

하지만 택시로 오토바이를 추적한다는 것은 도저히 무리였다. 오 분 뒤 오우메 가도의 나카노사카우에 부근에서 그들이 탄 오토바이는 택시 앞 유리창을 통해 보이는 시야에서 완전히 사라지고 말았다.

미리 약속한 대로 최정희는 '베르테르' 이층 그 자리에서 나를 기다리고 있었다.

"미행은 역시 실패로군요." 그가 내 표정을 살피며 말했다. "그렇지만 나는 어떻게든 그 젊은이를 한 번 더 만나야겠어요."

그는 흰 사각봉투에서 접힌 편지지를 꺼내 내게 건넸다.

"이걸 계산대에 맡겨놓았더군요."

최정희의 가느다란 눈은 초점이 맞지 않았다. 상당한 충격을 받은 게 틀림없었다. 나는 편지지를 펼쳐 읽었다.

아소 유코는 작년 10월 사망.
나는 아소 유코의 아들 아소 사다유키.
다시는 당신을 만날 생각이 없으니 안심하라.

나는 편지지를 도로 접어 최정희에게 돌려주었다.

"그 청년…… 나를 닮았나요?" 최정희가 진지한 표정으로 물었다.

"난 관상은 보지 않아요. 그 청년을 아들이라고 생각하는 겁니까?"

"모르겠습니다. 하지만 그럴 가능성이 충분합니다. 헤어질 때 유코는 임신한 상태였죠. 삼 개월쯤 되었다고 했어요. 나는 낳으라고 했습니다. 유코는 '한국인의 아이를 낳을 생각은 없다'고 고집을 부렸습니다. 나는 그녀를 때리고 아파트를 뛰쳐나왔죠. 이튿날 돌아가 보니 유코는 없더군요. 지금 함께 사는 아내와 만나기까지 십 년 동안 틈이 날 때마다 유코를 찾았습니다. 하지만 헛수고였죠. 최근에는 유코가 살아 있는지도 의문이라는 생각이 들었습니다. 유코가 죽다니 믿을 수 없군요…… 나보다 한 살 더 많으니 겨우 마흔한 살이었을 텐데."

최정희는 그날의 탐정 요금과 아소 사다유키를 찾기 위한 사흘치 비용을 지불했다. 우리는 카페를 나와 신주쿠 역 앞 사거리에서 헤어졌다. 최정희는 오후부터 오케스트라 리허설이 있다며 지하철을 향해 인파 속으로 사라져갔다.

사고로 딸을 잃은 남자를 보는 일은 직업상 드물지 않다. 옛 애인이 죽었다는 소식을 들은 남자도 마찬가지다. 이미 어른이 다 된, 자식으로 보이는 인물을 처음 만난 남자도 드물지 않다. 그렇지만 여섯 살 먹은 딸의 사고사에 옛 애인이 낳은 아들이 관련되어 있을지도 모른다고 의심하는 남자의 심리는 상상이 가지 않았다. 그런 남자의 지휘봉이 대체 어떤 음악을 빚어낼지, 나는 상상이 가지 않았다.


## 3


나는 점심식사를 마치고 1시 반에 사무실로 돌아와 신주쿠 경찰서 다지마 형사에게 전화를 걸었다. 아소 사다유키를 놓친 뒤 같은 경찰서 니시고리 경부에게 전화를 걸었지만 하필 비번이라 자리에 없었다. 아니 다행히 비번이었다고 해야 할까? 그 경부는 목덜미를 타고 들어온 송충이처럼 마음에 들지 않는 인물이었다. 그래서 다지마 형사에게 부탁해 아소 사다유키가 탔던 가와사키 오토바이의 등록번호를 대고 소유자를 조회해봐달라고 했다.

미야케 가즈마사, 이십구 세, 무직. 나카노 구 아라이 5-37-2, 히가시아라이 아파트 502호.

다지마 형사에게 고맙다는 인사를 하고 전화를 끊었다. 약 한 시간 뒤에는 '세이부신주쿠 선'의 아라이야쿠시 역에서 내려 '히가시 아라이 아파트'를 찾았다. 나는 주차장에 있는 검은 가와사키 옆에 섰다. '엘리미네이터'의 엔진은 아직 델 정도로 뜨거웠다. 아파트 현관으로 들어가 엘리베이터 앞에서 기다리니 오층에서 멈춰 있던 표시 램프가 아래로 내려오기 시작했다. 혹시나 싶어 나는 엘리베이터 앞을 떠나 로비 뒤에 있는 우편함 쪽으로 이동했다. 어깨 너머로 엘리베이터 문이 열리고 아소 사다유키와 동행했던 여자가 같이 나오는 게 보였다. 둘은 내 쪽으로는 시선도 주지 않고 흥분한 목소리로 이야기를 나누며 출구 쪽으로 갔다.

"이제 다시는 그 미야케의 낯짝을 보지 않아도 되겠네."

"네 덕분이야, 사다유키. 정말이야."

"그런 소리 하지 마. 그보다 저녁으로 맛있는 거나 먹고 화끈하게 파티하자."

"그래. 내가 장을 볼 테니까 넌 먼저……."

두 사람은 아파트 밖으로 나가더니 큰길에서 잠깐 이야기를 나누고는 왼쪽과 오른쪽으로 갈라졌다. 나는 아라이야쿠시 상점가 쪽으로 간 여자를 미행했다.

여자는 상점가 안에 있는 식료품 가게 여러 곳과 술집을 돌며 두 손으로 들 수 없을 정도로 장을 보고 마지막에는 꽃집에 들러 빨간 열대지방 꽃을 샀다. 그러고는 상점가를 가로질러 나카노 거리 쪽으로 꺾어져 네댓번째 건물에 있는 '그랜드슬램'이라는 카페로 들어갔다. 와인색의 말끔한 건축 자재와 황동 장식을 사용한 분위기 있는 외관이었다. 요즘은 도심보다 교외에 이런 멋스러운 카페들이 빠르게 늘어나는 중이다. 햇살이 쨍쨍 내리비추어 문밖으로 나가기만 해도 땀이 나는 시간이었다. 나는 가게 앞을 지났다. 걸으며 출입구 유리 너머로 안쪽을 들여다보았다. 여자가 카페 주인으로 보이는 중년 남자에게 만 엔짜리 지폐 몇 장을 건네는 모습이 보였다. 가게 안에 있는 다른 손님의 눈을 피하려는 건지는 몰라도 밖에서는 오히려 잘 보였다.

나는 다음 블록까지 걸어 나카노 구 게시판 앞에 섰다. 붙어 있는 '추계 게이트볼 대회 지역 예선' 안내문을 읽으며 잠시 기다렸다. 앞으로 구 년 뒤면 오십 세 이상 육십 세 미만의 시니어부 출전 자격이 생긴다는 걸 알고 감동하는 참에, 여자가 카페에서 나왔다. 두 손 가득 짐을 들고 땀을 흘리기 시작했다. 여자는 가게와 나 거의 중간 지점에 있는 옆길로 꺾어졌다. 나도 되돌아가 그 길로 들어갔다. 20미터 정도 앞서 걷던 여자가 다시 왼쪽으로 꺾어졌다. 그 모퉁이에 이르자 부츠 신은 발로 철제 계단을 뛰어올라가는 소리가 들렸다. 조심스럽게 모퉁이에 숨어 엿보니 두번째 건물인 이층짜리 연립주택이 보였다. 지은 지 얼마 되지 않은 새 건물이었다. 여자는 그 계단을 올라가 왼쪽 끝에 있는 문 안으로 사라졌다.

'무라카미 제2코포'가 그 연립주택 이름이었다. 건물 앞 좁은 공간에 여러 대의 자전거와 함께 주차된 검은색 가와사키 오토바이가 보였다. 이웃 건물과 경계를 이루는 벽에는 철제 우편함이 있었다.

우편함을 확인하니 이층 왼쪽 끝 집 주인의 이름은 스기우라 마유미였다. 나는 이마의 땀을 닦으며 연립주택에서 나왔다.

'그랜드슬램' 가게 안은 냉방이 잘 되었다. 스턴 게츠의 '재즈 삼바'가 흐르고 있었다. 이미 오후 3시가 지난 시각. 나는 스기우라 마유미한테 만 엔짜리 지폐 여러 장을 받은 가게 주인의 바로 앞 카운터석에 앉아 담배를 피웠다. 그는 내 앞에 방금 끓인 커피를 내놓더니 크림과 설탕을 넣느냐고 물었다. 나는 필요 없다고 대답했다.

"아소는 오늘 여기 왔습니까?"

내가 자연스럽게 물었다.

"아뇨. 오늘은 아직 오지 않았네요……. 조금 전에 여자친구가 잠깐 들르기는 했는데."

"그럼 아소도 집에 있을까요?"

"아마. 갑자기 수입이 생겨 오늘은 둘이서 파티를 한다고 하더군요."

"그럼 나중에 전화해볼까?"

"실례지만 손님은……?"

"저요? 아, 아소 어머니……그러니까 유코 씨의 옛 친구죠."

"아아, 작년에 돌아가셨다고 하던데, 너무 일찍 가셨죠."

"저하고 같은 나이일 테니 마흔한 살이었죠."

주인도 비슷한 연배라 남 일 같지 않아서인지 여러 차례 고개를 끄덕였다. 마른 체형에 앞머리가 많이 빠졌고, 수염을 깎은 자국이 파르스름한 남자로, 말할 때 살짝 고개를 기울이는 버릇이 있었다.

"아마 이야기를 들었을 테지만……."

나는 태연한 표정으로 말했다.

"그 '히가시아라이 아파트'에 사는 미야케라는 남자 말입니다. 좀 곤란한 상황인 모양이던데……."

말꼬리를 모호하게 흐리며 상대의 반응을 살폈다.

"그렇죠. 그 녀석은 이 부근 왕따라서요. 저도 한 번 파친코 가게에서 얽힌 적이 있는데 정말 골치 아팠죠. 어쨌든 이거니까요."

그는 뺨에 검지로 상처를 그려 보였다. 조폭이라는 이야기인 모양이다.

"자기는 '세이와카이'에서 행세깨나 한다고 우기지만 사실은 그 조직에서 운전기사로 일하는 모양입니다. 마유미 씨가 오토바이를 타다가 넘어지면서 그 조직의 링컨 컨티넨털에 흠집을 낸 건 사실이지만 수리비가 백만 엔이라니, 말도 안 되는 소리죠. 마유미가 무면허라서 약점을 잡힌 겁니다."

"아하. 그래서 아소가 돈이 필요해졌던 거군요."

"하지만 마유미 씨는 결코 아소에게 돈을 바라거나 한 게 아닙니다. 그 아가씨는 그래 봬도 꽤 착실해서 아소가 돈을 빌려주겠다는 걸 계속 거절했으니까요……. 마유미는 이케부쿠로에 있는 '셔레이드'라는 바에서 일하는데 급여에서 할부로 갚더라도 자기가 해결할 작정이었죠. 하지만 그 미야케라는 녀석이 할부를 받아들일 리가 없죠. 이러쿵저러쿵 못살게 굴면서 조직이 운영하는 클럽에서 일하라느니 몸을 팔면 두세 달 만에 갚을 수 있다느니……. 아시잖아요, 그런 놈들이 하는 소리. 그래서 결국 아소가 보다 못해 자기가 어떻게든 해보겠다고 나선 겁니다. 그런 사정이 있으니 혹시 손님이 아소 친척이라면 마유미를 너무 나쁘게 생각하지 않았으면 좋겠군요. 그 두 사람은 요즘 젊은이치고는 착실한 편이고 무엇보다 둘이 사랑하는 사이니까요."

"그런 걱정은 하지 않아도 됩니다." 내가 말했다. "마유미 씨가 이케부쿠로에 있는 바에서 일한다고 하셨죠?"

"그렇습니다. 그래서 그 오토바이사고를 일으키기 전까지는 경제적으로 마유미가 아소를 도왔을 겁니다. 아소가 예술대학에 들어가는 것까지는 세상을 떠난 아소 어머니가 제대로 준비해둔 모양이지만요. 언젠가 아소가 '이렇게 아르바이트 정도만 하면서 그림 공부를 계속할 수 있는 건 마유미 덕분이에요'라는 말을 했죠. 둘이 프랑스와 스페인을 여행하는 게 꿈이라더군요."

"음, 말씀을 들으니 마음이 놓이는군요. 그럼 그 미야케라는 친구 문제만 해결되면 두 사람에겐 아무 문제 없는 거죠?"

"……그럴 겁니다." 주인은 안도한 표정으로 말했다. 젊은이들에게 힘이 되어주며 좀 시끌시끌하고 성가신 문제도 잘 품어주는, 말이 통하는 주인이라는 느낌이었다.

나는 별 내용 없는 요즘 야구 이야기로 화제를 바꾸고 커피를 마신 뒤에 카페를 나왔다.

## 4

나는 사무실로 돌아왔다. 오후 5시가 지나서 이케부쿠로에 있는 바 '셔레이드'에 전화를 걸어 스기우라 마유미라는 호스티스를 바꿔 달라고 했다. '유미는 오늘 늦게 출근하는 날이라 8시에 나옵니다' 라는 대답이 돌아왔다. 저녁을 먹고 7시에 다시 '무라카미 제2코포' 앞으로 갔다. 삼십 분쯤 기다리니 이층 왼쪽 끝 문이 열리고 청바지 에서 흰 여름 원피스로 갈아입은 스기우라 마유미—아니, 유미가 모습을 드러냈다. 나는 들키지 않도록 조심하며 그녀의 출근을 지켜 봤다. 그러고는 아파트 계단을 올라가 왼쪽 끝에 있는 문을 노크했 다. 아소 사다유키가 "뭐야, 두고 간 거 있어?"라며 술기운이 오른 벌건 얼굴로 문을 열었다. 그는 나를 보더니 화들짝 놀랐다. 신주쿠 의 '베르테르'나 미야케의 아파트에서 스친 희미한 기억이 남아 그 것이 아소 사다유키를 불안하게 만드는지도 모른다. 몇 시간 전에 공갈 협박 비슷한 짓을 저지른 사람에게는 분명 그다지 재미있는 상 황은 아닐 것이다.

"당신, 누구죠?" 아소 사다유키가 토하기라도 할 것 같은 표정으 로 말했다.

"내 이름은 사와자키…… 넌 아소 사다유키지?"

그는 어린아이처럼 고개를 끄덕였다. 십팔 년을 살았어도, 예술대 학에서 그림을 배웠어도, 이백만 엔을 뜯어내도, 애인을 바에 내보 내도 그것만으로는 어른이 되지 못한다. 자기 공포를 혼자서 이겨낼

줄 모르면 아무리 나이를 먹었어도 어른이라고 할 수 없다. 그는 지금 지독한 공포감에 사로잡혀 있다.

"묻고 싶은 게 있는데, 좀 들어가도 괜찮겠나?"

"묻고 싶다니, 뭘? 당신은 경찰? 아니면……."

"아니면 쪽이야. 너희가 손에 넣은 이백만 엔에 대해 묻고 싶은 게 있어."

"너희라니……? 아, 그건 마유미하고는 아무 관계도 없어."

호오, 기사도 정신을 발휘하겠다는 건가? 공포심과 기사도는 깃드는 자리가 다르다고 한다. 그럴지도 모른다. 역으로 아무것도 두려워하지 않지만 기사가 아닌 남자도 얼마든지 있다.

"이런 데서 이야기하기는 좀 그러니 안에 들어갈 수 없을까?"

아소는 대답하지 않았지만 조금 뒤로 물러서며 불을 켰다. 나는 안으로 들어가 문을 닫았다. 들어서니 바로 식당과 주방의 일부였다. 아소는 거실과 경계를 이루는 미닫이문을 닫았다. 이백만 엔이라는 임시 수입치고는 조촐한 파티의 흔적이 얼핏 보였다. 아소는 주방 테이블 안쪽에 걸터앉았다. 티셔츠에 짙은 남색 조깅 바지 차림이었다. 나는 구두를 벗고 안으로 들어가 아소와 마주하고 앉았다. 그가 테이블 위에 있던 빈 와인병과 음식 포장지를 옆으로 치웠다. 에어컨은 거실 쪽에 있었기 때문에 오래 있으면 더워질 게 틀림없었다.

"최정희와 네 관계에 대해 알고 싶군." 내가 말했다.

아소는 어깨의 힘을 쑥 빼고 대꾸했다.

"그 이야기인가……? 그 사람 부탁을 받고 왔겠군요. 생각지도 못했네. 난 당신이 경찰이나 미야케와 한패인 줄 알았습니다. 그 남자가 시켜서 이백만 엔을 돌려받으러 왔나요?"

"최정희 씨는 자기 재산의 사분의 일이 아소 유코, 즉 자네 어머니 것이라고 생각하더군."

"흥, 말로는 무슨 소리를 못 하나."

"자네는 최정희 씨 아들인가?"

"저는 아소 유코의 아들이죠. 다른 부모는 없습니다."

나는 지저분한 수법을 사용하지 않을 수 없었다.

"자네는 누가 아버지인지 모르나? 혹시 어머니도 자네가 누구 아들인지 몰랐던 거 아닌가?"

"뭐라고요?" 아소가 테이블을 두 손으로 짚으며 의자에서 덜컹거리는 소리가 나도록 몸을 들썩였다. "아버지는 최정희죠. 다만 내가 그 사람을 아버지로 여기지 않을 뿐이에요."

"가능하면 그런 식으로 신속하게 대답해주면 고맙겠어. 어머니 앞으로 보낸 편지를 이용해 최정희 씨에게 백만 엔을 요구하는 전화를 한 건 미야케라는 야쿠자에게 지불할 돈을 마련하기 위해서였나?"

그는 잠시 망설이다가 결국 고개를 끄덕였다.

"자네는 최정희 씨에게 한 첫번째 전화에서는 말없이 물러났어. 그 이유를 들려주지 않겠나?"

"사실은 그 사람한테 돈을 받고 싶지 않았어요. 엄마가 돌아가시기 전에 한 말이 생각났거든요."

"어머니가 뭐라고 하셨나?"

"아버지는 최정희라는 사람이라고 알려준 다음 헤어진 건 엄마가 일방적으로 몸을 숨겼기 때문이지 그 사람에게는 아무런 책임도 없으니 절대로 원망하지 말라고 했죠. 잘못된 생각이었는지도 모르지만 그 시절에는 저를 한국인의 아들로 행복하게 키울 자신이 없었기 때문에 저하고 단둘이 살아가기로 결심하셨다고 했습니다. 엄마의 바람은 내가 그 남자를 만나지 않고 제 힘으로 살아가는 거였죠."

내가 담배를 꺼내자 아소는 무심코 옆의 선반에서 재떨이를 꺼내 테이블 위에 놓았다. 이 젊은이는 상대방이 짓궂게 구는 걸 계산해서 행동할 만큼 약삭빠른 타입은 아닐지도 모른다.

"그리고 그 사람은 내 전화를 받고 별로 당황하는 기색도 없었고 어머니에 대해 뒤가 켕기는 부분이 없다고 했습니다. 자기 자신보다 엄마한테 폐가 갈까봐 걱정했죠. 엄마가 돌아가신 것도 모르고…….그러자 갑자기 돈을 요구하고 싶은 마음이 사라졌던 거예요."

"그런데 일주일 뒤에는 곱절인 이백만 엔을 요구했어. 왜 그런 거지?"

"사정이 변했죠." 그가 입가를 찡그리며 말했다. "그 미야케라는 야쿠자의 협박이 점점 심해졌어요. 돈을 주지 않으면 마유미를 그냥 두지 않겠다고 했습니다. 최정희 씨에게 두번째 전화를 걸기 전날 밤에는 이 집에까지 쳐들어와 새벽 2시까지 계속 문을 두드렸다 그러고요."

"왜 금액이 두 배로 늘어난 거지? 백만 엔도 거절당했는데 왜 이백만 엔을 받으려고 한 건가?"

아소는 눈썹을 찡그렸다. 그리고 진지한 말투로 대답했다. "그냥, 별 이유 없어요……. 어쨌든 미야케가 너무 못살게 굴어서."

"다른 이유가 있을 텐데. 이번에는 최정희 씨가 틀림없이 돈을 내놓을 거라고 확신한 이유가."

"무슨 소린지 모르겠네요……." 그는 의아한 표정으로 나를 바라보았다.

"처음 통화하고 난 뒤, 그 사람에 대한 내 감정에 조금 변화가 생긴 건 분명해요. 아버지로 인정한 건 아니지만—난 아버지 없이 컸기 때문에 아버지에 대한 감정 같은 건 모르니까— 왠지 내가 그 사람에게 응석을 부리는 게 아닐까 하는…… 내가 이렇게 어려우니까 백만 엔이든 이백만 엔이든 도와주면 좋지 않을까 하는 생각이, 그런 마음이 조금은 있었을지도 모르겠어요. 그 사람은 아시다시피 경제적으로 불편이 없는 사람이니까요."

아소의 대답은 내 추측의 틀을 벗어났다.

"자네는 신문을 읽지 않나? 텔레비전도 안 보고?"

"예? 그게 무슨 관계죠? 발레리라는 시인이 신문 같은 걸 읽고 세상사를 아는 척하면 안 된다고 했어요. 신문은 내게 그림을 그릴 때 방바닥이 지저분해지지 말라고 까는 종이에 불과하죠. 텔레비전도 사물을 보는 눈을 잃게 만드니 보지 않아요."

"말씀하신 고견은 접수해두지. 하지만 최정희 씨 부인과 자녀 이야기는 들었겠지?"

"엄마한테 들었어요. 내가 그 사람을 만나고 싶다는 생각을 못 하게 하려고 그랬는지 그 사람에게는 이미 가정이 있다고……. 부인은 독일인이고 자녀는 둘이라고."

"자녀는 셋. 그런 내용 말고 최정희 씨 자녀에 대해 달리 아는 건 없나? 최근 일인데."

아소는 고개를 저었다. 거짓말하는 것 같지는 않았다. 나는 몇 초 생각한 뒤에 입을 열었다.

"……그러면 이백만 엔으로 액수를 올리거나 다음에는 사백만 엔이 될 거라는 식의 이야기는 스기우라 마유미의 생각이었나?"

"아니에요!"

아소가 버럭 소리를 질렀다. 부정하는 게 너무 빨라서 오히려 내 추측이 맞았다는 느낌을 증명해주었다. 나는 말없이 그를 바라보았다. 그는 시선을 피하더니 자기 발언을 수정하는 투로 말했다.

"그야 어쩔 수 없잖아요? 여자가 미야케 같은 놈에게 그렇게 협박을 당하니. 게다가 내 아버지가 유명한 음악가에 부자라니까 그 정도 궁리는 할 수 있는 거 아닌가요? 야쿠자에게 협박당한 적 없는 사람은 마유미 심정을 모르죠. 당신이 이러쿵저러쿵 할 일이 아니에요."

야쿠자에게 협박을 당한 경험이라면 저렴한 값에 나눠줄 만큼 많지만 내놓고 자랑할 일은 아니다. 나는 화제를 바꾸었다.

"스기우라가 링컨 컨티넨털에 흠집을 냈을 때 자네도 옆에 있었나?"

"아뇨. 거기 있었다면 이런 지경까지는 오지 않았겠죠."

아마 더 끔찍한 상황이 되었을 것이다. 하지만 그런 말은 하지 않았다.

"그 가와사키 오토바이는 스기우라 마유미 것인가? 자네 것이 아니고?"

"마유미가 요코하마에 사는 삼촌한테 빌린 거예요. 원래 그분 아들—그러니까 마유미의 사촌동생이 타던 오도바이였는데 사고를 내서 탈 수 없던 모양이더군요. 삼촌이 없애겠다는 걸 억지로 빌려왔다고 하더라고요. 마유미는 공짜로 얻은 거나 마찬가지라며 마음 놓고 타도 된다고 했죠."

"미야케에게 건넨 돈은 얼마지?"

"딱 백만 엔이요."

"스기우라 마유미가 '그랜드슬램'이란 가게 남자에게 건넨 돈은?"

"그런 것까지 알고 있어요? 그건 지난주에 미야케에게 십만 엔을 먼저 줄 때 모자라서 카페 주인한테 빌린 겁니다."

아소는 자리에서 일어나 거실로 갔다. 바로 검은색 비닐봉지를 들고 돌아오더니 그걸 내 앞 테이블에 내려놓았다.

"그런 내용까지 알고 있다면 잔금이 백만 엔 조금 안 된다는 것도 알겠군요. 그래도 구십만 엔 이상 남았을 겁니다. 가지고 가서 그 사람에게 돌려줘요."

나는 비닐봉지를 아소 쪽으로 밀었다.

"그렇게 간단한 문제가 아니야. 이 돈은 이제 돌려줄 수 없어. 넌 최정희 씨를 만나지 말라는 어머니의 마지막 부탁을 어겼어. 그것도 최정희 씨가 네 어머니에게 보낸 편지를 이용해서 돈을 뜯어낸다는 대단한 수법으로 말이야. 게다가 나는 네 심부름을 하러 여기 온 게 아니냐. 최정희 씨가 널 다시 만나고 싶어해. 네 주소를 대봐. 예술대학에 다니는 건 아니까 도망쳐봐야 시간 낭비일 뿐이야."

아소는 잠시 나를 노려보았지만 결국 포기한 듯 히가시닛포리에 있는 아파트 주소와 전화번호를 알려주었다. 뻗대기는 하지만 아버지를 만나고 싶은 심리도 마음속에 숨어 있을지 모른다.

나는 수첩을 덮고 물었다.

"어머니는 아직 젊은 나이인데 어쩌다 돌아가셨나?"

아소는 이 질문을 기다렸다는 듯이 의외로 순순히 대답했다.

"일을 너무 많이 해서 피로가 쌓인 상태에서 감기에 걸렸다가 폐렴과 뇌수막염으로 번졌습니다. 원래 심장이 약했던 분이라 이겨내지 못하셨죠⋯⋯. 직접적인 사인은 심부전이었지만 폐암도 의심됐던 모양이에요. 오히려 오래 고통받지 않아서 다행이라는 생각도 듭니다."

나는 만약을 위해 내 명함을 테이블 위에 내려놓고 마유미의 아파트를 나왔다.

## 5

폭력조직 '세이와카이'의 신축 사옥은 히가시나카노의 야마테 거리에 있다. 나카노에 있는 옛날부터 쓰던 사무실로 전화를 걸어 하시즈메라는 간부의 소재를 물었더니 거기서 가르쳐주었다. 9시가 가까운 시각이었지만 그 강렬한 녹색 오층 건물은 환하게 불이 켜져 있었다. 도로를 사이에 두고 맞은편 공터에 커다란 텐트 오두막이 설치돼 있었는데, 이쪽도 그에 못지않게 밝았다. 텐트 지붕에는 '조폭은 당장 이 동네에서 물러가라' '야쿠자는 시민이 아니다'라고 적힌 플래카드가 걸려 있고, 그 아래에 머리띠를 두른 남녀 십여 명이 보였다. 하지만 지금은 포터블 텔레비전을 둘러싸고 프로야구 중계를 보는 중이었다. 해가 졌는데도 기온은 별로 떨어지지 않아 푹푹 찌는 밤이 될 것 같았다.

나는 건물 현관으로 들어갔다. 감시하고 있었는지 로비로 들어선 순간 젊고 건장한 다보셔츠웃깃이 없고 헐렁한 긴소매 셔츠 차림의 남자들이 뛰어나왔다. 흰색 더블 정장을 차려입은, 나이가 더 들어 보이는 남자가 내 정면에 섰다.

"누구냐? 무슨 일이지?"

"하시즈메를 만나러 왔다. 나는 사와자키."

존칭을 붙이지 않고 하시즈메의 성을 부르자 세 사람은 당황했다. 서로 얼굴을 번갈아보는 세 사람은 어떻게 반응해야 할지 판단이 서지 않는 모양이었다.

"무슨 일로 왔냐고 묻잖아!" 더블 정장을 걸친 남자가 다시 물었다.

"용건은 하시즈메에게 이야기하지. 나카노에서 여기 있다는 이야기를 듣고 왔어. 사와자키가 찾아왔다고 전해줘."

로비 안쪽 관리실 같은 방의 문이 열리더니 유도 체급별 경기 방식에 반대하다가도 그 의견을 번복하고 싶어질 만한 남자가 나타났다. 키는 180센티미터가 넘고, 몸무게는 100킬로그램 이상에 조폭 파마를 한 거구였다. 작년 가을 하시즈메와 함께 내 사무실에 쳐들어온 적이 있는 녀석이다.

"너희는 물러가. ……탐정, 따라와. 하시즈메 형님이 만나시겠대. 내가 안내하지."

세 명의 똘마니가 길을 트자 나는 거구를 따라 엘리베이터 쪽으로 향했다.

"하시즈메는 내가 온 걸 알고 있었나?"

거구는 말없이 천장을 가리켰다. 전방 여기저기에 방범용 CCTV가 설치되어 있었다. 방범이라는 말이 어울리는지 어떤지는 모르겠지만. 거구는 재빨리 내 몸수색을 마쳤다. 엘리베이터에 타자 거구가 삼층 버튼을 눌렀다.

"좀 더 한가운데로 와주면 더 안전한 기분이 들겠는데."

거구는 내 의견을 무시했다. 우리는 삼층에서 엘리베이터를 내려 복도 막다른 곳까지 걸었다. 도중에 문 안쪽에서 야쿠르트 스왈로스와 요미우리 자이언츠의 야구 시합이 중계되는 소리가 들렸다. 에가와가 강판당하고 가도리가 마운드에 올랐다는 소식을 전하고 있었다. 건물 옆 텐트에서나 건물 안에서나 다들 자이언츠를 응원했다.

큰길이 내다보이는 방은 문이 열려 있었다. 거구가 나를 먼저 들어가도록 했다. 창 옆에 서서 텐트 쪽을 내려다보던 흰색 여름 정장을 입은 하시즈메가 이쪽을 돌아보았다.

"문 닫아." 하시즈메가 거구에게 나가라는 손짓을 했다. 거구는 시키는 대로 했다.

하시즈메는 작년보다 조금 더 야위고 지쳐 보였다. 그를 처음 만난 지 벌써 오륙 년이라는 세월이 흘렀다. 내 파트너였던 와타나베가 신주쿠 경찰서의 함정수사에 가담했다가 경찰과 '세이와카이'의 뒤통수를 치고 현금 일억 엔과 3킬로그램이나 되는 각성제를 들고 도망쳤을 때였다. 하시즈메는 여러 명의 부하와 함께 내 사무실로 쳐들어와 내가 와타나베와 공모하지 않았다는 사실을 납득하기까지 닷새 동안 나를 감금하고 고문했다. 노래방 반주를 틀어놓고 유행가를 연습하면서.

그는 큰길 쪽으로 시선을 돌렸다. 나는 하시즈메 옆에 서서 담배에 불을 붙였다. 그가 턱으로 텐트 쪽을 가리키며 낮은 목소리로 말했다.

"저놈들은 무엇보다 나쁜 걸 나쁘다고 하는 걸 좋아하지. 그리고 둘째로 저놈들은 좋지도 나쁘지도 않은 별 볼일 없는 걸 칭찬하는 것도 좋아하고. 셋째로 저놈들은 좋은 걸 알아보지 못하는 자기 자신의 둔감함을 좋아해."

"무슨 말이 하고 싶은 건가? 네가 좋다는 건 여학생들이 좋아할 만한 센티멘털한 유행가나 새로 맞춘 모시 양복, 흠집 하나 없는 링컨 컨티넨털 같은 건가?"

"흥, 탐정 따위가 알 리 없지. 네가 아직 본 적도 들은 적도, 만져본 적도 없는 거야." 하시즈메는 창가를 떠나 방 한복판에 있는 응접세트 소파에 앉았다. "용건이 뭔가?"

나도 하시즈메 맞은편에 앉았다.

"너희 링컨 컨티넨털에 흠집이 난 게 언제지?"

"뭐라고? 보험 조사원이라도 시작했나?"

"흠집 수리비를 지불한 게 보험사였나?"

"대체 무슨 소리야? 난 자세한 내용은 모르지만 아직 산 지 일 년도 되지 않은 차라 딜러나 보험회사가 부담했을 거야. 우린 한 푼도 내지 않았지."

"그 흠집이 왜 났는지는 알고?"

"아니. 길에 주차하고 잠깐 한눈판 사이에 어떤 못된 녀석이 장난을 쳤겠지."

"미야케 가즈마사라는 친구가 '세이와카이'에게 상당한 희생을 지불할 가치가 있는 조직원인가? 경찰 조사를 받으면 보호해줄 만한?"

"흥, 그냥 운전하는 애야. 왜 그런 걸 묻나?"

"스기우라 마유미라는 젊은 여자 아나?"

하시즈메는 고개를 갸웃거리며 기억을 떠올리려고 했다. 나는 담배를 끄고 덧붙였다.

"유미라는 이름으로 이케부쿠로에 있는 '셔레이드'란 가게에서 일하지."

"아아, 역시 그 꼬마 아가씨 이야기로군." 하시즈메는 오른손 새 끼손가락을 하나 세워 보였다. "미야케의 이거 여동생이지. 그 녀석이 말이야, 자기 계집이 학생을 상대로 술 파는 가게를 낼 수 있게 해달라고 졸랐는데 좀 되먹지 못한 여자라서 간부 모임에서 받아들여지지 않았지. 나도 반대했고."

"미야케와 그 여자가 한패가 돼서는 세상 물정 모르는 학생을 끌어들여 그 학생 아버지한테 이백만 엔을 뜯어냈어. 링컨 컨티넨털에 난 흠집을 핑계로."

나는 더 자세한 경위를 하시즈메에게 들려주었다.

"너희는 똘마니들이 이런 부업하는 걸 묵인해주나? 아니면 미야케가 뜯어낸 백만 엔 가운데 일부를 이미 상납받은 건가?"

하시즈메는 화가 난 눈으로 나를 노려보았다.

"너 지금 당장 여기서 나가. 그런 건 조직 내부 문제야. 너 따위가 이러쿵저러쿵 참견할 일이 아니야. 다음엔 좀 제대로 된 용건을 가지고 찾아와."

"돈을 지불한 아버지는 처음엔 백만 엔 위협을 받아들이지 않았지. 그런데 일주일 뒤에는 이백만 엔을 내놓으란 협박에 응했어. 왜 그랬는지 아나? 그사이에 여섯 살 된 딸이 차에 치여 죽었기 때문이야. 뺑소니 범인은 아직 잡히지 않았고."

하시즈메는 한쪽 눈썹을 치켜세웠다. 그리고 이를 악물고 신음하듯 말했다.

"미야케와 그 여자가 그 딸을 치어 죽였다는 건가?"

"그렇지는 않겠지. 하지만 확실하게 조사해둘 필요가 있어. 내가 해도 괜찮고 네가 해도 돼. 경찰이 해도 되고⋯⋯. 저 아래 텐트를 친 사람들은 경찰이 개입하면 아주 좋아하겠지."

하시즈메가 오싹 소름 돋는 미소를 지었다.

"널 이 건물 밖으로 내보내지 않는 방법도 있어. 네가 여기 왔다는 사실을 누가 아나?"

"아니. 아무도 몰라."

나는 내 입을 저주했다.

하시즈메가 씩 웃으며 소파에서 일어섰다.

"난 위험한 도박은 하지 않아. 원래는 내가 도박을 싫어한다는 걸 아나? 도박은 내 직업이지. 직업상 하는 일을 좋아하는 놈은 없어. 내가 보기에는 말이야, 도박을 좋아하는 야쿠자는 가짜야⋯⋯. 미야케 녀석에게 가려는데 따라올 텐가?"


우리는 이십 분도 걸리지 않아 '히가시아라이 아파트' 주차장에 도착했다. 하시즈메가 혼자 미야케의 아파트로 가고 나는 야쿠자 파마를 한 거구와 단둘이 벤츠 안에 남았다. 삼십 분 뒤, 하시즈메가 휘파람을 불며 돌아왔다. 그는 내 옆에 앉더니 슈퍼마켓 종이봉투에 든 작은 꾸러미를 내 무릎에 얹었다.

"백만 엔이야……. 미야케는 뺑소니사고와 관계없어. 요코하마의 거래 현장에 가 있었기 때문에 알리바이는 완벽해. 여자도 뺑소니와는 관계없다고 하고. 이쪽 알리바이는 나중에 확인하겠어. 신문 기사로 그 남자의 딸이 교통사고로 죽었다는 사실을 알고 잘 협박하면 상대가 겁먹고 돈을 내놓을 거라고 생각한 건 그 여자였다는군. 학생은 그런 사실을 전혀 몰랐고."

나는 돈을 상의 주머니에 넣었다.

"그럼 그 사람들을 어떻게 처리할 텐가?"

"미야케는 내일 첫차로 간사이 지방으로 보내겠네. 다시는 이곳에 돌아오지 못할 거야."

"여자는?"

"내일이라도 조사해서 어떻게 할지 결정하겠네."

"안 돼. 오늘 밤 안으로 정리해. 뺑소니 문제에 대해서는 결백하더라도 다시는 그 학생을 못 만나게 해줘."

하시즈메는 운전석에 앉은 거구의 어깨를 두드리더니 말했다.

"들었나? 이 녀석이 내게 명령하고 있어."

"여자는 오늘 밤 안에 정리해야 할 겁니다, 형님."

"어떻게 된 거야, 사와자키. 이 녀석이 네 편인 모양이로군. 다수결이라는 건 마음에 들지 않지만 알았으니 이케부쿠로 '셔레이드' 쪽으로 가. 탐정도 따라올 건가?"

"아니, 내일 전화로 듣겠네."

"멋대로 해. 이 건에 대해서는 피차 빚진 거 없어."

나는 벤츠에서 내렸다. 냉방이 잘 되는 차 안보다 푹푹 찌는 바깥 공기가 훨씬 상쾌했다.

## 6

이튿날 오전 10시. 최정희가 내 사무실로 찾아왔다. 나는 어젯밤 조사를 통해 알게 된 내용을 전달하고 슈퍼마켓 종이봉투에 든 백만 엔을 건넸다. 그가 사무실에 오기 전에 하시즈메에게 전화를 걸어 확인한 스기우라 마유미에 대한 내용도 덧붙였다.

"그럼 아소 사다유키라는 청년은 내 딸이 교통사고로 죽었다는 사실은 전혀 몰랐다는 겁니까?"

나는 그렇다고 대답했다.

"그리고 미야케라는 남자나 마유미라는 여자도 다들 딸의 사고를 이용했을 뿐 뺑소니와는 아무런 관계도 없다는 거죠?"

나는 다시 그렇다고 대답했다.

"그럼 그 두 사람은 이미 간사이로 추방되었고 내 아들인 아소 사다유키와 다시는 만날 일이 없겠군요. 그 사람들이 경찰에 추적당할 일도 없을 테고요. 그런 겁니까?"

나는 세번째로 그렇다고 대답했다. 그리고 물었다. "그래서, 불만입니까?"

"아뇨. 바랄 수 있는 최고의 조치라고 생각합니다. 아소 사다유키가 경찰의 추격을 받게 되는 상황은 바라지 않으니까요……. 그리고 아들의 주소는 알아낸 거죠? 가르쳐주십시오."

최정희는 양복 안주머니에서 수첩을 꺼냈다. 나는 담배에 불을 붙이고 잠깐 뜸을 들였다.

"그걸 알려주는 게 옳은지 어떤지 생각중입니다."

최정희는 수첩을 덮었다. 그의 가느다란 눈이 반짝 빛났다.

"그건 무슨 뜻인가요?"

"그 애를 만나서 이쩔 생각이쇼?"

"물론 내 아들인지 확인할 겁니다. 그리고 내 자식이라면 십몇 년 만에 처음으로 아들을 만난 아버지가 해야 할 일을 할 생각이죠."

"그래요? 당신이 어떻게든 알고 싶은 건 그 애 어머니인 아소 유코가 세상을 뜨게 된 상황과 그 아이가 자기 어머니와 당신이 헤어지게 된 이유를 들었는지 아닌지, 아닙니까?"

"물론 그런 것도 포함해서……."

"그 두 가지 의문에 대해서는 내가 대신 답변할 수 있죠."

"그래요……? 그럼 말씀해주시죠."

"아소 유코 씨는 병으로 세상을 떠났습니다. 자연사죠. 감기가 폐렴과 뇌수막염으로 번졌는데 안 그래도 심장이 약했던 분이라 이겨내지 못했답니다. 직접적인 사인은 심부전이고 폐암 의심 소견도 있었다고 하더군요. 아들은 아소 유코 씨가 그리 오래 고통받지 않았다고 합니다."

"그래요……?"

최정희의 얼굴이 흐려졌다. 얼핏 보기에도 그의 내부에서 과거의 일부가 소멸해가는 것이 느껴졌다.

"당신과 아소 유코 씨가 헤어진 이유에 대해서는 당신도 이야기한 '국적' 문제 이외에 아무런 이야기도 듣지 못했죠. 진짜 이유는 듣지 못했습니다."

"진짜 이유……? 그런 건 없어요. 그런 게 있다면 듣고 싶군요."

최정희는 지친 표정으로 말했다. 시치미를 떼어봐야 소용없는데 습관상 그러는 것 같았다.

"당신은 한국인이고, 태어날 아이가 한국인과 낳은 아이라 그걸 비밀로 하기 위해 아소 유코는 몸을 숨겼다…… 그런 말도 안 되는 이야기를 믿으라는 거요? 분명히 우리 일본인 중에는 한국 사람에게 적지 않은 편견을 지닌 사람도 있죠. 여성 가운데도 그런 사람이 있고. 그렇지만 아이를 가질 정도로 관계가 깊어진 여자가 그런 이유로 당신과 헤어질 리는 없습니다. 한국인에게 심한 편견을 지닌 사람이라면 그런 말도 안 되는 소리를 믿을지 모르겠지만요. 나는 여성, 또는 어머니를 그토록 모욕하는 말은 평생 들어본 적이 없군요."

"그럼 왜 유코가 내 곁에서 떠난 거죠?"

"당신의 '국적'하곤 아무런 관계도 없습니다. 당신 상황이 좋지 않았기 때문일 테죠."

"상황이 좋지 않다니, 그게 무슨 소리인지?"

"뭐 여러 가지 추측이 가능하겠지만 가장 그럴 법한 것은 당신이 음악 이외에 아마 정치적인 목적으로 이 나라에 머물고 있었기 때문일 겁니다. 한국을 위해 일했는지 아니면 북한을 위해 일했는지는 알 수 없어도."

최정희는 쓴웃음을 지었다. 하지만 내가 한 추측에 놀라는 기색은 보이지 않았다.

"그런 이야기는 부정해야 하겠지만……. 게다가 당신의 추측은 정확하다고 할 수 없군요. 그런데 대체 어째서 그런 의심을 품은 겁니까? 아소 유고의 이십 년 전 행동만으로는 그런 짐작을 할 수 없었을 텐데."

"말하자면 같은 부류에 속하는 인간으로서의 체취랄까? 어제 당신은 이 창문을 통해 주차장 너머 도로 쪽을 살핀 게 기억이 납니까? 그리고 이 사무실에서 '베르테르'라는 카페까지 함께 가는 동안 당신은 미행이나 감시가 따라붙지 않았는지 확인하기 위한 기본적인 행동을 무의식적으로 했죠. 당신의 또 다른 직업은 형사나 탐정과는 거리가 먼 종류 같더군요. 국제적인 음악가인 당신이 형사나 탐정이 아닌 이상 남은 가능성은 하나뿐이죠. 게다가 당신은 1973년 3월부터 9월에 걸쳐 반년 동안 이 나라에 머물렀습니다. 특히 8월 상순에는 구단시타에 있는 '그랜드펠리스 호텔'에 묵었죠."

최정희는 주머니에서 '지탕'을 꺼내 불을 붙였다.

"과연, 거기까지 파악한 건가요? 그래서 나를 전직 'KCIA한국중앙정보부' 직원으로 의심하는 거로군요. 하지만 그건 착각입니다. 분명히 나를 이 나라에 유학시키고 그런 임무를 준 것은 그 시절 박정희 정권이지만 1967년 이후 나는 오히려 한국의 민주 세력을 위해 일했습니다. 그해 겨울에 내게는 단 하나뿐이던 혈육이 한국의 국립 결핵요양병원에서 숨을 거두었습니다. 나를 조종하던 놈들이 인질처럼 여긴 내 누님이었죠……. 그 시절에 그런 일에 관계하는 사람이 겪는 위험은 요즘 같은 분위기에서는 상상하기 어려울 정도로 살벌했습니다. 내 주변에서는 툭하면 문제가 발생했죠. 그래서 아소 유코에게도 내 입장을 설명하지 않을 수 없었습니다. 게다가 유코가 내 앞에서 모습을 감추기 며칠 전, 내가 그놈들에게 고문을 당해 온몸에 멍이 드는 중상을 입는 바람에 유코가 놀라서 자칫하면 유산할 뻔한 일도 일어났죠."

"그때 당신은 아소 유코 씨의 배 속에 있던 아기 아버지로서 자격을 잃었다고 생각해야 하지 않을까요……? 적어도 아소 유코 씨는 그렇게 생각했습니다."

"유코가 나를 떠난 것은 자신과 아이에게 미칠 위험에서 멀어지기 위해서였겠지만, 내가 새롭게 가담한 반체제 활동을 지지하고 돕기 위해서도 그랬을 거라 생각합니다."

"어떤 경우에도 자기 편의적인 사고방식이란 건 존재하게 마련이군요……. 스파이라면 자기가 서 있는 진영을 자랑해서는 안 됩니다. 스파이로서의 능력을 자랑해야죠."

나는 담배를 끄면서 물었다. "그날, 그랜드팰리스 호텔에서 왜 '신민당' 대통령 후보 출신인 야당 지도자 납치를 막지 못한 겁니까?"

"그걸 물으시면 할 말이 없군요. 동지를 비난하고 싶지는 않지만 내게 삼 분만 일찍 연락이 왔어도 한국으로 납치되는 일은 없었을 겁니다."

더워지기 시작해 나는 의자에서 일어나 선풍기를 켰다.

"그런 일에 관계했기 때문에 아소 유코의 사인도 마음에 걸렸을 테고 딸의 교통사고에도 의혹이 생긴 거로군요."

최정희는 고개를 끄덕이고 담배를 껐다.

"하지만 나는 1975년에 유럽으로 건너가 '드레스덴 국립관현악단'의 상임지휘자에 취임한 뒤로 그런 쪽 임무에서는 완전히 해방되었죠. 내 입으로 이렇게 이야기하기는 우습지만 첩보 활동에 걸맞지 않게 좀 많이 이름이 났던 셈입니다. 전두환 정권은 나를 정부에서 키운 예술가로 그대로 내버려두는 편이 더 낫다고 생각했고, 민주 세력은 나를 무사히 귀국시킬 날을 하루라도 빨리 앞당기기 위해 계속해서 싸우고 있는 중입니다."

"아소 사다유키를 만나 부자지간이라는 사실이 알려지더라도 아들에게는 위험이 없다는 이야기를 하고 싶은 겁니까?"

최정희는 내 시선을 피하며 고개를 숙였다.

"아뇨……. 그렇게 말할 수는 없겠죠." 최정희는 천천히 고개를 들었다. "사실 나는 여기 들렀다가 '일본 필하모니' 사무실을 방문해 수석 상임지휘자에서 물러나겠다고 이야기할 생각이었습니다. 아내와 두 아이는 어제 이미 미국으로 떠났죠. 나는 아소 사다유키를 만나 그 애가 내 아들이든 아니든 아소 유코의 아들이니 그 애가 원한다면 나하고 같이 살아도 좋고 내가 경제적인 도움을 줄 수도 있다는 걸 알려준 뒤 내일 일본을 떠날 작정이었습니다……. 사와자키 씨 생각대로 그 애와 내가 이 나라에 있으면 국가 정세에 따라 아무리 조심한다고 해도 양쪽 모두 위험에 처할 가능성은 남아 있습니다."

"아소 유코가 걱정한 게 바로 그거죠. 마흔한 살이라는 젊은 나이에 죽음을 눈앞에 둔 상태에서도 아직 미성년인 아들에게 아버지 이름을 알려주어야 할지 어떨지 고민했던 겁니다. 틀림없이 병 때문에 겪는 고통보다 더 괴로웠을 겁니다."

"그렇지만 유코는 결국 내 이야기를 그 아이에게 해주지 않았습니까?"

"당신을 믿었기 때문일 테죠. 당신이 아들에게 해가 될 행동은 하지 않을 거라고 믿었기 때문 아니겠어요?"

최정희의 표정이 일그러졌다. 그리고 마찬가지로 일그러진 목소리로 말했다.

"그래요……. 분명히 나는 아소 사다유키를 만나서는 안 됩니다. 그건 알아요. 하지만 아주 조심스럽게 딱 한 번만이라면……."

최정희는 처음으로 아버지다운 주름투성이 얼굴로 나를 바라보았다. "사와자키 씨, 최종적인 판단은 당신에게 맡기겠습니다."

"말도 안 되는 소리를." 내가 내뱉듯이 말했다.

"그건 당신이 스스로 결정할 문제입니다. 나는 당신에게 대가를 받고 그가 사는 곳을 찾아낸 사람입니다. 의뢰인의 요구에는 응할 수밖에 없는 처지죠."

"당신이 이야기했듯이 당신은 나와 같은 체취를 지닌 사람입니다. 아들이 사는 곳을 물어도 가르쳐줄 리가 없겠죠."

나는 아소 사다유키의 주소와 전화번호를 적은 수첩 페이지를 뜯어 최정희에게 건넸다. 그는 슬픈 표정으로 미소를 짓더니 메모를 보지도 않고 주머니에 집어넣었다. 그러고는 대가가 부족하지 않았는지 확인한 뒤에 사무실을 나갔다.

나는 푹푹 찌는 사무실에 앉아 만난 적도 없고 얼굴도 모르는 아소 유코라는 여성의 반평생을 머릿속에 그려보았다. 제대로 아는 것은 하나도 없다. 다만 아소 유코의 죽음에 대해 들었을 때 최정희는 자기 내부에서 과거의 일부가 소멸되는 느낌을 받은 게 틀림없다. 그리고 바로 그때 아소 유코는 최정희의 마음속에 다시 살아난 것이다.


7


이틀 뒤, 신문과 텔레비전에서 최정희가 가족과 함께 미국으로 갔다는 뉴스가 나왔다. '최정희 씨는 클리블랜드 관현악단의 지휘와 작곡 활동에 전념하며 부인과 함께 미국에 정착할 계획이다'라는 보도였다. '일본 필하모니'와 트러블이 있었다는 이야기도 있고 한국 정부와 트러블이 원인이라는 주장도 있었다. 한국 국립음악대학의 학장 자리나 1988년 서울올림픽 음악감독 자리를 거절했기 때문이라는 설도 나돌았다. 하지만 음악 이외의 활동을 언급한 기사는 전무했다.

그날 밤, 가와사키 시에서 실종된 주부에 대한 조사 협의를 마치고 사무실에 돌아와보니 문밖 벤치에 아소 사다유키가 기다리고 있었다. 버드와이저 캔을 손에 든 채 땀을 흘리며 조는 중이었다. 나는 사무실 문을 열고 그를 깨워 안으로 데리고 들어갔다. 불을 켜고 창문을 연 다음 선풍기도 틀었다. 책상 쪽 의자에 앉자 아소도 손님용 의자에 쓰러지듯 걸터앉았다.

"요 이틀 동안 네 집으로 몇 번이나 전화했는데 연결이 안 되더군. 어디 갔었지?"

"당신에게 일일이 보고할 의무는 없잖아요? 그 사람이 이 나라를 떠난 이상, 날 협박할 사람은 이제 없을 테니까."

아소 사다유키는 눈 주위가 붉어졌다. 목이 멘 목소리였다.

"속이 후련한 모양이로군."

"그야 그렇죠. 어제 택배로 현찰 사천만 엔이 든 상자를 받았으니까. 축배를 들 가치는 있지 않겠어요? 보낸 사람 이름도 아소 사다유키로 했더군요. 그 사람은 내가 그런 돈을 탐낼 거라고 생각한 걸까요?"

"네게 준 게 아니야. 세상을 떠난 아소 유코에게 보낸 거지."

"흥. 분명히 돈이 남아돌아 귀찮았겠죠. 그 증거로 훌쩍 미국으로 도망갔잖아요? 내가 돈을 더 달라고 조르거나 나에 대해 독일 여자나 자식들이 알게 될까봐서."

"미국으로 가면 언제든 만날 수 있을 텐데."

"왜 내가 그 사람을 만나죠? 다시는 만나고 싶지 않아요."

"그러고 보니 히가시닛포리에 있는 네 집에는 최정희가 지휘한 음반이 소중하게 장식되어 있던데."

"뭐요? 제길, 내 방에 몰래 들어갔었나요?"

"문이 잠겨 있지 않더군."

"그 사람이 어느 정도의 음악가인지 알아봤을 뿐이에요. 속된 카라얀보다는 낫지만 중후한 카를 뵘이나 단정한 조지 셀에는 한참 못 미치더군요."

"그래? 카라얀보다 나은 음악가에다가 사천만 엔이나 되는 재산을 나누어줄 수 있는 아버지라면 충분히 존경할 만하다고 생각하는데……."

아소는 콧방귀를 뀌고 버드와이저 캔에 남은 맥주를 들이켜더니 책상 아래 휴지통에 던져넣었다. 나는 담배에 불을 붙이고 조용히 물었다. "여기 왜 왔나?"

"그 야쿠자와 그 사람이랑 한 패인 마유미를 몰아내줘서 고맙다는 인사를 하러 왔죠."

그는 휘청거리는 다리로 일어나더니 청바지 주머니에서 구겨진 만 엔짜리 지폐 뭉치를 꺼냈다.

"요금은 얼마죠, 탐정님?"

"그걸 책상 위에 내려놓는 순간, 널 내 뒤에 있는 창문 밖으로 내던지겠어. 돈을 지불하고 싶다면 네가 직접 번 돈으로 내."

아소는 투덜거렸지만 결국 돈은 도로 주머니에 넣었다.

"스기우라 마유미 이야기는 누구에게 들었나?"

아소는 의자에 다시 앉아 화난 목소리로 말했다.

"오늘 아침에 마유미가 직접 전화했죠. 그날 밤 마유미는 결국 돌아오지 않았어요. 이튿날 나는 학교 친구들과 밤새 술을 마시고 돌아다녔고. 그거야 아무래도 상관없지만 마유미는 전화로 나를 속여야만 했던 일에 대해 사과했습니다. 자기 언니가 미야케라는 야쿠자의 내연녀라 빠져나갈 방법이 없었다더군요. 이미 도쿄에서 먼 곳으로 떠나서 다시는 만날 수 없을 거라고 했어요. 전화를 끊은 뒤 마유미의 아파트에 가보니 방도 오토바이도 깔끔하게 사라졌더군요, 제길. 이게 모두 당신이 사주한 거 아닌가요?"

나는 부정하지 않았다. "최정희 씨가 여섯 살 난 딸을 교통사고로 잃었다는 이야기도 들었나?"

"아, 마유미는 그걸 협박에 이용한 건 진심으로 부끄럽다고 했어요……. 제발 마유미가 어디 있는지 가르쳐주세요."

"그 여자애가 어디 있는지는 나도 몰라. 찾고 싶으면 내게 의뢰를 해. 하지만 수임료는 무지하게 비쌀 거야. 일주일 지나도록 찾아내지 못하면 최정희 씨가 준 돈이 바닥날 정도로 비쌀걸……. 그 여자애를 만나서 어쩔 작정이지?"

"그 사람이 준 돈 절반을 주고, 나를 속였던 일은 아무렇지도 않다고 할 겁니다. 그리고 둘이서 스페인과 프랑스 여행을 갈 생각이에요."

"툭하면 다른 사람에게 돈을 주고 싶어하는 건 네 핏줄 탓인 모양이구나. 그런 걸 도둑놈에게 노잣돈 보태준다고 하지."

"마유미를 나쁘게 이야기하지 마세요! 그 애는 진심으로 사과했어요."

"프로 술 장사꾼은 아무리 마음에 들지 않는 손님이라도 나갈 때면 '또 오세요'라고 하지."

"상관없잖아요. 가는 건 내 마음이니까. 그게 그렇게 나쁜 건가요?"

"예술대학에서 그림을 공부한다고? 화가로 유명해져서 돈을 잔뜩 번다는 사실을 세상에 널리 알리는 편이 더 빠를 거다. 찾지 않아도 자진해서 네 앞에 나타날 테니까."

"뭐라고요!"

아소가 벌떡 일어났지만 다리가 휘청거리는 바람에 두 손으로 내 책상을 짚었다.

"뭘 안다고 그런 소리를 해요!"

나는 담배를 껐다. 그리고 내 나이의 절반도 살지 않은 젊은이에게 말했다.

"다른 집 어머니와 아버지를 두세 명 합친 것보다 훨씬 훌륭한 어머니를 두었으면 다른 집 애들처럼 징징거리는 소리는 하지 마."

아소는 이마의 땀을 닦고 내 얼굴을 노려보았다.

"자, 그만 돌아가." 내가 말했다. 달리 할 말도 없었다. 할 수 있는 말도 없었다.

이윽고 아소의 눈은 나를 넘어 더 먼 곳을 응시했다. 그러더니 천천히 의자에서 일어나 돌아섰다. 잔뜩 취한 상태였지만 애써 당당한 걸음걸이로 사무실을 나갔다.


# 8


여름이 저물어갈 무렵, 최정희의 딸을 치고 도망친 뺑소니 범인이 체포되었다. 신주쿠 구에 있는 중학교에서 열다섯 살 소년 A와 B가 열네 살 소년을 과도로 찔러 중상을 입히는 사건이 일어났다. 처음에는 단순한 학교 폭력이거나 왕따 사건으로 보였다. 하지만 목숨을 건진 열네 살 피해자 소년의 진술로 사건의 전모가 드러났다. 세 명은 여름방학이 끝나갈 무렵 훔친 차를 무면허로 타고 돌아다니다 어린 여자아이를 치고 말았다. 여름은 일 년 가운데 아이들이 가장 어른 흉내를 내고 싶어지는 계절이다—특히 멍청한 어른들 흉내를. 그 세 명은 차를 버리고 입을 다물기로 했지만 열네 살 소년이 어린이다운 공포심과 양심의 가책을 이기지 못해 경찰에 자수할 생각을 했다. 그 소년이 운전대를 잡았을 때 사고가 일어났던 것이다. 그런 사실을 알고 당황한 소년 A와 B가 입을 막을 속셈으로 과도를 휘두르는 난동을 부렸다. 여섯 살짜리 소녀를 열네 살 소년이 치어 죽이고, 그 소년을 열다섯 살 소년 둘이서 찔러 죽이려고 했다……. 세상이 낙원이 아니라는 건 잘 알고 있지만 마음이 무거워지는 결말이었다.

그 뉴스가 석간신문과 텔레비전을 통해 보도되기 몇 시간 전에 나는 최정희로부터 국제전화를 통해 사건 내용을 전해 들었다. 경찰이 피해자의 아버지에게 직접 전화로 알려주었던 모양이다. 전화를 끊으며 그는 내게 한 가지 부탁을 했다. 보수와 사례에 대해 이야기했다면 그걸 핑계로 거절할 작정이었다. 하지만 최정희는 그러지 않았기에 나는 의뢰를 받아들이지 않을 수 없었다. 그래서 오우메 가도 쪽 상점가까지 나가 태어나서 처음으로 장을 보는 신세가 되고 말았다.

나는 밤이 깊어지기를 기다려 사무실을 나왔다. 그리고 건물 뒤 주차장 쪽 도로로 향했다. 오가는 차들은 이미 보이지 않았다. 나는 주위에 인적이 없는 걸 확인한 뒤 아버지를 대신해 흰 장미 한 송이를 길에 던졌다. 그때 길 건너편 보도 끄트머리에 놓인 옅은 색의 예쁜 꽃다발이 눈에 들어왔다. 오빠가 어린 여동생에게 선물하기 딱 좋은 꽃다발 같다고 생각했는데 그건 내 희망사항일 뿐이었다.

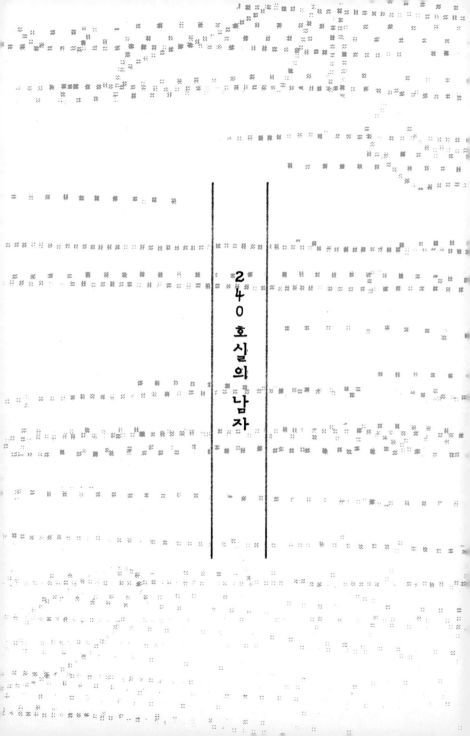

2 4 0 호실의 남자

# 1

이른 봄 이 도시에서 반갑지 않은 것은 4월에 계절도 모르고 내리는 눈, 센트럴리그와 퍼시픽리그 우승 후보 두 팀이 삼연승을 해버리는 프로야구 개막전, 미납 세금 독촉장, 그리고 캐딜락 '엘도라도'를 타고 오는 의뢰인이다.

그날은 그 삼박자를 고루 갖춘 날이었다. 오우메 가도 방향에서 천천히 진입한 메탈릭 블루의 대형 승용차가 눈이 살짝 쌓인 주차장을 점령하듯 소리 없이 정차했다. 이층에서 보니 차체 위에서 테니스 혼합복식도 할 수 있을 것 같았다. 운전석에서 내린 사람은 일주일 전에 딸의 품행 조사를 의뢰하러 왔던 니시오 겐지라는 남자였다. 그는 손목시계로 시간을 확인하면서 이 건물 정면 쪽으로 걸어갔다. 약속한 11시까지 딱 십오 초 남은 때였다. 이토록 시간을 정확하게 지키는 인종은 대부분 시간보다 중요한 것을 가지고 있지 않거나 시간보다 중요한 것은 돈뿐이라는 처세 철학을 지니고 있다. 정확하게 십오 초가 지났을 것이다. 복도를 걷는 발소리가 나더니 사무실 문을 노크하는 소리가 들렸다.

"예." 나는 대답하며 내 의자로 돌아갔다.

한 주 전과 마찬가지로 이 사무실에 있는 물건은 최대한 손대지 않겠다고 다짐한 듯한 모습으로 니시오가 들어왔다. 나는 손님용 의자를 권했다. 그는 바지 주름이 펴지지 않도록 조심하면서 의자 끄트머리에 살짝 걸터앉았다.

사실 나는 요 일주일 동안 세 차례 이상 니시오를 보았다. 그때마다 그는 머리끝부터 발끝까지 늘 다른 옷차림이었지만, 젊어 보이고 화려하고 비싸 보인다는 점에서는 늘 마찬가지였다. 마치 백화점 마네킹이 걸어나온 것 같은 모습이었는데, 그렇게 말해봤자 별 영양가 없는 아부로밖에 들리지 않을 것이다. 그는 사실 백화점 마네킹 못지않은 미남이었다. 입만 열지 않으면 지적으로 보이는 얼굴이지만 요즘 그 정도 지성이야 좀 영리한 고양이나 풋내기 대학생에게도 있는 세상이다.

"이런 봄에 눈이 내리다니, 정말 어처구니없군." 니시오가 인사 대신 말했다. "그나저나 경기는 어떻습니까, 사와자키 씨?"

좋을 리 없다. 나는 몸짓으로 대꾸했다.

"그런가……? 나는 별로 버는 것도 없는데 정신없이 시간에 쫓기는군요. 이야기했던가요? 카페를 하고 있다고? 도쿄 도 안에 열두 곳입니다. 네댓 군데일 때만 해도 참 좋았는데 열 군데를 넘어서니 이젠 정신이 없군요. 처음에는 A의 '앨리스'로 시작해 '바버라' '캐서린' '도리스' 이런 식으로 이름을 붙였죠……. 이번에는 지유가오카에 열세번째 카페를 준비중인데 이번에는 M이라서 '마릴린'입니다. 아, 이렇게 이름 붙이는 건 외국어를 잘하는 친구의 아이디어인데 꽤 근사하지 않습니까?"

태풍 이름이라면 그럴듯하겠다. 제2차세계대전이 끝난 뒤 미군이 일본에 주둔했던 시절에는 태풍에 알파벳 순서로 제인이니 루즈니 하는 이름을 붙였다. 얼마 전 미국 본토에서는 남자 이름도 쓰기로 했다고 들었다. 여성단체가 차별이라고 주장했기 때문이란다.

"그런데……." 나는 일을 빨리 마치기 위해 입을 열었다. 잡담하고 싶다면 상대를 제대로 골랐어야지.

니시오는 딸을 걱정하는 아버지 표정을 짓는 데 꼬박 십 초가 걸렸다.

"그래, 어떻습니까, 미유키는?"

"니시오 씨가 걱정할 만한 못된 짓은 전혀 않더군요. 불순한 이성교제, 불량배들과의 교류, 원조교제, 시너나 각성제 상습 흡입…… 적어도 요 일주일 동안 조사한 바로는 그런 혐의가 전혀 없었죠. 굳이 이야기하자면 요즘 보기 드물 정도로 착실한 여학생 같던데."

"……그렇겠죠." 니시오가 말했다. "집사람이 '미유키는 이삼 일에 한 번은 대체 어디서 무얼 하는지 모를 시간이 있다'는 말을 꺼냈을 때도 왜 자기 딸을 믿지 않냐고 타박하긴 했지만."

지난주에 조사를 의뢰하러 왔을 때는 하나뿐인 딸이 나쁜 길로 빠진 게 틀림없다는 투였다. 지금은 〈청년의 주장NHK 주최로 매년 성년의 날에 방송했던 논문 콘테스트 프로그램〉에 뽑힌 대표 고등학생의 학부형처럼 자못 마음 놓인다는 표정이었다.

"뭐, 보호자로서 일단 알아볼 만큼 알아봐둬야겠다고 생각해서 부탁했는데 역시 돈 낭비였군요."

딸에 대한 걱정이 사라지자 비용을 지불하기 아까운 모양이다.

"하지만 미유키의 행농에 이상한 점이 있었던 것은 사실입니다. 사와자키 씨, 이렇게 묻기 미안하지만 제대로 조사한 겁니까? 대충 하고 비싼 비용을 받으면 곤란합니다. 아…… 요 일주일간 딸이 한 행동을 상세하게 보고해주시면 좋겠군요."

니시오는 근무 태도가 좋지 않은 종업원을 보는 눈빛으로 나를 바라보았다.

"그러시죠." 내가 대답했다. 그리고 상의 주머니에서 수첩을 꺼내 페이지를 넘겼다. "우선 의뢰한 다음 날, 이달 9일 수요일. 당신은 3시에 '엘렌' 신주쿠 지점을 나와 그길로 교엔 앞까지 걸어가 거기서 만나기로 약속한 여성과 근처 러브호텔에 들어간 뒤 240호실을 잡았죠. 그 여성은 '잔' 아카사카 지점에서 일하는 웨이트리스인데 이름은 모리타 에미, 열아홉 살. 두 사람이 사이좋게 카페 경영에 대한 의논을 했다면 특별히 의심할 이유는 없죠. 믿을 이유도 없기는 하지만요. 그다음에는……."

"이봐! 잠깐. 무슨 소리야? 난 딸을 조사하라고 했지 내 뒤를 밟으라고 한 적은 없는데!"

니시오는 안색이 완전히 바뀌었다. 목소리가 한 옥타브 올라갔다. 나는 어린애처럼 오락가락하는 오십대 남자의 얼굴을 가만히 바라보았다. 그는 뭐라 하려는지 입을 열었다 닫았다 했지만 안타깝게도 할 말은 찾지 못한 듯했다.

"그다음 날은 특별히 보고할 내용이 없고. 11일 금요일. 당신은 3시 반에 시부야에 있는 '도큐 호텔' 일층 카페테라스에서 다른 여성과 만나기로 약속했지. 빨간 머리에 키가 큰 여자. 누구인지 모르지만 당신이 경영하는 카페 직원은 아니고. 추측컨대 아마 긴자 부근에 있는 단골 클럽의 호스티스? ……맞나보군. 두 사람은 거기서 커피와 간단한 식사를 한 뒤 호텔 240호실로 직행……."

"집어치워!" 니시오가 소리치며 의자에서 일어섰다. "네 목적이 뭐야? 날 협박할 작정인가!"

삿대질하는 그의 검지가 부르르 떨렸다. 나는 수첩을 덮고 말했다.

"앉으시지, 그 의자에. 주문대로 나는 당신 딸 품행을 조사했어. 그런데 그 딸이 당신 뒤를 밟더군."

"뭐라고?" 니시오는 내 말뜻을 바로 이해하지 못했다.

"다시 이야기하지. 난 당신을 미행하지 않았어. 당신 딸을 미행했지. 그런데 딸이 당신을 미행한 거야. 그러니 나는 당신 딸뿐 아니라 당신이 무얼 했는지도 알게 된 거지. 그뿐이야."

니시오는 그제야 상황 파악이 된 모양이다.

"이럴 수가……." 니시오가 갈라진 목소리로 중얼거리더니 쓰러지듯 의자에 주저앉았다. 주름 잡아 다린 바지가 구겨질 것 같았다.

"그럼, 마유미는…… 어제 여자 두 명을 데리고…… 그것도 아는 건가?" 목에 뭐가 걸린 듯한 목소리였다.

나는 고개를 끄덕였다.

"왜 내게 더 일찍 알려주지 않았지?" 니시오가 원망하듯 말했다.

"그럴 필요가 없었거든." 내가 싸늘하게 대꾸했다. "딸 태도로 보아 당신 비밀을 알게 된 게 어제오늘 일이 아니라는 걸 알 수 있었으니까. 미행 기술이 선문가 뺨치는 실력이더군. 진짜 교묘하고 냉정하게 뒤를 밟았어. 그리고 당신이 여자를 만나 호텔이나 주차장에 들어가는 걸 지켜보더군. 여자가 늦게 올 때는 조용히 기다려서 그게 누군지 확인하고……. 그러는 동안에도 당신 딸은 표정이 살짝 굳어지기만 했어. 확인한 뒤에는 마치 아무 일도 없었다는 듯이 그 자리를 뜨지."

"이럴 수가……." 니시오가 다시 중얼거렸다.

"혹시 당신이 여자와 그렇게 어울리는 게 지난주 수요일이 난생처음이었다고 우기기라도 할 건가?"

니시오는 화난 얼굴로 나를 외면했다.

"그리고……." 내가 말을 이었다. "지난주에 당신은 내게 이렇게 말했지, 시간을 일주일 줄 테니 정확한 조사를 부탁한다. 영업시간에는 당신이나 당신 부인이나 바쁘고 어느 가게에 나가 있을지 모르니 중간에 경과보고는 하지 않아도 좋다. 밤중에 집으로 전화를 하면 딸이 받아서 뭔가 낌새를 알아차릴 수도 있으니 조사비를 날릴 염려가 있다. 결과는 다음 주 수요일, 11시에 이 사무실에 와서 듣겠다."

니시오는 어깨를 축 늘어뜨리고 중얼거렸다.

"그건 맞는데…… 설마 딸이 그런 짓을 할 줄은 몰랐으니까."

부모라면 딸이 그럴 줄은 몰랐으리라. 니시오는 '이럴 수가……' 와 '다시는 여자와 그런 짓 하지 않겠다'고 여러 차례 반복한 다음 조사비를 지불했다.

"영수증은 종업원 신상 조사를 위해 사용한 비용으로 처리해주면 좋겠군."

딸의 품행 조사에 쓴 돈도 카페 경비로 처리하려는 속셈이다. 그렇게 하지 않으면 차 지붕에서 테니스를 칠 수 있을 것 같은 승용차를 굴릴 수 없겠지. 나는 내역을 적는 칸에 아무것도 쓰지 않은 채 말없이 영수증을 건넸다.

사무실 문으로 향하던 니시오가 갑자기 창문 쪽으로 달려가 몸을 감춘 채 아래 주차장과 도로 쪽을 엿보았다. 나는 필터 없는 '피스'에 불을 붙이며 조용히 말했다.

"딸은 착실하다고 했을 텐데. 이 시간이면 학교에서 열심히 공부하고 있을 거요."

니시오는 나를 노려보더니 인사도 하지 않고 문 쪽으로 갔다. 무의미하다는 걸 알면서도 한마디 해주지 않을 수 없었다.

"그래, 뒤처리는 어떻게 할 작정이지?"

"다 생각하고 있으니 내 문제에 대해 쓸데없는 걱정은 안 해도 돼."

"누가 당신 걱정을 한다는 건가?"

니시오는 사무실을 나가며 큰 소리가 나도록 문을 닫았다.


<h2 align="center">2</h2>


대엿새가 지났다. 새벽 4시쯤 나는 문을 마구 두드리는 소리에 잠에서 깼다. 정신이 몽롱한 상태에서 현관으로 가 문을 열었다. 검은 코트를 입은 남자 두 명이 서 있었다. 나이가 더 들었고 턱에 흉터가 있는 쪽이 내 성을 확인했다. 그들은 신분을 밝히더니 요쓰야 경찰서까지 동행해주면 좋겠다고 했다. 나는 이유를 묻지 않았다. 경찰은 늘 정당한 이유가 있기 때문이다. 싱크대로 가서 수도꼭지를 틀어 얼굴에 차가운 물을 끼얹었다.

요쓰야 경찰서 취조실 벽은 옅은 녹색 페인트가 칠해져 있었다. 신주쿠 경찰서 벽도 같은 색 페인트였다. 쓸데없는 문제라도 그걸 연구하는 교수들은 차고 넘치게 마련이니, 취조실 벽은 회색보다 옅은 녹색일 때 더 자백하고픈 기분이 들게 만든다는 최신 데이터를 내놓았는지도 모른다. 하지만 벽이야 무슨 색깔이든 취조실은 어디까지나 취조실이었다.

제복을 입은 젊은 경찰관과 단둘이 이십 분가량 기다렸다. 그사이 무슨 말을 걸어도 젊은 경찰관은 아무런 대꾸가 없었다. 최신 데이터도 별 효과가 없는 모양이다. 이윽고 나를 연행한 두 형사와 그들의 상사로 보이는, 짙은 남색 카디건을 걸친 사십대 후반의 남자가 들어와 제복을 갖춘 경찰관과 교대했다. 턱에 흉터가 있는 형사는 조노라고 자기를 소개하며 내 맞은편에 앉았다. 카디건을 걸친 상사는 그 뒤에, 쇠창살이 있는 창문 옆 의자에 앉아 나를 노려보았다. 젊은 형사—서른 전후의 사사키라고 불리는 형사는 내 등 뒤로 가서 시야에 들어오지 않았다.

"수사에 협력해주면 좋겠소."

조노 형사가 말했다.

"새벽부터 미안하지만 우리도 밤을 꼬박 새워서 피곤해. 어제 오후 3시부터 5시 사이에 어디 있었지?"

나는 얼른 집으로 돌아가 더 자고 싶었다.

"아마 수리하러 보낸 차를 가지러 갔다가 신주쿠에 돌아올 무렵일 텐데."

조노 형사가 카센터 이름과 주소를 물었고 나는 대답했다.

"기치조지라면 좀 멀지 않나?"

"이삼 년 전에 그 카센터 주인이 일을 의뢰한 적이 있지. 그 뒤로 수리비도 싸게 해주고 정비도 꼼꼼하게 해서."

조노가 내 어깨 너머로 눈짓을 보내자 사사키 형사가 문을 열고 취조실을 나갔다.

"4시 정각에는 어디쯤 있었지?"

"기치조지에 도착하기 직전이었을 거요. 카센터에 도착했을 때 4시가 조금 지난 시각이었으니까."

"카센터에 머문 시간은?"

"삼십 분쯤. 고물 블루버드는 이제 그만 폐차하라는 소리를 들어서 중고차 매물을 두세 대 구경했지."

"신주쿠 사무실에 돌아온 건 몇 시?"

"5시가 좀 지난 시각이었지. 사무실에서 일을 마치고 다시 차에 갔을 때 라디오에서 야구 중계를 시작했고."

조노는 고개를 끄덕이며 지겹다는 말투로 '자이언츠 팬인가?'라고 물었다. 그러고 보니 이 남자 말투에는 간사이 사투리 억양이 있었다.

"팀에는 관심이 없어서." 내가 대답했다. 원래 코 흘리던 삼십 년 전이라면 '니시테쓰 라이온스'의 팬이었다. 엄청난 팀이었지만 야구 도박과 경영 부진이 원인이 되어 이십 년 전에 사라져버린 구단이다. "나이가 든 선수인데 구단을 두 군데 이상 옮겨 뛴 선수가 활약하면 좋아하는 편이지."

조노가 내 기준에 들어맞는 선수 두세 명의 이름을 댔다. 나는 그렇다고 대답하고 두세 명 덧붙였다. 취조실 문이 열리는 소리에 사사키 형사가 돌아왔다고 생각했다. 나는 등 뒤를 돌아보지 않았다. 조노와 카디건을 입은 형사가 사사키에게 고개를 끄덕였다. 아마 내 알리바이가 확인되었을 것이다.

"니시오 겐지, 오십일 세. 주소는 시부야 구 다이칸야마, 카페 경영자, 이 사람 알지?" 조노가 내 눈을 똑바로 보며 물었다.

"계속해봐." 내가 말했다. 등 뒤에 있던 형사가 숨을 잠깐 참았다가 버럭 소리를 질렀다.

"묻는 말에 사실대로 대답해. 니시오를 알고 있을 텐데!"

묘하게 감정적인 목소리였지만 나는 돌아보지 않았다. 조노 형사가 손을 들어 사사키 형사를 제지했다. 사사키가 못마땅한 듯이 내 뒷덜미에 느껴졌다.

조노의 말투가 날카로워졌다.

"당신 지난주에 니시오의 의뢰를 받아 뭔가 일을 했지? 무슨 일이었는지 그 내용을 이야기해."

"거절하겠어." 나는 쌀쌀맞게 대꾸했다.

등 뒤에 있는 사시키 형사가 움직이는 게 느껴졌다. 조노와 상사의 반응으로 이번에는 심상치않다는 걸 깨달았다. 쇠창살이 있는 창문 유리에 비친 그림자로 사사키의 동작을 간파했다. 반사적으로 책상 위에 짚고 있던 두 팔꿈치에 무게중심을 옮기며 몸을 일으켰다.

"그만해!" 조노가 소리쳤다. 동시에 내가 앉았던 의자를 사사키가 걷어찼다. 체중이 실리지 않은 나무의자는 벽으로 날아가 부딪치며 요란한 소리를 냈다. 나는 곧장 균형을 잡지 못해 뒤로 물러서며 사사키의 위치를 잽싸게 파악하고 그를 향해 몸을 던졌다. 헛발질을 한 사사키는 자세가 흐트러져 내 공격을 피할 여유가 없었다. 그는 벽에 등을 거세게 부딪치며 윽 하고 신음하더니 그 자리에 주저앉았다. 문손잡이에 콩팥 부분이 정통으로 찍힌 것이다.

문밖에서 대기하던 제복 경찰관이 소란스러운 방으로 뛰어들어 왔다. 사사키는 창백해진 얼굴에 진땀을 흘렸다. 숨이 막혀 호흡을 제대로 할 수 없는 모양이었다.

"쓸데없는 짓을." 조노가 화난 목소리로 말했다. "그런 수법이 누구에게나 통할 거라고 생각하면 큰 착각이야. 그런 방법을 쓰려면 실패하지 않도록 조심해야지."

조노는 제복을 입은 경찰관에게 사시키를 의무실로 데려가라고 했다. 고통스러워하는 사사키 형사가 부축을 받으며 취조실을 나가는 사이에 나는 원래 자리로 의자를 가져다 앉았다.

창문 옆에 있던, 상사로 보이는 형사가 일어나 조노의 어깨를 가볍게 두드렸다. 난투극이 끝나고 마지막 비장의 카드로 투수 교체를 하는 모양이었다.

"나는 수사과 니와 경부보다." 이렇게 말하며 카디건을 입은 남자가 내 맞은편에 앉았다. 마른 체구에 피부는 약간 검고, 미간에 깊은 주름이 새겨진 남자인데 야마모토 슈고로의 소설에 등장하는, 뭔가 꾹 참고 있는 인물처럼 생겼다.

"내 실수야." 그가 말했다. "당신이 전직 형사였던 와타나베 선배와 친구라는 걸 알았다면 사사키 형사에게 맡기는 게 아니었는데."

"무슨 뜻이지?" 내가 물었다.

"사사키의 처제가 몇 해 전에 각성제 중독으로 자살했네. '세이와 카이'라는 조직에 있는 어떤 남자와 동거중이었어. 와타나베 선배가

'세이와카이' 소탕 작전에서 말도 안 되는 역할을 맡다가 도망친 게 육 년 전이던가? 그 양반이 그런 짓만 하지 않았어도 그 조직은 완전히 사라졌을지 모르고 사사키 형사의 처제도 그런 비극을 맞이하지 않았을지도 모른다……. 뭐 자살한 사람의 가족이라면 이렇게 생각하고 싶어질 테지."

와타나베는 내 파트너였다. 내 사무실 간판은 아직도 '와타나베 탐정사무소'다. 니와 경부보의 말대로 와타나베는 각성제 거래라는 함정을 이용한 '세이와카이' 소탕 작전에 가담했지만 경찰과 조폭의 뒤통수를 치고 3킬로그램이나 되는 **샤부**각성제의 대명사인 필로폰의 속칭와 현금 일억 엔을 들고튀었다. 옛이야기지만 누구도 잊으려 하지 않는 일이었다.

나는 상의 주머니에서 담배를 꺼내며 말했다.

"아마 '세이와카이'가 없어졌다면 '야마구치구미' 조직원과 동거했겠지. 사사키라는 형사에게 이렇게 전해. '세이와카이'를 없애버리고 와타나베를 체포하고 나서도 여전히 증오가 남는다면 그때는 한 번 더 내 의자를 걷어차러 오라고. 자기 주변에서 증오의 배출구를 마련할 수 있다면 행복한 사람이지."

"그러니까 내 실수야, 사과하겠네." 경부보가 말했지만 사과로 들리지 않았다.

"……그건 그렇고, 이건 심각한 범죄에 대한 수사야. 니시오 겐지가 의뢰한 일의 내용을 가르쳐줄 수 없겠나?"

그는 책상 서랍에서 알루미늄 재떨이를 꺼내 내 앞에 놓았다. 카디건 주머니에서 짧은 호프 담배를 꺼내 입에 물더니 황동 지포 라이터로 내 담배에 불을 붙여주었다.

"의뢰인의 비밀을 지키겠다는 건가? 이제 그런 문제에 신경쓰지 못할, 죽은 사람의 비밀이라도 말인가?"

"니시오 겐지가 죽었나?"

"어젯밤 10시쯤 시나노마치 교회 근처에 있는 '스타라이트 호텔' 240호실에서 목욕 수건만 두른 채로 머리는 피투성이에 목에 전화선이 감긴 모습으로 발견되었지. 호텔 지배인이 발견해 신고했네. 현장 상태로 봐서 샤워를 마친 뒤 욕실에서 나와 침대로 가던 중에 커다란 크리스털 재떨이로 옆머리를 강타당했어. 그리고 바로 옆에 있던 전화기 코드로 목이 졸린 모양이야. 감식 쪽에서는 직접사인이 질식사라고 하더군."

"담배 회사보다 전화 회사 쪽이 죄가 무겁군."

내가 농담하듯 대꾸했지만 두 형사는 전혀 웃지 않았다.


3


나는 경찰이 어떻게 내가 니시오 겐지와 거래가 있다는 사실을 알아냈는지 생각해보았다. 니시오 부인의 입을 통해서라고 생각하는 게 타당할 테지만 그렇다면 나는 내 업무 내용도 부인으로부터 들었을 것이다. 니시오는 부인에게 딸이 자기가 바람피우는 현장을 미행하고 있었다는 이야기까지는 하지 않았겠지만 딸이 못된 짓을 하고 다니는 것 같지 않다는 이야기는 했겠지.

"니시오 부인에게 물어보시지." 내가 대답했다.

"그 정도로 해두지 않겠나?" 니와 경부보가 참을성 있게 말했다. 미간의 세로 주름이 더 깊어졌다. "니시오 부인은 남편이 당신을 고용한 것도 모른대. 시간 낭비는 하지 말자고."

그렇다면 경찰은 어떻게 나에 대해 알게 된 걸까? 나는 담배를 재떨이에 껐다. 영수증이다.

나는 십 초 동안 고민한 뒤 입을 열었다.

"……좋아. 하지만 딱 한 가지 조건이 있어."

"들어볼까?" 니와가 말했다.

"내가 지금부터 하는 이야기는 딸에게 절대로 알리지 마."

"딸이라고? 니시오의 딸 말인가?"

"그래."

"무슨 뜻이지?"

"이야기를 들으면 그 이유는 자연히 알게 돼. 분별력 있는 사람이라면 말이야. 그렇지만 경찰이란 인간으로서 지녀야 할 분별력보다 먼저 생각해야만 할 것들이 하나둘이 아니라서. 그래서 이야기하기 전에 딸에게는 알리지 않겠다는 당신 약속이 필요한 거지."

니와는 뒤에 있는 조노 형사를 돌아보며 잠깐 생각했다. 그러고는 다시 고개를 돌려 이렇게 말했다.

"……좋아. 딸에게는 이야기하지 않겠어."

"니시오가 내게 의뢰한 일은 그 미유키라는 딸의 품행에 대해 조사해달라는 내용이었지."

나는 니시오가 처음 사무실을 찾아왔을 때부터 일주일에 걸친 조사와 니시오에게 보고할 때까지 일어났던 일들을 간추려 설명했다. 다만 니시오 미유키는 나쁜 짓과 아무런 관계도 없었다는 이야기만 하고 탐정 흉내를 냈다는 사실은 생략했다.

니와는 눈을 가늘게 뜨고 싸늘한 목소리로 말했다.

"거짓말. 우리는 당신이 니시오를 위해 카페 종업원 누군가의 신상을 조사한 증거를 확보했거든."

"영수증 이야기로군. 그건 니시오가 조사비를 카페 경비로 털어버리려고 명목을 그렇게 요청했어. 딸의 품행 조사에 쓴 비용을 세무서에서 인정해주지는 않잖아? 그렇다고 자녀 교육비로 인정해주지도 않고. 어쨌든 나는 니시오의 요구를 들어주기는 싫었어. 그래서 영수증에 무슨 일로 받은 돈인지 적지 않고 빈칸으로 놔둔 채 건넸지. 필적이 다르다는 건 이미 조사했을 텐데. 나는 종업원에 대한 신상 조사는 전혀 하지 않았어."

경부보는 떨떠름한 표정으로 부하를 돌아보았다. 경찰 수사는 살인 현장에서 판단하고 니시오의 여자관계나 그런 여성의 남자관계라는 방향으로 집중되어 있을 게 틀림없다. 그렇다면 나의 조사가 영수증에 적혀 있는 것처럼 종업원 신상 조사라면 그들이 그것에 실마리를 기대하는 것도 당연했다. 나는 두 형사를 납득시키기 위해 니시오 미유키를 일주일 동안 미행한 사람이 아니면 알 수 없을 내용을 생각나는 대로 늘어놓았다. 조노 형사가 그 가운데 몇 가지인가를 수첩에 적었다.

"좋아." 니와가 말했다. "하지만 확인은 해야겠어. 만약 지금 한 이야기가 거짓이라면 당신 입장이 난처해질 거야."

"확인하는 거야 상관없지만 방금 한 약속은 잊지 마."

"알았어⋯⋯. 하지만 그 딸은 당신이 생각하는 만큼 아버지를 아버지로 여기지 않는 것 같던데. 함께 살게 된 지 아직 삼 년도 안 됐다니 당연할 테지만. 니시오가 죽었다는 소식을 듣고도 눈물은커녕 슬픈 표정 한 번 짓지 않더군."

"삼 년도 안 된다니, 그게 무슨 소리지?"

나는 동요를 감추느라 안간힘을 쏟았다.

"그 딸은 부인이 데리고 들어온 아이니까. 몰랐나? 부부는 삼년 전에 결혼했는데 둘 다 재혼이었어. 아, 니시오는 재혼이라고 해도 이번이 네번째였다는군. 그런데 애는 없었고⋯⋯. 그래서 씨 없는 수박이라는 소문도 있지."

내가 어리석었다. 부모와 자식의 심정을 전혀 이해하지 못했다. 부모라면 자기 자식, 특히 성년이 되지 않은 자식의 품행 조사를 탐정에게 맡기지는 않으리라. 자식이 의심스러울 때는 더 그렇다. 그런 조사를 의뢰한다는 것은 세상 사람들이 자식의 품행을 비난할 때 그렇지 않다는 사실을 증명하고 싶을 경우, 즉 자식을 믿을 때이다. 자식이 의심스러우면 바로 캐묻거나 먼저 스스로 알아보려고 해야 마땅하다. 그게 부모의 마음이리라. 나는 니시오라는 남자가 너무도 어리석은 인간이라 그런 녀석이라면 탐정에게 자기 딸의 품행 조사를 의뢰할 수도 있다고 혼자 짐작했던 것이다. 니시오를 미행하는 딸 미유키는 이상하리만치 냉정했다. 그때 나는 친부모자식 사이에는 있을 수 없는 뭔가를 감지했어야 했던 게 아닐까……?

"왜 그러나?" 니와 경부보가 말했다. "그 딸에 대한 당신의 배려도 약간 표적을 벗어난 느낌이 드는군. 니시오 겐지라는 피해자에게 제대로 된 가정생활이 있었는지가 의심스러워. 그가 남긴 물건 가운데 발견한 또 하나의 전화번호부—운전면허증 뒤에 숨겨놨던데, 거기에는 무려 마흔일곱 명이나 되는 여자 이름과 전화번호가 적혀 있었어. 무슨 결사대 연판장도 아니고 말이야."

"니시오의 아내는 어떤 여자인가?" 내가 물었다.

"자세한 건 아직 모르겠어. 혹을 단 채로 재혼할 수 있었으니 니시오를 고맙게 여겼던 모양이야. 그만큼 카페 경영 쪽에 정성을 기울였지. 열 군데가 넘는 점포 가운데 절반 이상은 두 사람이 결혼한 뒤, 그러니까 요 삼 년 사이에 늘어났으니. 그게 다 부인의 수완과 경영 능력 덕분이겠지."

"니시오가 여자들과 놀아나는 건 부인도 알고 있었나?"

"거기까지는 모르겠어. 전화번호부에 적힌 마흔일곱 명이 모두 니시오와 관계가 있는지 어떤지도……. 하지만 '스타라이트 호텔' 지배인 말이 일주일에 한 번은 반드시 들렀어도 같은 여성을 다시 데리고 온 적은 없었다고 하더군. 칭찬으로 들리지는 않았어."

"어제 함께 들어간 여자는 알고 있나?"

내가 물었다.

"체크인할 때는 니시오 혼자였어. 여자는 나중에 오기로 되어 있었겠지. 조사해봤지만 니시오가 부른 여자를 본 사람이 없어. 그 호텔은 거의 백 퍼센트 커플 손님이고 지불은 남자가 하게 마련이라 프런트도 혼자 먼저 나가는 여자에게는 신경쓰지 않으니까."

그 뒤로 이십 분가량 나는 니와의 질문에 대답했다. 대답할 수 있는 내용이 별로 없었다. 신문이 끝난 뒤 나는 빈 담뱃갑을 재떨이에 던져넣고 의자에서 일어났다.

"이제 용건은 끝났을 테지?"

"잠깐만." 니와가 말했다. 조노 형사가 얼른 취조실을 나갔다. 니와는 의자에 앉은 채 나를 바라보며 물었다. "부인과 의논한 다음에 딸의 품행 조사를 의뢰하러 왔다는 니시오와 남편이 당신을 고용한 걸 몰랐다고 하는 부인, 대체 어느 쪽이 거짓말하는 걸까?"

"아니, 어느 쪽도 거짓말이 아니라는 걸 알지 않나?"

"그렇군." 니와는 쓴웃음을 지으며 말했다. "어쨌든 니시오가 어제 만난 파트너를 찾아내는 게 급선무겠군. 참고가 될 만한 내용이 생각나면 우리에게 연락해줘."

드디어 니와가 자리에서 일어났다. 잘 자라는 인사를 건네고 나는 취조실을 나왔다. 복도는 아침 햇살이 쏟아져들어와 눈이 부셨다. 나는 눈을 가늘게 뜨고 복도를 걸었다.

그때 맞은편에서 다가오는 세 사람이 보였다. 한 명은 조노 형사였다. 다른 한 사람은 눈에 익은 세일러복과 걸음걸이로 보아 니시오 미유키라는 걸 바로 알 수 있었다. 남은 한 명은 사십대 초반의 여성이었다. 아마 니시오의 부인이리라. 니와 경부보가 나를 잡고 있는 사이에 조노 형사가 먼저 취조실을 나간 이유를 그제야 깨달았다. 니시오 모녀와 나를 마주치게 하여 인상착의를 확인시키려는 속셈이었다. 나는 약간 뒤처져 걸어오는 니와 경부보의 얼굴을 돌아보고 싶었지만 꾹 참았다.

처음 본 니시오 부인은 열 군데가 넘는 카페를 주무르는 여성답게 평범한 가정주부에게는 볼 수 없는 세련미가 풍겼다. 갸름한 얼굴에 코가 오뚝한 미인이라 입고 있는 전통 상복이 잘 어울렸다. 원래 상복이란 그런 법이다. 가족 가운데 누군가를 잃고 상복이 어울리지 않는 사람은 뭔가 이상하게 마련이다. 하지만 왠지 니시오 부인의 아름다움은 남자들을 감탄하게는 만들어도 정신이 팔리게는 하지 않는다는 느낌이 들었다.

우리는 복도 한가운데서 스쳐지났다. 니시오 미유키가 고개를 드는 바람에 나와 시선이 마주쳤다. 니와 경부보에게 들은 이야기 때문인지 아버지를 잃은 딸의 모습 같지 않았다. 거의 무표정이라고 해도 좋을 얼굴이었다. 그때 나는 저 소녀가 불쑥 '사와자키 씨' 하며 말을 걸어오지 않을까 하는, 쓸데없는 걱정에 휩싸였다. 경찰서란 사람을 그렇게 만드는 곳이다. 두 형사의 따가운 시선을 느끼며 나는 복도 막다른 부분에 있는 계단을 내려가 일층 출입구로 향했다.

# 4

사무실 안은 이미 어두컴컴했다. 책상 앞 의자에 앉은 채로 한 시간가량 눈을 붙였다. 이른 아침에 억지로 일어난 탓이겠지만 마흔한 살치고는 한심한 체력이다. 시계를 보니 오후 5시 반이었다. 나는 책상 위에 있는 수첩을 뒤져 전화를 걸고 신호가 가는 동안 담배에 불을 붙였다.

"여보세요, 니시오입니다……." 여자 목소리가 들렸다.

"따님인 미유키는 집에 있나요?"

"예, 있기는 한데…… 집안에 일이 좀 있어서 어수선합니다만, 누구신지요?"

"그건 압니다. 오늘 새벽 요쓰야 경찰서에서 만났던 사와자키라고 합니다. 따님에게 묻고 싶은 게 있어서…… 시간은 많이 빼앗지 않겠습니다."

만났다는 말은 거짓이 아니었다.

"그러세요……? 잠깐만 기다려주세요."

상대편은 나를 경찰 관계자로 착각한 모양이다. 나는 예상보다 쉽게 목표를 이룰 것 같았다. 잠시 기다렸더니 열예닐곱 살쯤 되는 소녀의 무뚝뚝한 목소리가 들려왔다.

"미유키인데요, 무슨 일이세요?"

"나는 탐정 사와자키라는 사람인데."

"탐정……?"

"그래. 돌아가신 아버지 일로 묻고 싶은 게 있어서."

"아버지라니, 칠 년 전에 병으로 돌아가신 아빠 말인가요, 아니면 어제 죽은 니시오 겐지를 말하는 건가요? 미리 이야기해두지만 그 사람은 내 아빠가 아니에요."

미유키의 말투는 똑같은 말을 몇 번이고 반복한 듯이 빈틈없게 들렸다.

"그래……? 내가 묻고 싶은 건 니시오 겐지 씨에 대해서인데." 잠깐 뜸을 들인 미유키기 퉁명스러운 목소리로 '물어보세요'라고 했다.

"어제 '스타라이트 호텔'에서 니시오 겐지 씨와 함께 있던 여성이 누군지 가르쳐주지 않겠니? 이름을 모른다면 인상착의나 나이 정도만이라도 괜찮은데……."

수화기를 통해 미유키가 헉 하고 숨을 삼키는 소리가 들렸다. 니시오 겐지는 내가 조사하여 보고한 내용을 부인에게 알리지 않았다. 그리고 '다시는 여자와 그런 짓 하지 않겠다'고 해놓고 찔리지도 않는지 또 러브호텔을 찾았다. 니시오 겐지처럼 심각할 정도로 여자에 집착하는 사람은 딸이 그걸 안다는 정도로는 병이 쉽게 낫지 않는 것 아닐까? 하물며 그 딸은 친딸도 아니다. 그렇다면 니시오 미유키가 어제도 니시오를 미행해 그와 함께 있던 여자를 목격했을 가능성은 충분하리라.

"왜죠! 도대체 왜 내가 그런 걸 알고 있다고 생각하죠?"

미유키의 목소리에 얼마나 동요하고 있는지가 고스란히 드러났다.

"진정해라. 난 네가 니시오 씨 행동을 감시했었다는 걸 우연히 알았을 뿐이야. 그런 이야기를 다른 사람에게 말할 생각은 없으니 안심해. 나는 혹시 네가 어제 니시오 씨의 상대를 목격했다면 그 여자에 대해 말해줬음 하는 거야. 다른 목적은 전혀 없다."

전화기 저편에서 뭔가 떨어지는 요란한 소리가 났다. 수화기를 떨어뜨렸거나 니시오 미유키가 쓰러졌거나. 그만큼 큰 소리였다. 나는 얼른 담배를 껐다.

"여보세요……. 여보세요……." 전화가 끊기지는 않은 모양이라 나는 계속 상대를 불렀다. 잠시 후 발소리와 사람 목소리가 뒤섞인 분주한 소리가 들려왔다.

"여보세요……. 처음 전화를 받았던 여자 목소리였다.

"죄송합니다. 딸이 몸이 좀 좋지 않은 모양이에요……."

"괜찮습니까?"

"예. 실례지만 탐정 사와자키 씨라면 요쓰야 경찰서 형사님에게 물어보니 남편이 일을 부탁드린 탐정이시라고 하던데."

"맞습니다."

"실례인 줄 알면서도 다른 전화로 딸과 통화하는 내용을 들었습니다……."

"그러셨나요? 그럼 제가 전화를 드린 용건은 잘 아시겠군요.

"예. 딸의 행동에 좀 이상한 구석이 있다고 남편에게 이야기한 사람은 접니다. 남편은 기회를 보아 딸에게 물어보겠다고 약속했죠. 설마 사와자키 씨에게 조사를 의뢰할 줄은 전혀 몰랐습니다. 딸이 남편을 감시중이었다는 말은 어제 딸 입을 통해 처음 들었습니다.

어미로서나 니시오의 아내로서 정말 부끄럽기 짝이 없군요."

"조사 결과는 남편만이 아니라 당신에게도 알려야 했죠. 하지만 저는 남편분이 따님의 친부가 아니라는 사실을 어제까지 몰랐습니다."

"모두 다 남편 탓이에요."

여자의 목소리가 흐려졌다. 나는 전화를 건 목적을 떠올리고 다시 물었다.

"그래서 따님은 어제 남편의 상대를 목격했나요?"

"그 문제에 대해 꼭 드리고 싶은 말씀이 있습니다……. 전화로 이야기할 만한 일이 아니라 괜찮으시다면 이쪽으로 와주실 수 있을까요?"

"물론 괜찮습니다."

니시오 씨 집 주소를 확인하고 시간을 정한 뒤 전화를 끊었다.

5

이제 막 시신이 집에 도착한 '상중'인 그 집은 시부야 구 다이칸야마의 고급 주택가에 있었다. 내 블루버드는 '야마노테 선' 옆 주차장에 세우고 왔다. 주택가로 들어서자 상복 차림을 한 사람들이 드나드는 넓은 저택이 보여 쉽게 목적지에 다다랐다. 저택 입구 부근에 세운 여러 대의 차 가운데 한 대는 '시부야 장의사'에서 나온 것이었다. 이미 문상객 받을 준비를 하고 있었다. 고인이 즐겨 타던 '엘도라도'는 시트를 뒤집어쓰고 담장 밖 주차 공간 구석에 세워져 있었다. 메탈릭 블루가 뽐내는 화려함은 당분간 쓰일 일이 없을 것이다.

나는 석조 문설주 옆을 지나 자갈이 깔린 길이 있는 앞마당을 거쳐 모두 노송나무로 만든 커다란 현관에 이르렀다. 현관은 조문객을 맞이하기 위해 활짝 열려 있었다. 앞마당에서 장의사에서 나온 사람과 의논하던 상복 차림의 남자가 나를 따라 함께 현관으로 들어왔다.

"사와자키 탐정이신가요?" 그가 낮은 목소리로 물었다. 주위에서 흑백 휘장을 치던 사람들 귀에는 들리지 않았을 것이다. 나는 그렇다고 대답했다.

"고인의 부인 니시오 후미코의 사촌 호리바라고 합니다. 오시면 안내해드리라는 말을 들었습니다."

친척답게 니시오 부인의 갸름한 얼굴을 닮았는데 짙은 눈썹에 쌍꺼풀진 눈은 오히려 니시오 미유키와 똑같았다. 나와 거의 비슷한 연배일 테지만 조금 아래로 보였다.

"자, 이쪽으로." 호리바가 말하며 현관 마루로 올라섰다.

역시 니시오의 취향에 어울리게 졸부 티가 줄줄 흐르는 응접실에서 십오 분가량 기다렸다. 벽에는 페르시아 카펫, 바닥에는 호랑이 가죽 깔개, 난로 위에는 골프대회 트로피, 선반에는 브리태니커 백과사전, 천장에는 샹들리에 스타일까지는 아니어도 거기에 버금가는 조명이 달린, 그런 느낌의 응접실이었다. 담배를 한 대 다 피우고도 한참을 기다린 뒤에야 니시오 후미코가 차를 들고 나타났다. 아침에 본 것과 같은 상복 차림이었다.

"처음 뵙겠습니다. 미유키 어미입니다." 그녀는 응접세트 테이블 맞은편에 앉았다.

"저는 '와타나베 탐정사무소'의 사와자키입니다. 오늘 아침 요쓰야 경찰서 복도에서 이미 뵈었죠."

"그랬던가요……?"

니시오 부인은 중얼거리듯 말했다. 잠시 내가 차 마시는 모습을 지켜보더니 이윽고 입을 떼기 어려운 듯 말문을 열었다.

"남편과 관계가 있던 여성 가운데 삼십대 전후에 머리카락을 빨갛게 물들이고 키가 큰 사람을 아시나요? 아무래도 술집에 나가는 여성 같은데 커다란 검은 테 선글라스를 낄 때가 많다고 하던데요."

니시오와 함께 시부야에 있는 '도큐 호텔'에 동행한 여자와 비슷하다.

"따님을 조사하던 중에 남편분과 만나는 걸 본 여성 중 한 명 같습니다."

"사와자키 씨, 그 사람에 대해 아시나요?"

"아뇨. 남편분에게 보고하면서 긴자 부근에 있는 클럽 호스티스가 아니냐고 넘겨짚었더니 급소를 찔린 듯한 표정을 짓기는 했습니다만." 나는 찻잔을 테이블에 내려놓고 물었다.

"그 여자가 어제 그 '스타라이트 호텔'에서 니시오 씨의 상대였습니까?"

"아뇨. 그렇지는 않아요. 실례지만 그 여자와 아무런 관계도 없습니까? 그 여자와 의논한 뒤에 여기 오신 건 아닌가요?"

"잊으셨습니까? 저는 부인이 불러서 찾아뵈었는데요."

니시오 부인은 내 눈을 똑바로 들여다보았다.

"……알겠습니다. 제가 실례를 했군요. 죄송합니다. 사와자키 씨, 부탁이 있는데 들어주시겠습니까?"

"말씀하시죠."

"경찰에서 딸에 대한 품행 조사를 진행했다고 하시면서 딸이 남편의 그런 행태를 감시했다는 사실은 덮어둔 모양이더군요. 그건 왜죠?"

"막 떠벌리는 게 나았을까요? 안타깝게도 탐정은 말을 많이 하지 않는 직업입니다, 특히 의뢰인 이외의 사람에게는."

"그럼 딸이 아버지를 감시했다는 사실을 당신이 영원히 잊기 위해서는 얼마 정도의 비용을 지불하면 될까요?"

상황이 확 바뀐 느낌이었다. 나는 니시오 겐지 살해 사건의 실마리를 찾기 위해 이 저택을 찾았을 뿐 달리 아무런 목적도 없었다.

"답변을 주시기 어렵다면 제가 말씀드리겠습니다." 부인이 굳은 표정으로 말했다. "지금 당장 백만 엔, 그리고 다음 달부터 매달 십만 엔을 앞으로 십 년 동안 지불하겠습니다. 그 이상은 드릴 수 없고 다른 지불 방법도 거절합니다. 그리고 딸이 남편을 감시했던 건 완전히 잊어주셔야 합니다."

모두 합쳐서 일천삼백만 엔을 입막음 비용으로 쓰겠다는 이야기다. 나는 손에 들어올 돈은 제대로 계산하지 못하지만 손에 들어오지 않을 돈 계산은 컴퓨터 못지않게 빠르다.

"내 요구액과는 자릿수가 달라 말도 못하겠군요."

부인은 굳은 표정으로 고개를 저었다.

"그 이상은 단 한 푼도 드릴 수 없습니다."

"지불할 필요 없습니다. 내 요구액은 0엔이니까요. 실제로 품행 조사 결과를 남편분에게 보고한 뒤로 따님 문제는 잊은 거나 마찬가지였죠. 제 의뢰인인 남편분이 살해되기 전까지는."

의심스럽다는 표정을 짓는 부인의 반응에도 아랑곳하지 않고 나는 말을 이었다.

"어제 남편분을 만난 상대 여자에 대한 단서를 따님에게 듣기만 하면 그 문제는 다시 잊은 거나 마찬가지라고 생각하셔도 될 겁니다……. 이번에는 영원히."

부인의 두 눈썹이 확연히 드러날 정도로 축 처졌다. 그리고 깊은 한숨을 토하며 말했다.

"요쓰야 경찰서 형사님이 사와자키 씨에 대해 한 말이 정말인가 보네요."

"뭐라고 하던가요?"

"그 형사는, 신주쿠 경찰서에 있는 선배 경부님한테 듣기로 당신이 돈의 가치를 모르는 사람이라더군요."

나는 쓴웃음을 지었다. 그런 소리를 할 만한 경부는 짐작이 갔다.

니시오 부인은 야무진 말투로 말했다.

"하지만 이제 결심이 섰어요. 인간 같지 않은 남편의 품행을 비롯해 남편의 죽음, 그리고 빨간 머리 여자한테서 걸려온 협박 전화, 마지막으로는 당신을 매수하려던 일……. 이 바닥 모를 늪이 대체 어디까지 이어지려는 건지, 정말 미쳐버릴 것만 같은 하루였죠. 이제 지긋지긋하군요. 모두 다 제 탓입니다. 저만 자수하면……."

갑자기 응접실 문이 열리고 호리바라는 부인의 사촌동생이 뛰어들었다.

"후미코 누님. 진정하세요!"

그는 성큼성큼 내 앞으로 다가와 흥분한 목소리로 말했다.

"당신 대체 무슨 꿍꿍이야. 이럴 때 나타나서 남의 집안을 들쑤셔놔야 속이 후련한가!"

호리바는 부인을 돌아보고 타이르듯 말했다.

"안 돼요, 누님. 이 문제는 충분히 이야기했고 계속 비밀로 하겠다고 했잖아요."

하지만 호리바의 설득은 별로 효과가 없었다. 스스로도 이미 그게 가능하다고도 생각하지 않는 말투였다.

"다카시, 이제 됐어." 니시오 부인은 차분한 목소리로 단호하게 말했다. "난 그 여자한테서 전화가 왔을 때 사실은 자수하기로 결심했었어. 그런 못된 여자의 협박에 못 이겨 돈을 줄 생각은 없었지. 그 여자가 남편과 함께 미유키에게 저지른 짓에 대한 죗값은 분명히 치러야만 해……. 다만 너와 미유키가 계속 설득하는 바람에 잠깐 마음이 흔들렸을 뿐이야. 그런데 사와자키 씨 덕분에 결심이 섰어."

호리바는 풀이 죽어 대꾸도 못했다. 니시오 부인은 그런 사촌동생에게 달래듯 말했다.

"내 생각대로 하게 해줘. 괜찮아……. 사와자키 씨와 둘이 이야기하고 싶구나. 부탁이야, 다카시. 넌 자리를 좀 비켜줘……."

호리바 다카시는 무어라 대꾸하려다 결국 부인에게 떠밀려 방을 나갔다. 부인이 응접실 문을 닫고 돌아오는 사이에 나는 담배에 불을 붙였다.


6


니시오 후미코는 억양이 없는 낮은 목소리로 이야기를 시작했다.

"남편은—니시오란 인간은 새아버지이기는 했지만 미유키에게 아버지로서는 상상도 할 수 없는 끔찍한 욕망을 품었어요. 나흘 전금요일, 그 사람은 여느 때와 마찬가지로 여자를 만나는 눈치를 보이며 미유키가 뒤를 밟게 만들었죠. 아무것도 모르는 미유키가 가부키초에 있는 '와코 호텔' 앞에서 좀 늦어지는 듯한 여자의 도착을 지켜보고 있는데 전에 두세 차례 니시오와 함께 호텔에 들어간 적이 있는 여자가 갑자기 미유키에게 달려왔습니다. '너희 아버지가 호텔 방에서 피를 토하며 쓰러졌다는 연락을 받았어. 얼른 가보자'라며 그 여자는 미유키에게 생각할 틈도 주지 않고 니시오가 있는 방으로 데리고 갔다더군요. 미유키는 나중에 왜 그런 거짓말에 속아 넘어갔는지 모르겠다고 했어요. 그 여자 연기가 너무 그럴듯하기도 했고 니시오가 작년에 담석 수술을 받은 적이 있으니 미유키가 그만 깜빡 속아 넘어갔겠죠. 호텔 방에서 미유키를 기다리고 있던 것은 추악한 욕망에 눈이 먼 니시오였습니다."

그녀는 현장이 눈에 선하다는 듯 고통스러운 표정을 지었다.

"두 사람은 미유키를 억지로, 믿을 수 없을 만큼 미친 듯한 섹스에 끌어들였는데 니시오가 마지막 선만은 넘지 않았던 모양입니다. 빨강머리 여자가 무척 꼬드긴 모양이지만요……. 아마 니시오는 양심의 가책보다 법적인 문제가 두려워 거기서 멈출 수밖에 없었을 겁니다. 그리고 그날 밤부터 이튿날까지 니시오는 자기가 저지른 짓을 남들이 알게 될까봐 안절부절못했겠죠."

니시오 후미코의 눈이 허공의 어느 한 지점을 뚫어지게 바라보며 반짝거렸다. 으름장을 놓는 니시오의 모습이 실제로 보이는지도 모른다. 그 눈빛은 나타났을 때와 마찬가지로 순식간에 사라졌다.

"그렇지만 이튿날인 토요일에도, 일요일에도 아무 일도 일어나지 않았죠. 미유키는 입을 다물고 있는 듯했고, 저는 아무 이야기도 듣지 못한 것 같고……. 미유키 입장에서는 그런 이야기를 제게 할 수 없었을 겁니다. 그 남자는 아마 이런 상태라면 아무런 문제가 없겠다고 생각했겠죠. 어제 아침에는 제 눈을 피해 미유키에게 뻔뻔한 메모를 건네기까지 했습니다. 거기에는 '오후 3시, 신주쿠에 있는 스타라이트 호텔 240호실에서 기다릴게'라고 적혀 있었죠. 고민 끝에 미유키는 학교를 조퇴하고 제게 모든 일을 털어놓았습니다."

목이 마른지 식은 차를 한 모금 마시고 그녀는 말을 이었다.

"미유키 대신 제가 스타라이트 호텔로 갔죠. 가는 동안에는 니시오와 의논해 뭔가 해결책을 찾을 수 있을 거라고 생각했어요. 그런데 막상 그 사람을 만나니 서로 언성을 높였고 이 남자를 죽여서는 안 된다며 스스로를 타일러야 할 지경에까지 이르렀습니다. 그런데 니시오가 '너하고는 이혼이다. 딸과 함께 돈 한 푼 없이 쫓아낼 거다'라고 악을 쓰는데, 제 손에 재떨이가 들려 있더군요. 그리고 쓰러진 그 남자 옆에 있던 전화기 코드로……."

그녀는 한숨을 크게 내쉬었다.

"돈 때문에 마지막 결심을 내리다니, 참 천박한 인간이죠. 한동안 멍하니 있었는데 불쑥 겁이 나서 도저히 그 호텔 방에서 나갈 수가 없었습니다. 어떻게 하면 좋을지 모르겠어서 사촌동생 다카시, 호리바 다카시에게 전화를 걸었죠."

나는 담배를 끄고 물었다.

"호리바 씨는 어디 삽니까?"

"이 집에 함께 살고 있어요. 우리 카페 조리 분야 책임자이고 사실은 제 상담 상대이기도 합니다."

"경찰은 그 전화를 문제로 삼았을 텐데요……."

"예. 그렇지만 형사들은 니시오가 죽기 직전에 이리 전화를 걸었을 거라고 생각하죠. 교환을 통하지 않고 0번을 먼저 누르면 외선으로 연결되는 전화라서 제 목소리를 들은 사람은 없습니다. 그래서 니시오가 '문제가 생겨서 오늘은 퇴근이 늦어질 거다'라고 건 전화를 제가 받은 걸로 해두었죠.

"흐음. 그다음에는 어떻게 하셨는지."

"사촌동생은 호텔로 달려와 손님을 가장해 240호실 옆방을 빌려 허둥대던 저를 그리로 옮겼습니다. 그리고 240호실에 제가 있던 흔적을 모두 지운 뒤 커플인 척하며 호텔에서 저를 데리고 나와줬어요. 그때는 이미 오후 6시가 지난 시각이라 주위는 꽤 어두웠죠. 니시오의 시체가 발견된 건 10시쯤이라고 하는데 그다음 일은 당신이 아는 그대로입니다."

"그럼 빨강머리 여자에 대해 설명해주시겠습니까?"

"예. 그 이야기를 하지 않을 수 없겠네요. 협박 전화가 걸려온 건 오후 5시쯤이었어요. 당신이 전화를 걸어오기 삼십 분쯤 전이었을 겁니다. 그 여자는 전화를 걸어 저를 찾았고 방금 석간신문에서 니시오가 살해되었다는 기사를 읽었다고 했습니다. 그리고 '나는 당신 딸이 아버지의 뒤를 밟고 돌아다녔다는 사실도, 그 아버지가 딸을 강간하려고 했다는 사실도 안다. 경찰이 그걸 알면 어떤 반응을 보일지 생각해봐라. 니시오는 죽기 전에 내게 위자료를 주겠다고 약속했으니 입막음 비용까지 합쳐 받아야겠다'고 했습니다. 이런 전화를 걸 수 있는 건 그 빨강머리 키 큰 여자 말고는 없을 겁니다. 니시오와 한통속이 되어 미유키에게 음란한 짓을 한 그 여자 말이에요. 그래서 아까 당신에게 했던 말과 마찬가지로 같은 금액과 지불 방법을 이야기해두었습니다."

"돈을 건넬 날짜도 정했나요?"

"아뇨. 그 여자는 니시오의 장례식이 끝난 뒤에 다시 연락하겠다고 하고 전화를 끊었습니다……. 제가 자수할 결심을 한 건 그 여자를 용서할 수 없기 때문이죠. 사촌동생이나 미유키가 니시오 같은 인간 때문에 벌을 받을 수는 없다고 설득했지만 저로서는 니시오를 죽인 이 손으로 직접 그 인간의 장례를 치른 뒤 경찰에 자수할 생각이었습니다."

그녀는 펼친 두 손바닥을 천천히 쥐더니 넋이 나간 표정으로 나를 바라보았다. 나는 이제 아무런 소용도 없는 말을 반복하지 않을 수 없었다.

"역시 따님에 대한 조사 결과를 부인에게도 알렸어야 했던 거로군요."

"하지만 이 집에는 언젠가 이런 일이 찾아올 운명이었겠죠. 제대로 된 부부도 아니고 아버지와 딸도 아닌 사람들이 서로 속이며 함께 살던 가짜 가정이에요. 그저 경제적으로 문제가 없다는 단 한 가지 이유만으로."

니시오 후미코에게는 위로의 말이 필요 없었다. 이 사건이 필연적이었다고 생각하고 싶은 모양이었다.

"니시오와 제가 진짜 부부로 지낸 기간은 기껏해야 결혼 후 몇 주 동안이었을 겁니다. 저는 그 남자의 이상한 성욕을 도저히 따라갈 수 없었죠. 그 사람 말로는 자기 정자에 결함이 있어 애가 생기지 않을 거라는 의사의 소견을 들은 뒤로 자기도 주체할 수 없는 성욕 때문에 고통받았다고 하더군요. 정말 그렇게 될 수도 있는 건가요? 그 뒤로는 서로 성에 대해 간섭하지 않았습니다. 저는 카페에 정성을 쏟았고 그 사람은 경영자로서 체면치레만 할 뿐 나머지 시간은 제멋대로 살며 어제까지 지내온 거죠……. 그래도 그 사람 상태가 그토록 형편없는 지경에 이른 줄은 상상도 못했습니다. 게다가 적어도 딸보다는 빨리 눈치채고 대처하는 게 어미로서나 아내로서 해야 할 역할이었을 텐데, 그걸 게을리했으니 제게 벌이 내린 거겠죠. 모든 재앙의 씨앗은 우리 부부에게 있습니다."

## 7

나는 응접실에 있는 전화로 요쓰야 경찰서에 전화를 걸어 니와 경부보를 바꿔달라고 했다. 그때 전화기 내선 5번 버튼에 '미유키'라고 표시되어 있는 걸 기억해두었다. 니와 경부보가 전화를 받은 다음 수화기를 니시오 후미코에게 건네자 그녀는 자기가 남편을 죽였으니 자수하겠다는 뜻을 전했다.

나는 현관 쪽으로 돌아와 앞마당에서 문상객을 맞을 준비를 돕는 호리바 다카시를 찾아 남들 눈에 띄지 않도록 정원수 뒤로 데리고 갔다. 상황을 설명하자 호리바는 원망과 체념이 뒤섞인 표정으로 나를 응시했다. 뭐라고 하고 싶은 모양이지만 결국 깊은 한숨만 내쉬었다. 부인이 자살할 우려도 있다고 하자 그는 서둘러 응접실 쪽으로 갔다.

나는 다시 현관에서 저택 안으로 들어와 이층으로 올라가는 계단 옆에 있는 전화기로 다가갔다. 수화기를 들고 내선 5번을 눌렀다. 몇 차례 호출음을 울린 뒤 니시오 미유키의 목소리가 들려왔다. 잠깐 입씨름을 벌인 뒤 미유키는 결국 자기 방의 위치를 알려주었다.

여고생 방에 들어와본 건 난생처음이었는데 상상 이상의 물건은 전혀 없었다. 벽에는 포스터가 세 장—머리카락을 하늘로 치켜세운 네 명의 소년들, 속옷 차림으로 노래하는 외국 여성 록커, 그리고 살해된 니시오의 옆얼굴과 살짝 닮은 것 같은 배우 로버트 레드포드. 침대 옆 선반에는 크고 작은 봉제인형들. 벽 쪽에는 콤팩트한 음향기기와 컬러텔레비전. 교과서보다 입시용 참고서가 더 많은 책상. 그 위에 대형 카세트라디오. 책상 옆 책꽂이에는 아카가와 지로의 소설 문고판과 연예패션 잡지. 그런 공간이었다.

책상 의자를 빌려 앉은 다음, 침대에 걸터앉은 니시오 미유키에게 어머니와 나눈 이야기를 전했다.

"살인범을 찾아내서 만족하시나요, 명탐정님?"

청바지에 새빨간 운동복 상의를 걸친 미유키는 분노가 담긴 목소리로 말했다. 새아버지의 초상을 치르는 중이지만 굳이 이렇게 입고 있는 듯했다.

"누가 살인범이라는 건가?"

"아니 방금 엄마를 자수시킨다고 하셨잖아?"

"넌 어제 저녁 4시 전후에 어디에 있었니? 네 어머니가 스타라이트 호텔 객실에서 니시오 겐지의 머리를 재떨이로 때렸다고 주장하는 시간인데."

"탐정님, 별자리가 뭐죠?"

"별자리 다음에는 혈액형을 물을 건가?" 나는 씁쓸하게 웃었다. "그런 장난은 네 별자리와 혈액형을 궁금해하는, 취향이 같은 애들하고나 하고."

미유키는 살짝 발끈하더니 비웃듯이 말했다.

"자기 성격이나 운세를 알아맞힐까봐 두려워하는 사람이 의외로 많네."

"그런 걸 무서워하지 않는 건 애들뿐이야. 애들은 성격이라 할 만한 것도 갖고 있지 못하고, 전에는 운세였을 '과거'라고 할 만한 것도 없으니까. 한 가지 묻지. 자기 죄를 어머니에게 뒤집어씌우고 태연한 성격은 무슨 별자리에 무슨 혈액형이지?"

미유키가 일어서서 창가로 가더니 핑크색 커튼을 열고 어두운 바깥을 내다보았다. 창가에 비친 얼굴이 움직이며 나와 시선이 마주쳤다.

"모두 다 알고 있는 척 말하시네, 탐정님. 자기가 틀렸다는 생각은 안 해요?"

유리창에 비친 미유키의 얼굴은 무척 아름다워 보였다. 이제 그 얼굴에는 어른도 아이도 없다. 니시오 겐지의 '마음'은 어떨지 모르지만 그의 '눈'은 미치지 않았다. 나비의 아름다움은 수집가가 가장 잘 안다.

"어머니 이야기에는 자연스럽지 못한 부분이 너무 많아." 내가 말했다.

"어디가 자연스럽지 않다는 거죠?" 미유키가 이쪽을 돌아보았다.

"우선 네 대신 '스타라이트 호텔'에 갔다는 게 이상하지. 네 어머니가 니시오 씨의 애인이라면 몰라도 부인이고 이 집 주부야. 기다리고 있으면 니시오는 네가 메모대로 하지 않았다는 걸 알고 터덜터덜 집으로 돌아오겠지. 네 어머니가 따지는 건 그때 해도 늦지 않아. 주부는 남편과 싸울 장소로 자기 홈그라운드인 집을 선택하지, 가본 적도 없는 호텔을 태연하게 찾아가지는 않아."

미유키는 그다지 수긍하지 않는 모습이었다.

"만약에 호텔에 간 것이 사실이라면……." 나는 말을 이었다. "네 어머니는 처음부터 분명한 살의를 품었으며, 문란한 니시오의 여자관계 쪽을 의심하게 될 거라고 계산했다는 이야기가 되지. 이건 살인 가운데서도 동정할 여지가 없는 계획살인이야."

"엄마는 그런 짓을 할 사람이 아니야!" 미유키가 언성을 높이며 내 쪽으로 한 걸음 다가섰다.

"나도 그렇게 생각한다. 계획적인 살인이라면 흉기를 가지고 갔겠지. 그리고 나중에 겁이 나서 호리바 씨에게 도움을 청한 것도 부자연스럽고. 애초에 살의가 없다면 호텔 같은 데는 찾아가지 않고 이 집에서 니시오가 돌아오기를 기다렸겠지. 니시오가 저지른 짓에 대한 증거는 네 이야기와 메모가 있기 때문에 호텔에 가서 현장을 덮칠 필요도 없으니까."

미유키는 다시 침대로 돌아가 걸터앉더니 물었다.

"······그것뿐?"

"아니. 네 어머니는 니시오가 이혼하고 무일푼으로 내쫓겠다고 호통을 쳤기 때문에 죽었다고 하더구나. 하지만 경영 능력도 있는 여성이 니시오의 그런 말에 흔들릴 리가 없지. 변호사를 내세워 법정으로 끌고 가면 니시오의 재산 절반은 받아낼 수 있어. 카페를 실질적으로 경영하는 사람도 네 어머니였잖아. 게다가 니시오가 네게 한 짓을 생각하면 틀림없이 더 유리한 입장에서 이혼할 수 있겠지. 이혼을 네 어머니가 굳이 반대할 이유는 없어······. 네 어머니 이야기는 니시오의 머리를 재떨이로 후려칠 동기가 되지 못해."

"그렇지만 그 정도 반론으로는 엄마의 말을 부정할 수 있는 확실한 증거라고는 할 수 없겠죠."

니시오 후미코의 이야기에는 또 한 가지 큰 의문점이 있었지만 나는 그 부분을 언급할 마음이 없었다.

"분명히 네 말이 맞아. 내가 이야기한 두 가지 의문은 네가 즐겨 읽는 추리소설에 나오는 것처럼 '확실한 증거'라고 하기는 어렵지. 하지만 실제 사건에서는 그런 것들을 무시할 수 없어. 요즘 경찰이나 법정은 용의자의 자백을 별로 중요하게 여기지 않아. 그리고 내가 지적한 사소한 의문도 철저하게 파고들어 수사를 진행하지. 적어도 네 어머니 이야기를 곧이곧대로 받아들일 형사는 한 명도 없을 거야, 특히 애정이 넘치는 어머니의 희생적인 스토리는."

미유키는 비로소 내 얼굴을 정면으로 바라보았다. 그리고 더는 마주 보기 힘들 정도로 계속 노려보았다. 이윽고 창백한 이마에 흘러 내린 머리카락을 고개를 내저어 뒤로 넘겼다.

"그래요……. 어제 3시에 호텔에 간 건 엄마가 아니라 분명히 나였어. 난 그 사람의 추잡한 요구를 확실하게 거절하고 다시는 그런 메모를 건네지 말라고 이야기하러 갔던 거예요. 그런데 그 사람은 욕실에서 목욕 수건만 걸친 채 나오더니 내 말은 들으려고 하지도 않았어요. '지금까지 입을 다물었듯이 앞으로도 엄마에게 비밀로 하면 아무도 모른다, 게다가 지난번에는 너도 꼭 싫지만은 않은 표정이었잖아?' 그러면서 나를 침대로 밀쳐 자빠뜨렸죠. 그때 침대 옆 선반 위에 있던 재떨이가 손에 닿았어요."

미유키는 몸을 부르르 떨더니 천천히 심호흡하는 듯한 동작을 했다.

"그래서?" 내가 이야기를 재촉했다.

"그 사람이 억 하고 이상한 소리를 내더니 침대 옆에 쓰러져 움직이지 못했죠. 그다음 일은 정신이 없어서 뭐가 뭔지 기억이 나질 않아요."

"기억이 나는 부분부터 이야기해줄 수 있겠니?"

"……어쨌든, 일단 그 방에서 뛰쳐나왔죠."

"전화기 코드로 니시오의 목을 조르기 전에?"

"맞아. 그랬어요. 그건 나중 일이죠. 그 사람이 쓰러질 때 침대 옆 테이블에 있던 전화기에 부딪혀 함께 바닥에 떨어졌거든. 방 어딘가에 있을 내 가방을 찾고 있는데 그 사람이 희미하게 신음소리를 내는 걸 들었죠. 난 그 남자가 살아 있고 크게 다치게 한 걸 들키는 게 갑자기 무서워졌어. 아예 죽어버리면 내가 여기 온 것은 아무도 모르고 그 남자의 추잡한 요구 때문에 고민할 일은 이제 없겠다는 생각이 들었어. 정신을 차리니 그 남자 머리 옆에 떨어진 전화기 코드를 목에 감고 힘껏 조르고 있었어⋯⋯."

"니시오가 저항하지 않았나?"

"아니. 아직 정신을 잃은 상태였기 때문에 도저히 그럴 상황은 아니었죠. 살짝 경련을 일으키는 느낌을 받았는데 내가 목을 조르면서 떨었기 때문인지도 모르고."

"그런 다음엔?"

"가방을 찾아 방을 뛰쳐나와 엘리베이터를 타고 일층까지 내려갔어. 그런데 프런트에 있는 사람들을 보니 도저히 엘리베이터에서 내릴 수가 없었지. 머뭇거리고 있는데 엘리베이터 조작 버튼이 달린 거울 같은 패널에 그 사람의 피가 묻은 내 블라우스가 비쳤어. 나는 패닉 상태가 되어 다시 그 방으로 뛰어 돌아가고 말았지."

무의식적으로 주머니에서 담배를 꺼냈다가 바로 다시 집어넣었다. 미유키가 침대 다리 쪽에 있는 작은 서랍을 당겨 열더니 속옷이 아무렇게나 담겨 있는 그 아래에서 작은 재떨이를 꺼내 내밀었다. 여고생의 방에는 재떨이가 없을 거라고 생각하다니, 생각이 보통 부족한 게 아니다. 도자기로 된 '미스터 도넛' 재떨이였다. 나는 양해를 구하고 담배를 꺼내 불을 붙였다.

"그다음에 욕실로 가서 블라우스를 벗고 피를 닦아내고 그 사람이 안 보이게 시트커버를 벗겨서 덮으면서 그 방에 불을 질러 화재 소동이 난 사이에 호텔을 빠져나갈까 하고 진지하게 고민하기도 했는데……. 결국은 집에 전화해 엄마에게 도움을 청할 수밖에 없었죠."

"어머니는 혼자 호텔에 왔나?"

"아니, 호리바 삼촌하고 같이. 그 방에서 기다리는데 삼촌이 문을 노크하더니 나를 옆방으로 데려갔어요. 엄마랑 삼촌이 미리 옆방을 빌렸던 거지. 그리고 난 엄마에게 자세하게 이야기했죠. 엄마는 입고 온 옷을 내게 벗어주며 갈아입으라고 했고요. 그동안에 삼촌은 그 방에 가서 내가 만졌을 가능성이 있는 곳의 지문을 닦아내거나 뭔가 증거가 될 만한 걸 남기지 않았는지 확인했고. 그다음에 호텔을 빠져나가는 게 부자연스럽게 보이지 않도록 거기서 두 시간쯤 시간을 때웠어요. 그때 엄마하고 삼촌이 의논해서 만약의 경우 내가 아니라 엄마가 그 사람을 만나러 온 걸로 말을 맞추기로 결정했죠. 6시쯤 삼촌과 나는 함께 들어온 커플인 척하고 호텔에서 나왔고. 엄마는 그 남자 시체가 있는 방으로 옮겨 조금 더 시간을 보내다가 집으로 돌아왔고. 엄마가 프런트 앞을 지날 때가 걱정되기는 했지만 담당 직원인 남자는 잡지인지 뭔지를 읽는지 고개도 들지 않았나봐요."

"……그렇게 된 거였나?"

"응. 엄마 이야기 말고 내 말이 진짜예요. 내가 미행한다는 걸 아저씨가 그 사람에게 가르쳐주지 않았다면 이런 일은 일어나지 않았겠죠."

"그랬겠지. 하지만 그게 내가 하는 일이야."

"정말 형편없는 직업이네."

"직업도 아닌데 아버지 뒤를 밟는 건 형편없는 짓 아닌가?"

미유키는 고개를 홱 돌리더니 대꾸도 하지 않았다.

'도대체 넌 왜 니시오의 뒤를 밟았던 거니?'라는 질문이 목구멍까지 올라왔다. 사춘기 소녀의 단순한 호기심이거나, 무시당하고 사는 어머니에 대한 동정 때문이거나, 아니면 자기가 새아버지에게 반했거나. 잘생겼다는 건 젊은 여성을 사로잡기에 더할 나위 없는 조건일 테니. 아니 어쩌면 내가 상상도 못할 다른 이유가 있었던 걸까……?

아마 미유키는 그 질문에 대답하지 않겠지. 뭐라고 대답하든 나는 그 답을 믿지 못할 것이다. 탐정뿐만 아니라 그런 질문을 할 권리는 누구에게도 없을 것이다.

미유키가 다시 나를 보며 말했다.

"하지만 아저씨는 사실 절반밖에 모르는 거야."

미유키가 수수께끼처럼 이해하기 힘든 미소를 입가에 지었다.

"절반밖에 모른다고?" 나는 담뱃불을 끄고 물었다. "그게 무슨 뜻이지?"

미유키는 고개를 가로저었다. 그리고 묘하게 자랑스러운 표정을 지으며 말했다.

"살인죄로 형기를 마친 뒤에 자유의 몸이 되면 이야기해줄게."

그때, 이 집을 향해 달려오는 순찰차 사이렌 소리가 들려왔다.

8

니시오 미유키와 함께 응접실로 가보니 니와 경부보가 니시오 후미코에게 영장을 제시하는 중이었다. 두 사람 등 뒤에 각각 조노 형사와 사촌동생 호리바 다카시기 서 있었다. 어느새 니시오 부인은 상복을 벗고 수수한 양장으로 갈아입은 상태였다.

"부인, 그럼 서까지 함께 가실까요?"

경부보는 코트를 걸친 야윈 몸으로 피로한 기색을 풍기며 고단하다는 듯이 일어섰다. 미유키가 경부보 쪽으로 한 걸음 나서며 또렷한 목소리로 말했다.

"형사님, 함께 갈 상대가 틀렸어요. 그 남자를 죽인 사람은 나예요. 어머니는 제가 지은 죄를 대신 뒤집어쓰려는 거예요."

"미유키, 안 돼!" 어머니가 외쳤다. 니시오 후미코와 호리바 다카시의 얼굴에는 이 돌이킬 수 없는 사태에 깜짝 놀란 표정이 또렷하게 드러났다. 두 형사는 표정이 거의 변하지 않았다. 그들에겐 이런 상황이 특별히 드물지는 않을 것이다.

미유키는 자기 어머니 곁으로 달려갔다. 두 사람은 형사들에게 서로 자기가 살인범이라고 주장했다.

"자, 조용히. 잠깐만요." 경부보가 손을 들어 어머니와 딸을 제지했다. "그렇게 두 분이 함께 소리를 지르면 방법이 없습니다. 제발 조금 조용히 해주세요."

그는 천천히 나를 돌아보고 물었다.

"어떻게 된 건가, 이게? 우리를 놀리는 건 아니겠지? 니시오 겐지를 살해한 사람이 부인인가, 아니면 따님 쪽인가?"

나는 싸구려 연극 속, 입 밖에 내기 힘든 대사라도 읊듯 말했다.

"그게 아무래도…… 아마, 두 사람 모두 죽이지 않은 것 같군."

응접실 안이 갑자기 물을 끼얹은 것처럼 조용해졌다. 이곳 상황과는 관계없다는 듯이 진행되던 바깥 문상 준비가 갑자기 소란스러워진 것 같은 착각이 일었다. 니시오 모녀와 호리바는 도무지 믿기지 않는다는 표정이었다. 두 형사 역시 이번에는 표정이 변했다. 경부보가 소파로 돌아가 앉았다. 그리고 지긋지긋하다는 듯한 목소리로 말했다.

"설명을 듣고 싶군. 니시오 겐지는 스스로 자기 머리로 재떨이를 들이받고, 스스로 목을 졸랐다는 식의 시시껄렁한 농담은 사양하지. 경우에 따라 이 구속영장을 네 입에 쑤셔넣고 공무집행 방해로 연행할 수도 있어."

나는 니시오 부인의 '자백'에서 발견한 의문점과 미유키의 새로운 '자백'을 간결하게 설명했다. 다 듣고 나더니 모두 미유키를 바라보았다. 미유키의 '자백' 쪽이 진상에 가깝다고 생각하는 것은 당연했다.

"하지만……" 내가 말을 이었다. "두 사람 이야기 모두 매우 부자연스러운 부분이 딱 한 군데 있지. 경부보에게 확인하고 싶은데, 니시오 씨 시신이 발견되었을 때 목에 전화기 코드가 감긴 상태였나?"

"그래." 니와가 바로 대답했다.

"두 사람 다 전화기 코드로 니시오의 목을 조른 뒤에 그 전화로 집에 전화를 걸었다고 했지. 여자라면 그건 어지간해선 믿기 어려운 이야기야. 아무리 다급하다고 해도 시체 목에 코드가 감겨 있는 전화로 통화를 할까? 적어도 목에서 코드를 풀고 난 뒤에 전화를 걸지 않을까? 두 사람은 그렇게 했다는 이야기가 없었어. 실제로는 그렇게 했는데 이야기하는 걸 까먹었을까? 그리고 전화를 끊은 다음 다시 목에 코드를 감아두었다는 걸까? 그렇다면 어째서 그렇게 해야 할 필요가 있었을까?"

나의 의문을 모두가 이해할 때까지 기다렸다가 이렇게 덧붙였다.

"그렇다면 전화를 건 게 먼저고 니시오 씨 목에 코드를 감아 졸라 죽인 것은 그다음이라고 생각하는 게 타당하지 않나?"

미유키가 발끈해서 나를 노려보며 잔뜩 화가 난 목소리로 말했다.

"거짓말. 그런 엉성한 추측으로 쓸데없는 소리 늘어놓지 마. 내 방에서 아저씨가 말했듯이 이 일에 엄마는 아무런 관계도 없어. 내가 그 남자를 죽인 거야. 그리고 목에 코드를 감은 채로 전화를 걸었어. 그런 더러운 남자의 목이라면 전화줄을 감아두기 안성맞춤이잖아. 난 전화를 걸 때 기분 최고였어……."

미유키는 흥분한 나머지 구역질이 났는지 욱 하는 소리를 흘리며 두 손으로 입을 가렸다.

"그만해, 미유키." 니시오 후미코가 도저히 가만있지 못하겠다는 듯이 말하며 딸의 등을 손으로 문질렀다.

"그건 무리입니다." 니와 경부보가 태연하게 말했다.

"살인자가 누구든 그 코드로 니시오 씨의 목을 조를 때 벽에 꽂혀 있던 코드를 세게 잡아당길 수밖에 없기 때문에 배선 일부가 끊어졌죠. 그래서 니시오 씨를 목 졸라 죽인 뒤에는 그 전화로 통화할 수 없었습니다."

니시오 모녀와 호리바는 할 말을 잃고 얼굴을 마주 보았다.

"호텔 기록에 따르면 그 방에서 이 집으로 전화가 걸려온 것은 오후 3시 30분. 이 탐정 말대로 목을 졸라 죽인 것은 그다음입니다."

"목을 졸라 죽일 기회는 세 차례 있었지." 내가 말했다. "맨 처음은 전화를 건 뒤, 니시오 부인과 호리바 씨가 달려올 때까지 그 방에서 혼자 기다리던 니시오 미유키, 다음은 미유키를 옆방에 있는 니시오 부인 쪽으로 옮긴 뒤 그 방의 지문을 지우기도 하고 다른 뒤처리를 하러 혼자 돌아온 호리바 다카시, 마지막이 호리바 씨와 미유키가 호텔을 나온 6시 이후에 그 방에 혼자 남았던 니시오 부인."

니와 경부보가 말을 이어받았다.

"니시오 씨 부인은 제외해야만 해. 감식 쪽에서 니시오 씨 사망 추정 시각은 오후 4시, 넓게 잡아도 3시부터 5시 사이라고 했지. 현장이 온도가 일정한 호텔 실내이기 때문에 상당히 정확한 추정 시각이라고 하더군."

니시오 부인은 살인자가 아니라는 사실이 입증되자 외려 낙담한 표정을 지었다.

나는 천천히 담배를 피우고 난 뒤 사람들을 둘러보았다.

"애당초 니시오 부인을 범인으로 생각하는 건 말이 안 됩니다. 부인은 오후 6시경에 처음 그 방에 들어갔고 머리에서 피를 흘리며 목에 전화기 코드를 감은 니시오 씨 시체를 보았을 때 그 모든 게 미유키가 한 일이라고 믿어버렸죠. 그리고 부인은 모든 걸 자기가 했다고 '자백'했고요."

니시오 부인은 반박할 기운도 없는지 아무런 말이 없었다.

"한편 미유키는 오늘 아침 일찍 경찰에 불려나갈 때까지만 해도 니시오 씨는 자기가 재떨이로 때렸기 때문에 죽었다고 생각했죠. 그런데 사인이 전화기 코드로 목을 졸랐기 때문이라는 사실을 듣고 깜짝 놀랐습니다. 아마 어머니가 그랬을 거라고 생각했겠죠. 그래서 니시오 부인이 모든 걸 자기가 저지른 일로 하고 자수하겠다고 했을 때도 살인죄를 어머니가 뒤집어썼다는 생각은 없었을 겁니다. 살인은 어머니가 했다고 믿고 있었으니까요……. 그런데 내가 나타나 어머니보다 미유키가 살인범일 가능성이 높다고 주장했죠. 그러자 이번에는 미유키가 어머니를 감싸고 나섰습니다. 미유키, 네 방에서 내가 사건의 진실을 반밖에 모른다고 말한 건 그런 의미 아니냐? 니시오 씨를 목 졸라 죽인 것은 자기가 아닌데 그걸 깨닫지 못한 나를 비웃은 거 아닌가? 그래서 넌 모든 걸 자기가 했다고 '자백'했어."

미유키도 반박하지 않았다.

"두 사람 다 '자백'에서 전화기 코드를 목에 감는 부분은 불확실합니다. 당연하죠. 두 사람 모두 실제로 전화기 코드를 니시오 씨 목에 감은 일이 없으니까."

니시오 미유키는 소파 뒤에 있는 호리바 다카시를 돌아보았다. 두 사람 사이에 말 이상의 뭔가가 오갔다. 나이도 성별도 다른데 두 사람은 놀랄 정도로 닮은 얼굴이었다. 이윽고 미유키가 시선을 돌렸다.

"탐정 아저씨. 아저씨 말이 맞아. 난 날 덮치려는 그 남자 머리를 재떨이로 때렸을 뿐이야……. 내가 마지막으로 그 남자를 보았을 때는 그 목에 아무것도 감겨 있지 않았어."

미유키는 다시 호리바를 돌아보았다. 그리고 무언가로부터 해방된 듯, 나이에 걸맞지 않는 목소리로 이렇게 말했다.

"다카시 삼촌에게는 정말 감사해……. 그런 남자가 이 세상에서 사라졌으니 그보다 기쁜 일은 없어."

호리바 다카시가 미소를 지으며 살짝 고개를 끄덕였다. 그리고 낮은 목소리로 입을 열었다.

"그 방에서 재떨이 지문을 지우는데 니시오가 다시 숨을 쉬더니 딱 한마디 했죠. 후미코도 아니고 미유키도 아닌 처음 듣는 여자 이름이었습니다. 정신을 차리고 보니 내가 어느새 그놈 목에 전화선을 감고 있더군요……."

그는 차라리 큰 짐을 내려놓은 듯한 표정으로 말을 이었다.

"나는 누님과 미유키에게 이 집에서 나가야 한다고 몇 번을 말하려 했는지 모릅니다. 그런데 결국 입 밖에 낼 용기가 없었어요……. 아쉬운 건 더 빨리 니시오를 죽였어야 했다는 겁니다. 부끄러운 것은 더 일찍 자수할 결심을 못 했다는 점이고요."

니와 경부보가 소파에서 무거운 몸을 천천히 일으켰다.


니시오 겐지의 장례식 다음 날, 빨강머리에 키가 큰 긴자의 호스티스가 미성년자에 대한 감금, 외설 행위, 폭행의 공범 및 공갈 혐의로 요쓰야 경찰서에 체포되었다. 며칠 뒤에는 전날 눈이 내렸다는 사실이 거짓말처럼 화창해져서 센트럴리그와 퍼시픽리그의 우승 후보 두 팀이 연패했고, 나는 밀려 있는 세금 일부를 냈다. 하지만 캐딜락 '엘도라도'를 탄 의뢰인은 사절이다.

이니셜이 'M'인 남자

# 1

　5월 중순치고는 계절에 어울리지 않게 쌀쌀한 밤이었다. 그해 골든위크는 계속 비가 내리는 날씨에도 아랑곳하지 않고 장거리 이동 행락객이 늘어나, 교통사고 사망자 수가 최근 십 년 사이에 최악인 이백십이 명이었다고 한다. 나는 블루버드를 주차장에 넣는 김에 니시신주쿠에 있는 사무실에 들렀다. 이십사 시간 전화응답 서비스에 업무용 전화가 하나도 와 있지 않다는 사실을 확인한 뒤, 서랍 안에 여러 갑 사둔 '피스'를 꺼내 상의 주머니에 집어넣었다. 여러 날 이어지는 연휴와 인연이 없는 나는 4월 말부터 보름간 근무하기로 약속한 임시 경비 업무를 막 마친 참이었다.

　사무실을 나서려는데 책상 위에 전화벨이 울렸다. 이미 밤이 깊어 1시가 지난 시각이었다. 수화기를 들자 불쑥 젊은 여자 목소리가 들렸다. 백 퍼센트 통계 결과처럼 빤한 말투였다.

"당신 때문에 내 인생이 엉망이 되었단 말이야. 당신에게 전화하는 것도 이제 이게 마지막이야. 누구든 만나서 행복하게 살아. 난 이 세상과 작별할 테니!."

"어디 전화한 건가?"

"앗?" 상대가 깜짝 놀라 숨을 삼켰다. "마사히코 아냐? 하뉴 마사히코 씨 아닌가요?"

"아니, 여기는 '와타나베 탐정사무소'."

"어머, 이런. 죄송합니다. 제가 전화를 잘못……" 여자가 불쑥 말을 끊더니 이렇게 물었다.

"탐정사무소라고요? 탐정이라니, 그러니까 사람 뒤를 밟고 바람피우는지 조사하고 품행을 조사하기도 하는 그런 곳인가요?"

나는 전적으로 동의하지는 않았지만 번거로워서 그냥 그렇다고 대답했다.

"……당신을 고용해서 마사히코가 어떤 남자인지 진작 알아보았다면 좋았을 텐데. 그랬다면 이렇게 비참해지지는 않았을 텐데."

"미안하지만 잘못 건 전화라면 이만 끊어줄 수 없겠나?"

나는 보름 동안 내키지 않은 일을 하느라 어디에 구멍이 났는지 찾을 수 없는 풍선처럼 지친 상태였다.

"그렇지만…… 유서를 쓰고 자살하기 직전에 자기를 버린 남자에게 마지막 전화를 하려는 사람이 잘못 건 전화를 받는 일은 거의 없잖아요? 잠깐 대화 상대가 돼줄 수 있나요. 와타나베 씨라고 했죠?"

"이거 새로운 방식의 장난 전화인가?" 나는 쓸쓸하게 웃었다. "나는 사와자키. 와타나베는 탐정사무소 이름이지. 죽을 사람에게 사무실 홍보를 해봐야 소용없겠지만."

와타나베는 칠 년 전에 실종된 옛 파트너인데 간판을 굳이 바꿀 필요가 없어서 그냥 놔두고 있다.

"나 진짜예요. 정말 죽을 작정이라니까." 젊은 여자가 발끈하며 대꾸했다.

"아가씨 나이가 열여섯? 열일곱?" 나는 한숨을 내쉬었다. "그런 어린 소녀들은 늘 진짜라고 하지. 만화체로 쓰는 연애편지도 진짜고, 고시엔 야구대회 응원에서 흘리는 눈물도 진짜고, 공부하라는 소리만 하는 어머니를 죽이겠다는 생각도 진짜라고 하지. 자살하겠다는 건 대체 어떤 진짜인가?"

십 초 이상 대꾸가 없었다. 온도가 내려간 느낌이었다.

"……내일 신문 보면 알겠죠."

전화가 툭 끊어졌다. 나는 수화기를 내려놓고 사무실을 나섰다.


아사부키 유미라는 이름의 열여섯 살 소녀 가수가 자기 아파트 칠층에서 뛰어내려 자살했다는 기사가 실린 것은 이튿날 석간신문이었다. 나는 그 신문 기사와 전날 밤 잘못 걸려온 전화를 바로 연결 짓지는 못했다. 아니, 그렇게 이야기하면 정확하지 않다. '열여섯 소녀 가수, 투신자살'이라는 기사 제목을 보았을 때 분명히 어젯밤 전화를 떠올리기는 했다. 하지만 요즘 어린 친구들은 이렇게 간단히 '죽음'을 선택하는 경우가 흔하구나, 정도로 생각했다. 신문에 나오는 사람과 실제로 내 사무실에 전화를 건 사람이 같은 사람일 리 없다고 머릿속 어딘가에서 단정을 지은 모양이다. 전화를 잘못 걸었던 여자는 이름을 밝히지 않았고 아사부키 유미라는 이름도 처음 들었으니 당연한 일이었다.

그날 밤 사무실 근처 식당에서 늦은 저녁을 먹는데 카운터 가장 구석진 선반 위에 얹어놓은 텔레비전에서 무슨 채널인지 몰라도 뉴스 정보 프로그램이 방송중이었다. '소련의 아프가니스탄 철수'나 조폭 '이치와카이' 회장의 집을 경계중이던 경찰관 세 명이 총격을 받아 중경상을 입었다는 뉴스가 이어지더니, 반은 중요하다는 듯 반은 호기심 어린 시각으로 그 사건을 보도했다. 청소년 자살 문제라는 두꺼운 화장 아래 연예계 스캔들이라는 맨얼굴이 얼핏얼핏 드러났다. 프로그램은 소녀 가수의 최근 히트곡을 조금씩 따서 들려주며 소녀가 얼마나 또래들에게 인기가 있었으며 얼마나 순진하고 얼마나 건강했는지를 소설처럼 정리해 소개했다. 반질반질한 얼굴의 뉴스 캐스터가 끄트머리에 이렇게 덧붙였다.

"그러나 유미 씨도 이제 어른이 되어가는지 최근 라이벌인 아이돌 가수 호리 사오리 씨와 인기 그룹 '구엔타이'의 보컬 하뉴 마사히코 씨를 놓고 사랑의 쟁탈전―이런, 저도 참 낡은 표현을 쓰는군요― 즉 애정 문제로 다툼이 있어 무척 고민중이었다는 소문도 있습니다."

하뉴 마사히코라는 인기 가수가 있다는 사실도 나는 몰랐다. 하지만 전화를 건 소녀가 그 이름을 말했던 기억만은 또렷했다. 그제야 나는 그 전화의 주인공이 아사부키 유미였다는 사실을 깨달았다. 그리고 그 소녀가 진짜 자살할 생각이었다는 사실도 알았다.

'……내일 신문 보면 알겠죠.'


## 2


나는 사무실로 돌아와 석간을 다시 훑어보았다. 아사부키 유미가 요쓰야 스가초에 있는 아파트 칠층에서 뛰어내린 때는 지난밤 새벽 1시쯤이라고 적혀 있었다. 유미의 옆집에 사는 매니저 미즈타니 세쓰코라는 여성이 다음 날 일 얘기를 하러 찾아갔다가 투신자살했다는 사실을 알았다. 텔레비전 뉴스 캐스터가 이야기한 소문이 사실인지 어떤지는 알 수 없었지만, 매니저 이야기로는 아사부키 유미가 일 이외의 문제로 최근 일주일 우울할 때가 많았다고 한다. 기사 끄트머리에 약간 마음에 걸리는 내용이 보였다. 아사부키 유미가 아파트 베란다에서 뛰어내리기 전인 11시 30분경에 아사부키 유미의 아파트로 들어가는 키 큰 남자를 봤다는, 매니저와 같은 층에 사는 주부의 증언이었다. 경찰은 만약을 위해 그 남자도 조사할 예정이라고 적혀 있었다.

나는 신문을 접고 담배에 불을 붙였다. 어젯밤만큼은 아니라도 해가 진 뒤에는 역시 기온이 내려갔다. 비용 문제 탓에 올해 새로 교체하기로 마음먹은 석유스토브가 그리워지는 날씨였다.

어젯밤 전화에서 아사부키 유미와 나눈 대화를 되새김질해봤다. '유서를 쓰고 자살하기 직전에 자기를 버린 남자에게 마지막 전화를 하려는……'이라고 했다. '잠깐 대화 상대가 돼줄 수 있나요'라고도 했다. 아사부키 유미는 '나 진짜예요. 정말 죽을 작정이라니까'라며 발끈했었다.

일어나 건물 뒤편 주차장 쪽 창문으로 가서 블라인드를 올리고 주차장 건너편 큰길을 바라보았다. 10시도 아직 안 되었는데 지나다니는 사람이 거의 없었다. 이 세상 그 많은 사람 가운데 자기를 생각해주는 사람은 한 명도 없는 것 같은 시각이었다. 그런 느낌에 불만은 없었다. 머릿속에 다시 아사부키 유미 생각이 떠올랐다. 잠깐이라도 대화 상대가 돼주었다면, 아사부키 유미가 죽을 작정이라는 말을 믿었더라면 상황은 달라졌을까……? 그건 누구도 알 수 없는 일이다. 아마 창문으로 뛰어내린 본인도 모르리라, 적어도 칠층 아래 땅바닥에 부딪히기 전까지는.

담배를 끄고 사무실 밖으로 나갈 준비를 하고 있는데 누군가 문을 노크했다. '들어오세요'라고 대꾸하자 문이 열리더니 남자 두 명이 들어왔다. 한 남자는 아는 얼굴이었다. 일 년쯤 전에 어느 카페 경영자가 호텔에서 살해당한 사건과 그 남자의 의붓딸에 대해 조사했을 때 알게 됐던 요쓰야 경찰서 형사였다.

"저녁에 두 차례 전화했는데 받지 않더군." 턱에 흉터가 있는 나이 든 형사가 말했다. 아마 성이 조노였을 것이다. "그래서 집으로 가봤더니 없어서 돌아가는 길에 혹시나 싶어 들렀는데 불이 켜져 있어서 말이야."

조노는 하나뿐인 손님용 의자에 앉았다. 처음 보는 삼십대 중반의 덩치 큰 형사는 입구 옆 벽에 기댔다.

"이쪽은 도이 형사."

조노가 동료, 아마도 부하를 소개했다. 젊은 형사는 가볍게 고개를 끄덕였다. 고개를 까닥하며 자기가 우위라고 알리고 싶은 듯했다.

"바쁜가?" 조노가 물었다. 대답은 굳이 필요 없다는 경찰관의 인사였다. 바쁘다고 대답해봐야 사정이 달라질 리 없다.

"퇴근하려던 참이었지. 용건이 뭔가?"

조노는 주머니에서 금연파이프 같은 것을 꺼내 입에 물었다. 작년에 있었던 한 번의 거래로 나를 조금은 알고 있어 쓸데없는 흥정은 필요 없다고 판단했는지 바로 이야기를 시작했다.

"아사다 유미코라는 여자, 아니, 여자애라고 하는 게 더 정확할 텐데, 알지?"

나는 고개를 저었다. 그 이름이 누구 본명인지는 짐작이 갔지만.

"그럼 아사부키 유미라는 예명은 알 테지."

"아, 열렬한 팬이었어. 인기 넘버원 아이돌 가수잖아. 〈천사의 윙크, 악마의 키스〉."

"아니. 〈악마의 윙크, 천사의 키스〉." 도이 형사가 나무라는 듯한 목소리로 바로잡았다.

"……내가 그렇게 말하지 않았나?"

"인기 넘버원까지는 아니지. 나카모리 아키나, 나카야마 미호, 호리 사오리에 이어 네번째나 다섯번째쯤 되겠네."

도이는 조사한 내용을 보고하는 게 아니라 평소 '상식'으로 이야기하는 듯했다. 조노가 살짝 놀란 듯이 자기 동료를 돌아보았다. 그리고 다시 시선을 내 쪽으로 돌렸다. 농담은 듣고 싶지 않다는 표정이었다.

"그런 의미로 묻는 게 아니라는 걸 알 텐데. 뭔가 접촉이 있었지?"

"전화를 받았어."

조노는 안심이 된다는 표정으로 고개를 끄덕였다. 부하 앞에서 아는 사람을 심문하는 것이 무척 불편한 모양이다.

"그 전화 내용을 알려줘. 그 여자애가 탐정을 고용해서 대체 뭘 시키려고 한 거였지?"

도이가 상의 주머니에서 수첩을 꺼내 내 대답을 기다렸다.

"잘못 건 전화였어."

"뭐라고……?" 두 형사가 동시에 큰 소리로 말했다.

"그 여자애는 다른 사람에게 전화를 걸다가 실수로 나한테 전화한 거지."

형사들은 빈혈이 있는 재벌처럼 의심 가득한 눈으로 나를 바라보았다.

"그런데 그 여자애 전화기 옆 메모장에 이 사무실 이름이 확실하게 적혀 있었어. 서둘러 쓴 글씨 같았지만 틀림없이 '와타나베 탐정

사무소'로 보였지."

"내가 그렇게 대답했으니까. 전화를 잘못 걸었다는 걸 알고 나서도 바로 끊지 않고 잠깐 이야기를 나누었어. 그사이에 받아적었겠지."

두 사람은 아직 납득이 가지 않는 표정이었다.

"무슨 이야기를 했나?" 조노가 물었다.

나는 대화 내용을 대략 전달했다. 도이 형사가 메모하던 수첩에서 시선을 들어 나를 노려보았다. 그리고 비난 섞인 투로 말했다.

"그래서, 그 여자애가 자살하겠다는 걸 말리지도 않았나?"

"나는 그 아이가 자살하겠다는 말을 믿지 않은 것 같아. 믿지도 않았는데 어떻게 말리겠나."

"그래도 아직 열여섯 살밖에 안 된 아이잖아. 그런 걸 따지기보다 일단 자살을 단념하도록 설득했어야 하는 거 아닌가?"

나는 아무런 대답도 하지 못했다. 인생 경험이 겨우 십육 년밖에 되지 않는 소녀에게, 만난 적도 없는 사람이, 그것도 전화로 뭔가를 믿게 만들 수 있을 리 만무하다. 젊은 형사의 말이 점점 더 심해지는 걸 조노가 제지했다.

"그보다 그 여자애가 전화하려고 했던 상대 이름은 기억하겠지? 처음에 이름을 불렀을 거 아닌가."

나는 조노가 답을 재촉하기 직전까지 뜸을 들였지만 결국 하뉴 마사히코라는 이름을 댔다. 형사들은 그 이름이 나올 거라고 예상했던 모양이었다.

"하뉴의 전화번호는?" 조노가 도이에게 물었다. 도이는 수첩을 뒤져 번호를 찾아 대답했다. 나도 내 전화번호를 말했다. 하뉴의 국번이 358, 내 쪽은 368이고 나머지는 똑같았다.

두 형사의 표정에서 의심이 반쯤 사라졌다. 그들에게 의심은 일종의 직업병이다보니 완전히 사라질 가능성은 거의 없다.

"전화가 온 시각은?" 조노가 물었다.

"정확하게 1시 5분. 그 시간에 걸려올 전화가 없어서 시계를 봤거든."

"뛰어내리기 직전이로군." 조노가 말했다. 그러자 도이가 끼어들었다.

"그렇다면 그 시간에는 하뉴가 그 여자애 아파트에 없었다는 이야기가……."

하지만 조노가 눈짓을 보내는 바람에 도이는 입을 다물었다.

"1과 소속 형사가 전화 메모장에 이름이 있었다는 정도로 찾아다니는 걸 보면 이 자살에 뭔가 의문이 있는 모양이로군."

"꼭 그런 건 아니고." 조노가 말했다. 치아 힘을 시험이라도 하듯 금연파이프를 꾹 힘주어 썹었다. "자살이라는 사실을 의심할 여지는 없어. 유서도 있고 상황도 맞아떨어지지. 하지만 그 애는 아직 열여섯이야. 뛰어내렸을 때 거기에 누가 있었다면 그 녀석에게도 어느 정도 책임이 있지 않겠어? 자살방조죄가 성립될지도 몰라. 어쩌면 그 녀석의 행동이 소녀의 등을 베란다 난간에서 떠민 꼴인지도 모르지."

내 전화 태도도 소녀를 베란다로 이끄는 정도의 역할을 했는지 모른다. 나는 담배에 불을 붙이며 물었다.

"유서에 뭔가 구체적인 내용이 적혀 있지 않았나?"

"어지간한 장편소설 못지않아. 마음이 떠난 'M'이라는 남자에 대한 이야기를 길게 적었더군. 마사히코의 M일 가능성이 높지만 명확하게 누군지 알 수 있는 표현은 없어. 외모는 물론이고 나이도 추정 불가. 혹시 소녀가 공상 속에서 만들어낸 인물이 아니냐는 의견까지 나올 정도야."

"여자애의 사망 시각은?"

"검시관의 보고로는 12시 반에서 1시 반 사이라더군. 매니저의 증언으로 1시 지나서까지 살아 있었다는 사실이 확인되었어. 아, 자네도 그 증인이 되는 셈이로군."

"358은 자살한 아파트와 같은 요쓰야 지역 국번이지. 두 사람이 사는 거리는?"

"가까워. 천천히 걸어도 십이 분이나 십삼 분밖에 걸리지 않지. 매니저는 스가초, 남자의 매니저는 스미요시마치에 살지. 양쪽 다 우리에겐 그림의 떡 같은 고급 아파트야."

"아사부키 유미는 나 다음에 하뉴 마사히코에게 전화했고 그를 아파트로 불렀다―그렇게 생각하는 건가?"

"있을 수 없는 일은 아니지." 조노는 내가 내뿜은 담배 연기에 손을 내저었다.

"그렇지만 그 하뉴라는 가수도 아직 열일곱, 열여덟 살 먹은 소년이라던데. 책임을 질 만한 나이도 아니로군."

"그건 팬들을 위한 나이지. 실제로는 소녀가 자살하기 사흘 전에 어엿한 성인<sub></sub>일본은 법으로 만 스무 살 이상을 성인으로 규정이 되었어."

"그렇군⋯⋯. 11시 반쯤에 소녀의 아파트에 들어가는 남자를 본 목격자가 있다고 하던데 그 남자는 누구지? 그 하뉴 마사히코라는 가수인가?"

"아직 모르겠어. 하뉴가 드나들었다고 볼 수도 있지. 키가 크다는 특징은 맞아떨어지고."

"당사자인 하뉴는 뭐라고 하나?"

조노는 골치 아픈 참고인이 생각난 듯이 떨떠름한 표정으로 말했다.

"반년쯤 전까지는, 아사부키 유미가 아직 인기를 얻기 전인 모양인데, 친했다고 해. 하지만 바빠진 뒤로 요즘은 프로그램에 함께 출연하거나 방송국 복도에서 마주치면 대화를 주고받는 정도이지 따로 만나지는 않았다는군. 그 아파트에는 한 번도 간 적이 없다는 거야."

"빤한 거짓말이죠." 도이가 화난 듯이 말했다. "어젯밤 어디에 있었는지 물었는데 두 차례나 엉터리 알리바이를 댔다고요. 결국 부루퉁한 얼굴로 묵비권을 행사하고 있잖아요."

조노는 금연파이프를 셔츠 주머니에 넣고 성가시다는 듯 일어서더니 내일 아침 요쓰야 경찰서에 나와서 잘못 걸려온 전화에 대한 진술을 해달라고 부탁했다. 내가 오후에 가도 괜찮으냐고 묻자 그러라고 하고는 도이와 함께 사무실을 나갔다.


3


지하철 '마루노우치 선'과 나란히 뻗은 신주쿠 거리를 요쓰야 방
향으로 가다가 요쓰야 역에 닿기 1킬로미터쯤 전에 오른쪽으로 꺾
어지면 스가초였다. 이 일대는 스무 군데도 넘는 절과 신사가 밀집
한 지역인데 동네 이름도 스가 신사 때문에 붙은 듯했다. 어쩌면 신
사 이름을 동네 이름에서 따온 건지도 모른다. 나는 지하철 요쓰야
3초메에서 내려 무얼 할지 뚜렷한 목적도 없이 밤공기에 머리를 식
히며 그 아파트까지 걸었다.

'선하이츠 스가'는 겉에 올리브색 타일을 붙인 칠층짜리 우아한
아파트였다. 건물 동쪽 공간에 콘크리트로 둘러싼 몇 그루의 키 작
은 정원수와 보도가 있었고, 아파트 주민 전용 주차장이 보였다. 그
주차장 한 모퉁이에 남자 대여섯 명이 몰려 있었는데 그 가운데 세
명은 카메라 렌즈를 아파트 건물 쪽으로 향하고 있었다. 조수를 시
켜 삼각대를 세우고 본격적으로 촬영하는 사람도 있었다. 아마 주간
지나 여성 연예지에서 나온 사람들로 보였다. 며칠 뒤면 '아사부키
유미는 여기서 뛰어내렸다'는 설명과 함께 낙하 경로를 화살표로 그
린 저들의 작업 결과물이 화보를 장식하겠지.

나는 여러 명의 구경꾼에 섞여 주차장 펜스 너머로 그들을 바라

보았다. 바깥쪽 보도에 세운 소형 라이트밴에서 약간 통통한 기자가 내리더니 그 사람들 쪽으로 쪼르르 달려갔다.

"재미있게 됐어. 회사에 연락했더니 임시로 빈소를 차린 '토마 기획' 미토마 사장 집에 '나가토 프로덕션' 사장이 문상을 왔다가 토마 기획 전무랑 말다툼 끝에 멱살잡이까지 갔다는군."

"나가토 프로덕션이라면 구엔타이가 소속된 프로덕션이잖아." 카메라맨 가운데 한 명이 말했다.

"토마 기획 전무라면 호리코시 아니야? 다들 '고리코시'<sup>일본어로 고리는 넌더리, 질린 상태를 의미</sup>라고 부르지. 떼쓰기와 왼손 스트레이트 기습 공격을 특기 삼아 전무가 된 사람이야." 나이 든 기자가 웃으며 말했다.

"그러면 하뉴 마사히코가 이번 일에 관계되었다는 소문은 소문 이상이라는 뜻인가?" 삼각대를 사용해 사진을 찍던 카메라맨이 말했다.

"오전에 요쓰야 경찰서에 불려간 하뉴는 벌써 뒷문으로 빠져나갔다고 하지만, 어쩌면 아직 요쓰야 경찰서에 있을지도 몰라."

카메라맨 한 명이 그렇게 말하자 그 말이 끝나기가 무섭게 기자 두 명이 벌써 보도 쪽으로 달려나갔다.

나는 그 자리를 떠나 아파트 건물 정면 쪽으로 갔다. 똑같은 올리브색 타일을 붙인 계단을 올라 아파트 현관으로 들어갔다. 입구 유리문에는 붙인 지 얼마 되지 않은 종이 두 장이 보였다. 한 장은 '고아사부키 유미의 임시 빈소는 토마 기획 대표 미토마 아키오의 집에 마련했습니다'라는 내용과 아카사카 쪽 주소가 적혀 있었다. 다른 한 장은 '아파트 주민 이외 출입 엄금'이라고 적힌 큼직한 글씨가 보였다. '출입 엄금'이란 글자 옆에는 빨간색 겹동그라미까지 그려져 있었다. 오늘 하루 이 아파트가 얼마나 소동에 시달렸는지 짐작이 갔다.

나는 엘리베이터를 타고 꼭대기층인 칠층에서 내렸다. 먼저 비상계단 쪽 상태를 살필 작정이었다. 쓸데없는 말썽을 일으키지 않기 위해서는 퇴로를 확인해두는 것이 현명했다. 계단 층계참에 있는 작은 창문으로 아래를 내려다보니 아파트 뒤로 어떤 절의 묘지가 펼쳐졌다. 아사부키 유미는 애당초 '죽음'과 등을 맞댄 채 살고 있던 셈이다.

나는 아파트 문을 하나씩 확인했다. 701호부터 704호까지는 관계없는 문패였다. 705호에 '토마 기획'이란 문패가 있었고 마지막인 706호에는 문패가 없었다. 매니저가 옆에 산댔으니 705호가 매니저인 미즈타니 세쓰코, 706호가 아사부키 유미의 방이 틀림없으리라. 나는 706호 문 옆에 있는 초인종을 눌렀다. 아무런 반응도 없었다. 다시 좀 길게 눌렀지만 결과는 마찬가지였다. 프로덕션 사장 집에 임시 빈소를 마련했다고 했으니 예상은 했던 일이다. 혹시나 싶어 이웃인 705호 '토마 기획'의 초인종도 눌러보았다. 역시 대답이 없었다. 나는 발걸음을 돌려 엘리베이터 쪽으로 가려고 했다. 그때 등 뒤에서 문손잡이가 돌더니 문 열리는 소리가 들렸다.

"누구세요?" 젊은 여자 목소리였다.

나는 걸음을 멈추고 돌아보았다. 문밖으로 내민 얼굴을 보았을 때 순간 죽은 아사부키 유미가 거기 있는 줄 알았지만 바로 그럴 리 없다고 생각했다. 둥근 얼굴에 눈이 크고 나이대가 비슷한데다 비상계단 조명뿐인 어두컴컴한 복도라 그만 착각할 뻔했다. 나는 705호 문 앞까지 돌아왔다.

"아사부키 유미 씨의 매니저인 미즈타니 세쓰코 씨 되시나요?"

문 위에 있는 전등을 켰는지 현관이 밝아졌다.

"아…… 전데요." 여자는 불안한 표정으로 나를 처다보았다. 꽤 자그마한 여성인데 옆에서 가까이 보니 아사부키 유미보다 몇 살 더 많은 스무 살 정도로 보였다. 짧은 커트머리, 흰 바탕에 검은 꽃무늬가 있는 블라우스를 입었다.

"아사부키 유미 씨 문제로 잠깐 묻고 싶은 게 있는데요."

"아뇨, 그건 곤란합니다. 사장님이 불필요한 이야기는 하지 말라고 주의를 주셔서요."

미즈타니 세쓰코는 한 걸음 물러서서 문 안쪽 손잡이에 손을 얹었다. 왼쪽 손목에 찬 남성용으로 보이는 큼직한 손목시계에 눈길이 갔다.

"이야기하기 곤란한 사정이라도 있나요?" 내가 물었다.

"아뇨, 그런 건 아니에요. 알고 있는 건 모두 경찰에 이야기했으니까요." 미즈타니 세쓰코는 경찰이라는 단어를 강조했다. 내가 경찰인지 아닌지 판단이 서지 않으니 경찰이라는 말에 어떤 반응을 보일지 살피려는 계산이 깔린 듯했다. 짐작한 대답이 나오지 않았다는 표정이 그 얼굴에 드러났다.

"왜 여기 있는 거죠?" 내가 물었다.

"예?" 그녀는 질문의 의미를 알아차리지 못했다.

"아사부키 유미의 빈소에 가 있지 않고 왜 이런 곳에 있냐고 묻는 겁니다."

"그건……." 무의식적으로 하려던 말을 간신히 참는 듯했다. "사장이 매스컴의 취재 공세가 있을 거라면서 빈소는 혼란스러울 테니 여기 있으라고 해서."

"그 사람들은 이리 몰려왔잖아요?" 나는 아래 주차장 쪽에 있던 카메라맨들을 떠올리며 물었다.

"아까까지는 프로덕션의 섭외 담당자들이 있었는데 빈소 쪽에 일손이 부족해서……. 그런데 왜 이런 걸 꼬치꼬치 묻는 거죠? 경찰이세요?" 그제야 세게 나가는 게 낫겠다고 판단한 모양이었다.

"아뇨. '와타나베 탐정사무소'란 이름을 들어본 적 있나요?"

그녀는 뭔가 생각하듯 허공을 바라보았다.

"아마 경찰이 그 이름을 들어본 적 있냐고…… 유미 방을 조사한 형사 한 명이 전화기 옆에 있는 메모에 그런 사무실 이름이 적혀 있었다는 이야기를……."

"나는 그 탐정사무소에 있는 사람입니다." 그렇게 말하며 여자의 반응을 살폈다. 미즈타니 세쓰코는 당황한 표정으로 내 얼굴을 뚫어지게 바라보았다.

"아사부키 유미는 어젯밤 1시 조금 넘어서, 아마 자살하기 직전이었을 텐데, 내 사무실로 전화를 걸었습니다." 나는 얼른 말을 덧붙였다. "그리고 나는 어떤 일을 의뢰받았습니다."

여자 매니저는 의심스러운 눈빛으로 나를 바라보았다. 아사부키 유미는 '잠깐 대화 상대가 돼줄 수 있나요'라고 했다. 그건 일종의 의뢰라고도 할 수 있다. 나는 그때는 응하지 않았지만, 만약 받아들였다면 아사부키 유미가 했을지도 모를 무언가를 지금 조사하는 것도 나름의 의미가 있겠다 싶었다.

"어떤 일을 의뢰받다니, 그게 대체 뭐죠?"

"그건 의뢰인의 비밀이기 때문에 말힐 수 없어요."

"아니 아사부키 유미는 이제 이 세상에 없는데…… 이제는 그 비용을 낼 사람이 없잖아요?"

"조의금 대신 무료로 해도 괜찮다고 생각합니다. 의뢰인이 세상을 떠났다고 해서 죽기 직전에 의뢰한 일을 나 몰라라 할 수 있겠습니까?"

"그야 그렇지만……."

"이런 이야기를 해도 협조받을 수 없다면……." 나는 의미심장하게 말을 끊었다.

"아뇨, 협조하지 않겠다는 게 아니에요. 다만 저는 매니저이니 사장님께 말씀드리기 전에는……."

"그러시죠. 사장님과 의논하세요."

그녀는 발끈하는 얼굴로 나를 바라보았다. 이 상황을 벗어날 방법이 없을까 궁리했지만 포기하는 것 같았다. 시간이 신경쓰이는지 얼른 손목시계를 또 한 번 들여다보았다.

"……그런데 도대체 어떤 협조를 하면 되는 거죠?"

미즈타니 세쓰코의 눈에는 내가 공갈이나 협박을 생업으로 하는 인간처럼 보였던 모양이다. 그런 건 아무 상관없었다.

"우선 아사부키 유미의 방을 보여주면 좋겠군요. 뛰어내린 베란다를 보고 싶습니다. 뛰어내린 뒤의 상황에 대한 당신의 진술을 신문에서 읽었는데 다시 한 번 직접 듣고 싶고."

"……그것뿐인가요?" 그녀는 약간 맥이 빠진 듯한 표정을 지었다.

"그밖에 자진해서 돕고 싶은 일이 있다면 뭐든 좋습니다."

"아뇨, 잠깐 기다리세요. 사장님께 연락해볼 테니까."

미즈타니 세쓰코는 문을 그대로 열어둔 채 안으로 들어갔다.

# 4

미즈타니 세쓰코가 안에서 통화하는 목소리가 이삼 분 이어졌다. 내용은 거의 알아들을 수 없었다. 전화를 끊는 기척은 없었는데 다시 문 쪽으로 돌아왔다.

"사장님은 무슨 일이든 당신 말에 협력하라고 하셨습니다. 다만 하루이틀 유미 방에는 아무도 들어가지 말라는, 손을 대지 말라는 요쓰야 경찰서 쪽 지시가 있었기 때문에 미안하지만 그 요청은 들어드릴 수 없다고 하시네요. 베란다 상태는 이쪽 방 베란다에서 살펴보게 하라고 하셨습니다. 그렇게 해도 괜찮을까요?"

나는 고개를 끄덕였다. 꽤 이해가 빠른 사장인 듯했다. 하지만 이해가 빠른 사장이라니, 게걸스럽게 음식을 탐하는 신선이란 표현처럼 부자연스러웠다.

"사장님이 만나 의논하고 싶은 게 있다고 전화를 바꿔달라 하십니다."

그녀는 문을 활짝 열고 앞장서며 '들어오세요'라고 했다. 나는 현관으로 들어가 그녀의 안내를 따랐다. 복도 끝 식탁이 놓여 있는 주방 입구에 전화가 있었는데 수화기는 아직 통화 상태였다. 나는 수화기를 들고 '전화 바꿨습니다'라고 말했다.

"아, 바꿔달라고 해서 미안합니다. 토마 기획 미토마입니다. 미즈타니에게 전해 들었습니다. 내일 오전 10시에 롯폰기에 있는 회사 쪽으로 와주실 수 있을까요? 여러 모로 의논한 다음에 가능한 한 당신 요청에 따라드리고 싶은데요."

"아사부키 유미가 왜 자살했는지, 또는 그 소녀를 자살로 몰아넣은 인물이 있는지, 당신은 알고 있습니까?"

"아뇨, 그런 건 모릅니다……. 책임자로서 감독 소홀이라는 비판을 면할 수 없을 테지만 어쨌든 바쁘기도 하고 눈 감으면 코 베어가는 세상이라……."

"그렇다면 당신을 만날 의미가 없겠군요."

"말씀을 정확하게 하는 분이시군. 그 점은 마음에 듭니다. 나도 그런 편이니까 어쨌든……."

"어쨌든 그쪽을 만날 필요가 있다면 내가 연락하죠."

"아, 그럼 됐어요. 앞으로 임시 빈소도 관리해야 하고 유미 고향에서 열릴 장례식에도 참석해야 하니 정신없이 바쁠 텐데. 사와자키 씨, 자살 직전에 유미와 이야기했다는 당신의 편의는 가장 먼저 봐드릴 테니 그리 알아두세요."

나는 전화를 끊었다. 내 대꾸가 뜻밖이라는 표정으로 듣고 있던 미즈타니 세쓰코가 퍼뜩 정신이 든 듯이 말했다.

"방이 어질러져 있어요. 어젯밤까지는 누가 여기 들어올 거라고 생각하지 못했거든요."

그녀는 주방을 지나 옷장 같은 것이 놓인 방을 서둘러 가로질러 바로 베란다 쪽으로 나가는 새시 유리문으로 나를 안내했다. 나는 그녀가 권한 슬리퍼를 신고 베란다로 나갔다.

풍향 때문인지 문 쪽보다 여기 밤공기가 더 차가웠다. 아파트가 빽빽하게 늘어선 지역이라 대단한 야경이라 할 것은 없었지만 맞은편에 시커먼 어둠이 스며든 곳이 아카사카의 황궁 지역인 듯했다. 나는 조심스럽게 아래 주차장을 내려다보았다. 자진해서 주간지에 초상권을 팔 생각은 없었기 때문이었는데 카메라맨이나 기자들은 이미 보이지 않았다. 미즈타니 세쓰코가 실내용 슬리퍼를 신은 채 베란다로 내려와 내 옆에 섰다.

나는 베란다 난간 밖으로 몸을 내밀고 옆 베란다와 그 바로 아래를 살폈다. 주차장 불빛에 아파트와 주차장 사이에 늘어선 정원수 주변까지 훤히 보였다. 처음 이 아파트에 와서 본, 콘크리트로 둘러싼 키 작은 정원수였다. 위에서 보니 구분이 잘 되었다. 콘크리트는 상자 모양으로 각 집이 나뉘는 위치를 따라 만들어져 있었다. 따라서 두 그루의 정원수와 각 집 아래쪽 벽이 凸자 모양의 공간을 이루고 있어서 거기를 오토바이나 자전거 주차장으로 쓰는 듯했다. 이 방 바로 아래에는 대형 오토바이 한 대와 자전거 몇 대가 보였는데, 이웃인 아사부키 유미가 사는 집 아래에는 자전거 한 대뿐이었다. 그 자전거 옆에 흰 백묵으로 그린 모잽이헤엄을 치는 듯한 사람 모양의 윤곽선이 보였다. 그게 아사부키 유미가 떨어진 위치라는 걸 미즈타니 세쓰코에게 확인했다.

그 뒤 그날 밤의 경위를 들었다. 기사와 거의 같은 내용이었지만 아사부키 유미가 뛰어내린 뒤 자살했다는 걸 알기까지 다소 시간이 걸린 부분을 자세하게 물었다.

"아침에 잡힌 첫 스케줄 집합 시간이 정해지지 않은 상태였기 때문에 1시에 전화할 예정이었죠. 좀 늦게 전화를 하니 통화중이라 잠시 기다렸습니다. 십 분쯤 지나 전화를 거니 이번에는 받지 않더군요. 아마 샤워중이려니 하고는 십 분쯤 더 있다가 전화해보았습니다. 그런데 여전히 받지 않아서 걱정되어 가보았던 거죠. 요즘 유미 상태가 심상치않았어요. 좀 우울해 보였거든요……. 그런데 초인종을 눌러도 대답이 없더군요. 문손잡이를 돌리니 잠겨 있지 않고 그냥 열렸어요. 안으로 들어가 유미 이름을 불렀습니다. 그래도 대답이 없어서 여기저기 찾아보았는데 어느 방에도 없었습니다. 기분이 내키면 근처 로손 편의점에 뭘 사러 나가기도 했던 터라 그냥 잠시 기다렸죠. 그런데 왠지 서늘한 느낌이 들어 둘러보니 베란다로 나가는 유리문이 조금 열려 있더라고요……. 그리고 뛰어내려서 자살한 유미를 발견하기까지는 얼마 걸리지 않았습니다."

'통화중'이었던 전화가 내가 받은 그 전화라면, 십 분 뒤에 유미는 이미 전화를 받을 수 없는 상태였다는 셈이 된다.

나는 아사부키 유미와 하뉴 마사히코라는 가수가 요즘 어떤 관계였는지, 자살 직전인 11시 30분에 유미의 아파트를 찾아온 남자에 대해 짚이는 게 없는지 물었다.

"경찰에도 이야기했지만 전혀 모릅니다." 미즈타니 세쓰코가 말했다. "매니저에게도 개인 시간은 필요합니다. 하루에 기껏해야 한두 시간뿐이지만. 그마저 경우에 따라 날아가기 일쑤죠. 그런 개인 시간에는 그 애가 뭘 하든 저는 신경쓰지 않습니다."

마치 녹음한 걸 틀어놓은 듯한 말투였다. 짐작이지만 그런 시간까지 일일이 참견해서는 인기 가수 매니저로 일할 수 없을 테고, 그걸 스스로도 뼈저리게 느끼는 듯했다.

"어젯밤 11시에 일을 마치고 돌아와 아까 이야기한 것처럼 1시에 최종 스케줄 협의를 할 때까지가 그 애와 나의 자유 시간이었던 거죠. 피곤해서 곯아떨어질 줄 알았는데……. 유미가 왜 자살을 했는지."

미즈타니 세쓰코가 비로소 아사부키 유미의 죽음에 대해 감상적으로 표현했다.

나는 그녀에게 협조해주어 고맙다는 인사를 하고 베란다에서 방으로 돌아와 현관으로 향했다.

조노 형사와 도이 형사가 탄 크라운 승용차는 전화를 끊고 약 삼 분 뒤인 밤 12시 정각에 '선하이츠 스가' 현관이 보이는 공중전화 박스 앞에 도착했다. 요쓰야 경찰서에서는 600-700미터 떨어진 거리였다. 하지만 미즈타니 세쓰코는 그 몇십 초 전에 전화로 부른 택시를 타고 아파트 현관을 빠져나갔다.

나는 크라운 뒷좌석에 올라타 운전석에 앉은 도이에게 택시를 따라 신주쿠 거리 쪽으로 가자고 말하고 현재 상황을 설명했다. 외워 둔 택시 회사 이름과 차량 번호를 알려주었다. 조노는 무전으로 요쓰야 경찰서를 연결해 사정을 설명하고 그 택시 회사를 호출했다. 크라운은 신주쿠 거리로 나가기 직전에 신호를 기다리는 중이었다. 일 분도 지나지 않아 택시 회사가 연결되었다. 문제의 택시가 현재 어디 있는지 조회를 부탁했다. 배차를 맡은 남자가 그 택시는 지금 요쓰야 스가초에서 손님을 태우고 목적지인 메이지 거리 '닛세키 산부인과' 부근으로 가는 중이라고 했다.

도이가 차를 출발시키고 신주쿠 거리에서 왼쪽으로 꺾어진 뒤 반원형 경광등을 차 지붕에 얹고 스위치를 켰다. 차가 속도를 높였다. 조노는 무전으로 배차 담당자에게 문제의 택시가 손님을 내려주면 즉시 그 위치를 확인해달라고 부탁했다. 손님이 내린 뒤 어디로 가는지 알 수 있으면 더욱 좋겠다고 덧붙였다. 배차 담당자는 흥미진진하다는 말투로 바로 승낙했다. 크라운은 딱 이 분 만에 메이지 거리의 신주쿠 갈림길 교차로에 이르러 우회전해 북쪽으로 향했다. 신덴우라 부근을 지날 무렵 도이가 경광등을 끄고 회수했다. 그 직후 배차 담당자에게 연락이 왔다. 택시 승객은 닛세키 산부인과 앞에서 내려 쇼쿠안 거리 쪽으로 조금 걸어 '제3오쿠보 빌딩'이라는 건물로 들어갔다. 아마 일층에 있는 바에 들어간 것 같다는 연락이었다. 조노는 배차 담당자에게 고맙다는 인사를 하고 무전을 끊었다.

크라운이 닛세키 산부인과 앞을 지나자 도이는 속도를 줄였다. 제3오쿠보 빌딩을 바로 찾아 도이는 그 앞 보도 쪽으로 차를 댔다. 세 사람 가운데 그나마 미즈타니 세쓰코가 얼굴을 제대로 기억하지 못할 가능성이 있는 도이가 바 안을 탐색하기로 했다. 혹시나 싶어 나는 그날 밤 그녀가 입었던 복장과 소지품에 대해 도이에게 설명했다. 그는 상의를 벗고 넥타이를 느슨하게 풀고서 차에서 내리더니 '웨더 리포트'라는 네온 간판을 내건 바로 들어갔다.

나는 창문을 내리고 담배를 피웠다. 조노도 창문을 내리고 금연 파이프를 물었다. 술이 잔뜩 취한 초로의 남자가 앞쪽 차도를 비틀비틀 걸어갔다. 이런 곳에서 대책 없이 대기하느니 취객이라도 보호하는 편이 훨씬 낫겠다는 생각이 들었다. 십 분쯤 지나 도이가 차로 돌아왔다.

"여자는 안에 있습니다. 스무 살 전후의 부잣집 자식으로 보이는 남자와 만나 이야기하고 있어요. 이야기 내용은 단편적으로만 들렸는데 아사부키 유미의 자살이 화제인 듯했습니다. 그리고 여자는 스가초에 있는 아파트로 돌아갈 거라고 하더군요. 남자가 차로 데려다

주겠다고 했습니다."

잠시 후 미즈타니 세쓰코와 남자가 바에서 나왔다. 도이의 보고대로 두 사람은 건물 옆에 있는 주차장으로 갔다. 어두운 남색 BMW가 메이지 거리로 들어서자 도이가 크라운을 천천히 출발시켰다. BMW는 쇼쿠안 거리에서 우회전해 누케벤텐 교차로에서 다시 오른쪽으로 꺾어 도쿄 의과대학을 우회해 야스쿠니 거리를 좌회전했다. 200미터 동쪽으로 달려 요쓰야 4초메 쪽으로 우회전해 이윽고 신주쿠 거리로 나왔다. 그다음부터는 아까 왔던 코스를 거슬러 선하이츠 스가에 도착했다. 새벽 1시가 조금 지난 시각이었다.

미즈타니 세쓰코는 차에서 내려 남자에게 인사하더니 아파트 현관을 지나 안으로 사라졌다. BMW는 바로 출발해 신주쿠 거리로 돌아가는 듯했다. 선하이츠 스가에서 적당한 거리를 두고 도이는 경광등을 차 지붕으로 꺼내 울려대기 시작했다. 조노가 무선 마이크를 확성기로 연결했다.

"거기 짙은 남색 BMW, 지금 바로 정차하세요."

BMW는 반사적으로 스피드를 올리려고 했지만 바로 앞 신주쿠 거리의 신호가 빨강으로 바뀌는 걸 보고 체념한 듯 속도를 떨어뜨렸다. 도이가 BMW 앞에 크라운을 대고 세웠다.

조노가 조수석 문을 열고 내리며 말했다.

"어디부터 쑤실까? 일단 음주운전은 틀림없을 테고."

도이도 조노의 뒤를 따랐다. 나는 크라운 안에서 상황을 지켜보기로 했다. 뒷면 유리창 너머로 BMW를 돌아보았다. 운전석에 앉은 젊은이는 화도 나고 겁도 먹은 표정으로, 다가오는 두 형사를 바라보고 있었다. 조노가 젊은이에게 면허증을 제시하라고 요구하는 듯했다. 조노는 젊은이가 내민 면허증을 흘끔 보고 도이에게 건넨 다음 다시 질문했다. 도이가 면허증을 보면서 크라운 승용차로 돌아왔다. 내가 창문을 내리자 면허증을 보여주었다.

"짚이는 데가 있나? 이 녀석 이니셜이 M인데."

미토마 히로유키, 1968년생. 본적은 이바라키 현인데 주소는 미나토 구 아카사카이다.

"아버지가 미토마 아키오인지 확인해줘. 토마 기획 사장이야."

"아사부키 유미의 소속사인가?"

도이가 눈을 반짝거리며 서둘러 동료에게 돌아갔다. 그들은 즉시 요쓰야 경찰서에서 두 대의 순찰차를 불렀다. 한 대는 미즈타니 세쓰코의 동향을 파악하기 위해 선하이츠 스가 감시에 들어갔다.

사장인 미토마 아키오는 아들과 아사부키 유미가 사귄다는 사실을 어렴풋이 알고 있었겠지. 전화로 이야기할 때 나를 회유하려는 듯한 말투였던 건 그저 회사 이미지에 손상이 갈 이야기가 외부로 흘러나가는 사태를 방지하기 위해서만이 아니라, 나를 매수해서라도 아들의 이름이 공개되는 걸 막을 작정이었던 것이다.

미토마 히로유키라는 젊은이는 경찰 심문에 한동안 버티기로 맞섰다. 하지만 아사부키 유미가 자살할 때 그 아파트에 있었는지, 자살에 관여했는지 어쩐지를 묻자 자기에게 혐의를 두고 있다는 사실을 깨닫고 마치 자백하는 약이라도 먹은 양 술술 털어놓았다. 미즈타니 세쓰코와 만난 이유는 그녀가 미리 아사부키 유미의 소지품 안에서 빼내둔, 그와 유미의 교제 사실이 밝혀질 증거품을 건네받기 위해서였다고 했다. 두 사람이 사귄 것은 작년 여름 음반 취입을 위해 로스앤젤레스에 머물던 아사부키 유미에게 그쪽에 있는 대학에 유학중이던 미토마 히로유키가 찾아간 며칠이 다였던 모양이다. 증거라는 것은 그때 찍었던 열 장쯤 되는 사진과 그 뒤 반년 동안 히로유키가 보내온 장거리 연애편지 같은 것이었다. 형사들이 요구하지도 않았는데 그는 자랑이라도 하듯 증거물을 내놓았다. 이렇게 서둘러 미즈타니 세쓰코를 불러내 사진과 편지를 건네받은 이유는 만약 그 가운데 한 장이라도 누가 발견하면 골치 아플 것 같아 빨리 확인하고 싶어서였다고 했다. 아버지 회사의 소속 연예인과 사귀는 일은 아버지가 엄격하게 금지하는 모양이었다. 그가 무엇보다 두려워하는 건 스폰서인 아버지 같았다. 유미와 교제가 이어지지 않은 건 그녀가 '성인이 되는 스무 살까지 기다려달라'고 완곡하게 거절했기 때문이라고 했지만, 아마도 아버지가 개입해 유미에게 경고했을 것이다. 어쩌면 유미 스스로 저울질하다 사장의 날라리 아들은 별 값어치가 없다고 판단했는지도 모른다. 요즘 여자애들의 야심은 더욱 다양해지고 더욱 커진 듯하다.

미즈타니 세쓰코의 야심은 뚜렷하지가 않았다. 그 점에 대해서는 조노 형사와 내가 약간 의견 차이가 났다.

"그 여자는 그 와중에도 아사부키 유미의 소지품 중에서 미토마 히로유키와의 관계를 드러내는 것을 빼냈어. 달리 누구의 무엇을 몰래 숨겼다고 해도 이상할 게 없지." 내가 말했다.

"그렇지만 히로유키에게 증거품을 건넨 것도 특별히 금전이 목적은 아니었으니까. 말하자면 사장인 히로유키의 아버지나 회사에 대한 충성심 같은 게 아닐까?" 조노는 이렇게 말했다.

"그럴지도 모르지. 하지만 그렇지 않을지도 모르고."

"미즈타니를 데려다가 철저하게 다그쳐보면 어떨까요?" 도이가 말했다. "미토마 건만으로도 공무집행 방해와 증거은닉죄가 성립되죠. 그 여자의 아파트를 수색해보면 확실해질 겁니다."

"사진이나 편지처럼 형태가 있다면." 내가 말했다. "그렇지만 그 여자 머릿속에 있는 것은 가택수색이나 심문으로는 쉽게 끄집어낼 수 없지."

결국 선하이츠 스가의 미즈타니 세쓰코 방에 불이 켜져 있는 동안은 순찰차가 계속 감시하고 그녀가 다시 외출하는 일이 있으면 당직 형사가 뒤를 밟기로 결론이 났다. 택시를 잡기 위해 신주쿠 거리 쪽으로 가는 내 등 뒤로 조노가 화난 듯 지친 목소리로 말했다.

"자살이라는 게 이렇게 확실한데 우리가 이렇게나 움직이는 것도 드물 일이야."

6

니시신주쿠에 있는 사무실 주차장에서 블루버드를 몰고 요쓰야 스가초에 돌아왔을 때는 2시가 조금 지난 시각이었다. 나는 아파트 앞 도로를 느린 속도로 통과했다. 요쓰야 경찰서에서 나온 순찰차가 주차장 도로 쪽 펜스 옆에 숨을 죽이고 있었다. 어두운 차 안에서 경찰관 두 명이 무얼 하고 있는지는 확인할 수 없었다. 칠층 미즈타니 세쓰코의 방 창문으로 희미한 불빛이 보였다. 나는 아파트 현관과 주차장 출입구가 동시에 감시 가능한 범위 안에서 가장 먼 지점까지 가서 블루버드를 세웠다. 아파트 칠층이나 옥상에서는 보이지 않는 위치라는 것도 확인했다. 그런 나음 차 엔진을 끄고 시트를 뒤로 젖혀 잠시 눈을 붙이는 척하며 목표 장소를 감시하기 시작했다.

2시 35분에 순찰차가 주차장을 나와 요쓰야 경찰서 방향으로 달려갔다. 미즈타니 세쓰코의 창문에 불이 꺼진 것이다. 경찰관들은 졸고 있지 않았던 모양이다. 그 뒤로 이십 분 동안은 아무런 변화도 없었다.

미즈타니 세쓰코는 아까와 같은 옷차림으로 아파트 현관에 모습을 드러냈다. 도로로 내려가는 계단에서 잠깐 멈춰서 주차장과 도로 좌우를 살폈다. 그렇지만 순찰차가 보이지 않자 안심했는지 그대로 계단을 내려왔다. 오른쪽으로 방향을 잡고 사몬초에서 가이엔 동쪽 길로 향하는 듯했다. 평일에다 자정이 지난 시각이라 오가는 사람은 거의 없었다. 나는 시동을 걸고 블루버드를 출발시켜 천천히 미행을 시작했다.

T자 길에서 왼쪽으로 꺾어지는 미즈타니 세쓰코의 모습을 확인하고 자동차 속도를 올렸다. 모퉁이 직전에서 차를 세우고는 내려서

모퉁이까지 간 다음 그녀가 걸어간 쪽을 살폈다. 30-40미터 앞쪽에서 잰걸음으로 걷은 모습이 보였다. 다행히 곧게 뻗은 길인데 100미터쯤 앞에 또 T자 길이 보였다. 거기서 다시 오른쪽으로 구부러지는 걸 확인하고 차로 돌아왔다. 일단 후진했다가 오른쪽으로 꺾어 기어를 바꾼 다음 100미터 앞에 있는 T자 길까지 전속력으로 달렸다. 이번에는 차에서 내리지 않고 모퉁이에서 차 앞부분을 들이민 채 거리를 살폈다. 미즈타니는 같은 속도로 100미터쯤 앞에 보이는 폭넓은 도로를 향해 걸었다. 그 넓은 도로는 가이엔 동쪽으로 가는 길이었다. 미즈타니가 걸어가는 방향으로 차 두 대가 연달아 지나갔다. 저만큼 차들이 오가는 상태라면 들키지 않고 따라갈 수 있겠다는 생각에 가속페달을 밟았다. 미즈타니가 뒤에서 차가 오는 기척을 느끼고 돌아보더니 달려오던 녹색 택시를 향해 얼른 손을 들었다. 택시가 급브레이크를 밟으며 정차했다. 미즈타니는 차 앞쪽으로 돌아서 열린 뒷문으로 올라탔다. 이제 미행이 조금은 편해질 것 같았다.

나는 차를 출발시켜 넓은 도로로 나왔다. 잠시 천천히 달리다보니 가이엔 동쪽 거리로 빠지는 신호가 빨간색으로 바뀌는 바람에 택시가 신호 대기를 위해 멈춰섰다. 나도 차를 세웠다. 타이밍을 노려 신호가 바뀌기 전에 택시 뒤 50미터 지점까지 접근했다. 택시가 좌회전 깜빡이를 켰다. 나도 좌회전 깜빡이를 켰다. 신호가 바뀌자마자 택시와 블루버드는 가이엔 동쪽 길로 접어들어 미나토 구 쪽을 향해 달렸다.

가이엔 동쪽 거리는 역시 아직도 오가는 차들이 꽤 있었다. JR 시나노마치 역을 지나 '주오 선' 육교를 넘어갈 무렵에는 택시와 블루버드 사이에 차 두 대를 끼워넣을 수 있었다. 택시는 왼쪽에 진구가이엔을 두고 몇 분을 달려 아오야마 거리와 만나는 교차로에서 우회전했다. 가이엔 앞 삼거리와 아오야마 3초메 사거리도 지났다. 거기서 오모테산도 사거리로 가는 중간 지점에서 택시가 갑자기 속도를 늦췄다. 앞쪽 길가에 새로 문을 연 심야 레스토랑 '엘 구르메'의 화사한 외관이 보였다. 택시는 바로 그 앞에서 멈췄다. 나는 앞으로 20미터쯤 더 달려 왼쪽 옆길로 들어가 차를 세웠다. 주차위반을 걱정할 여유 따위는 없었다. 차에서 내려 아오야마 거리로 돌아가 엘 구르메로 향했다.

입구 회전문을 지나 안으로 들어가자 크리스마스시즌이라도 되는 듯 어처구니없이 밝은 조명과 경쾌한 음악 세례가 쏟아졌다. 미나미아오야마에 있는 이런 음식점에, 그것도 새벽 3시에 혼자 들어온 시원찮은 풍채의 중년 남자는 아무리 애써도 이목을 피할 길이 없었기에, 나는 대책을 궁리할 생각도 않고 가게 안을 둘러보았다. 늦은 시간인데도 테이블은 손님들로 육십 퍼센트쯤 차 있었다. 그래서 미즈타니 세쓰코가 바로 눈에 들어오지 않았다. 그러다 계산대 너머로 유럽 어느 거리 모퉁이에서 마주칠 법한 멋지고 빨간 전화박스가 보였다. 미즈타니는 바로 그 뒤편에 있는 칸막이석에 앉아 있었다. 내가 그녀를 발견하자마자 그녀도 나를 보고 얼떨떨한 표정을 지었다. 맞은편 자리에 앉은 나이 든 신사가 마침 미즈타니에게 큼직하고 두툼한 봉투를 내미는 중이었다. 나는 얼른 그쪽으로 다가갔다.

"왜 그러나? 약속한 거야. 받아둬."

미즈타니 세쓰코는 나를 보다가 봉투로, 봉투를 보다가 신사 쪽으로, 신사를 보다가 내 쪽으로 시선을 옮겼다. 나 때문에 손을 내밀어 봉투를 받아들지 못하는 눈치였다. 신사도 그제야 뭔가 문제가 있다는 걸 눈치챘다. 하지만 늦었다. 나는 그의 손에서 봉투를 낚아채 거꾸로 들고 흔들었다.

"뭐 하는 거야, 당신!"

신사가 언성을 높였다. 봉투에서 만 엔짜리 뭉치 두 개가 튀어나와 테이블 위에 떨어졌다.


7


나는 이백만 엔을 다시 봉투에 담고 미즈타니 세쓰코 옆에 억지로 앉았다. 주변 사람들의 호기심 어린 시선이 물러가기를 기다렸다가 웨이터에게 커피를 주문한 다음 맞은편에 앉은 신사를 바라보았다. 나이는 사십대 중반 또는 후반. 나보다 네다섯 살쯤 많아 보였다. 그렇지만 흰머리가 많아서 미즈타니 세쓰코나 아사부키 유미 같은 또래에게는 '로맨스그레이' 스타일의 아버지 세대 느낌이다. 그러면서도 살짝 그을린, 주름 없는 얼굴이 젊어 보였다. 큰 체구이지만 군

살 하나 없이 균형 잡힌 체격, 고급스러워 보이는 밝은색 양복에 젊은 취향의 넥타이 등등, 전혀 나이 들어 보이지 않았다. 안경을 쓰지 않은 눈매는 날카로우면서도 시원해서 상대의 마음을 들여다보는 듯했다. 필요에 따라 부드럽고 따스하게 상대방의 마음을 감싸줄 듯한 느낌이라 어지간한 여자라면 스위치 하나는 충분히 끊길 것 같았다. 교조적인 분위기의 눈빛은 신도라면 몰라도 내게는 약간 수상쩍게 느껴졌다.

"나는 아사부키 유미의 자살 배경에 대해 조사하고 있는 탐정입니다." 특별히 언성을 높이지 않는 한 주위 사람들에게 이야기 내용이 들리지는 않을 것 같았다. "아니면 아사부키 유미가 죽기 직전에 전화를 잘못 거는 바람에 통화하게 된 사람이라고 소개하는 편이 더 이해하기 쉬울까요?"

"저는 '쓰쿠바 대학' 인문과학과 조교수인 마쓰누마 미쓰구입니다. 예의를 갖추지 못한 젊은이와 접촉하는 데는 익숙해서 놀라지 않는 편인데, 요즘은 당신처럼 나이 든 남자들한테도 이런 행동이 유행인 겁니까?"

낯설지 않은 사람이었다. 직접 만난 적은 없어도 신문이나 잡지, 또는 텔레비전에서 본 얼굴이었다.

"이니셜이 M · M인가요? 제가 아는 세 사람 중에서 가장 조심스럽게 행동하는군요."

마쓰누마는 눈썹 하나 까딱하지 않았다. 최근 이 사람의 연구나 저술에 대한 기사를 신문에서 스치듯 읽었을 것이다. '전후 일본 연예사', 전공 분야는 이런 쪽이었던 걸로 기억한다. '곰팡이 핀 낡은 문제를 연구하는 것만이 학문은 아니다. 최종적으로는 지금 이 시대를 해명하는 것이 학문의 목적이다.' 딱딱한 이미지인 국립대학 소속 학자가 누구나 깜짝 놀랄 만한 연예계 전문가로 활동하자 뜻밖의 모습에 탤런트 못지않은 인기를 누렸다. 그래서 정치·경제·문화를 가차 없이 비판하는 발언이 더욱 인기를 끄는 것 같았다. '다케시타 노보루' 수상은 정계의 '야마모토 린다미국인 아버지와 일본인 어머니 사이에 태어난 이국적 매력의 가수'라는 의미불명의 발언도 했다. 웃어줄 준비를 마친 시청자에게 의미 같은 것은 있어도 그만, 없어도 그만이다.

"이 이백만 엔에 대해 설명을 듣고 싶군요. 그게 이 자리를 정리하는 지름길일 것 같으니까."

"재미있는 양반이로군, 당신. 이런 자리를 멋대로 만들어놓고 제멋대로 정리하겠다니."

웨이터가 미즈타니 세쓰코와 내 커피를 가지고 오는 바람에 이야기는 잠깐 중단되었다. 마쓰누마 앞에는 이미 마시던 홍차가 놓여 있었다. 나는 커피를 한 모금 마시고 담배에 불을 붙였다.

"설명하죠." 마쓰누마가 말했다. "이 돈은 연구비 가운데 일부입니다. 앞으로 미즈타니 씨에게 아사부키 유미에 관한 정보 중에서 내 연구에 필요한 자료 모두를 제공받아야 합니다. 매니저였던 미즈타니 씨의 심리 깊은 곳에 숨어 있을지도 모를 정보까지 포함해서요. 이건 그 작업을 위한 선불 연구비라고 생각하면 됩니다. 내가 쓴 《미소라 히바리엔카 가수론》이나 《사와다 겐지가수이자 배우 겸 작곡가론》 같은 책은 압니까?"

모르지만 고개를 끄덕였다. 강의가 시작되면 안 되기 때문이었다.

"웃으실 테지만 백 년 뒤에는 틀림없이 무라사키 시키부《겐지 이야기》를 쓴 헤이안 시대 중엽의 여성 작가, 이즈모노 오쿠니가부키의 시초로 불리는 오쿠니가부키를 처음 만든 예인, 제아미能 배우이자 작가, 제6대 기쿠고로가부키 배우에 관한 논문과 동등한 비중으로 취급될 저술이죠. 이건 자신 있게 하는 이야기입니다. 하지만 그것만으로는 만족할 수 없어요. 나는 '지금 현재'를 연구하는 학자예요. 삼 년 전부터 새 프로젝트를 구상해 아직은 이름 없는 탤런트 세 명을 대상으로 새로운 연구를 진행하고 있습니다. 말하자면 장래의 '히바리 모모에가수이자 배우'의 성장 과정을 거의 실시간으로 관찰하고 분석하고 있는 셈입니다. 아시겠어요? 이렇게 설명하면 이해하기 쉬우려나? 무라사키 시키부가 문학에 관계하기 시작한 첫날부터 《겐지 이야기》를 완성한 날까지의 극명한 관찰과 분석이 우수한 학자의 손에 의해 기록, 보존되어 있다고 가정해보시죠. 아니면 제아미가 열두 살 때부터 세밀한 기록을 데이터로 남겼다고 생각해보세요. 대단한 일 아닙니까?"

아무리 타고난 재능이 뛰어나도 감시받는 모차르트가 천재로 자랄 리는 없다고 생각하지만 이 남자의 말에는 분명히 모종의 설득력이 있었다.

"당신은 믿지 않을지 몰라도 내 연구를 도와주는 분들은 아주 많아요. 여기서만 하는 이야기인데, 이 프로젝트에는 연간 칠억 엔이라는 예산이 잡혀 있죠. 넉넉하다고는 할 수 없지만 그래도 미즈타니 씨의 협조에 이 정도의 지불이 가능하다는 건 이해가 되겠죠?"

나는 재떨이가 없어 커피잔 받침에 재를 떨었다.

"연구 대상이 자살해버렸으니 그 연구도 의미가 없지 않습니까?"

"그런 의견은 오늘 있었던 긴급회의에서도 나왔지만 부결되었죠. 무정한 소리가 되겠지만 아사부키 유미의 '죽음'은 내 연구에서 나름대로 멋지게 '살아남게' 될 겁니다. 물론 아사부키 유미가 죽기를 바란 건 아니고 매우 안타까운 일이기는 하지만…… 아마 제아미나 미소라 히바리 주위에도 뜻을 이루지 못하고 사라져간 아사부키 유미 같은 존재가 있었다는 증거가 되겠죠."

그의 말을 듣고 있다가는 시대착오에 빠질 것 같았다. 나는 대화 방향을 바꾸었다.

"그럼 아사부키 유미가 베란다 난간을 넘어설 때 당신은 그 방에서 실험 대상을 관찰하듯 가만히 보고 있었던 겁니까?"

"뭐라고요……?" 마쓰누마는 미즈타니 세쓰코와 내 얼굴을 번갈아보았다. "설마 제정신으로 그런 소리를 하는 건 아니겠죠?" 마쓰누마는 시원한 눈매에 애써 맑은 미소를 지었다.

"아뇨. 제정신입니다." 내가 대꾸했다.

"나는 아마도 그 시각에 와세다 대학 옆에 있는 친구 집에 있었을 겁니다. 아사부키 유미가 사망한 시각은 신문을 보고 알았고요. 나중에 미즈타니 씨에게 확인했는데 그건 어디까지나 연구를 위한 데이터였죠."

"그 친구 집에 도착한 게 몇 시죠?"

"새벽 1시, 조금 전이었나?"

"그전에는 어디에?"

"그 근처 진구마에에 있는 집을 출발한 게 11시쯤이었던가? 머리가 피곤할 때면 휴식 겸 재규어를 몰고 심야 드라이브를 하는 게 내 취미거든요."

"두 시간씩이나?"

"몰다보면 두세 시간은 금방입니다. 그러다 문득 새로운 연구 테마가 떠오르더군요. 어떻게든 그걸 검토해보고 싶어서 와세다 대학 조교수로 있는 친구 집에 쳐들어가게 되었죠. 그 친구도 익숙한 일이라 브랜디를 홀짝거리며 새벽까지 토론을 벌였습니다."

"그럼 11시부터 1시 사이에는 알리바이가 없는 셈이네요. 그렇다면 11시 반에 아사부키 유미의 아파트로 찾아가 12시 반에 그 아파트를 나왔을 수도 있겠군요."

"아무리 애써도 같은 시간대에 서로 다른 두 곳에 있을 수는 없어요. 그러나 증인이 없는 이상 그렇게 보더라도 어쩔 수 없겠군요. 그래도 아사부키 유미의 자살은 새벽 1시 이후잖아요? 그 시간에 나를 그 아파트에 있던 걸로 만들기 위해서는 와세다 대학 조교수로 있는 사람을 위증죄로 고발해야만 할 겁니다."

나는 마시던 커피잔에 담배를 넣었다.

"아사부키 유미가 1시 이후에 자살했다는 건 대체 누구 증언이죠?"

마쓰누마는 미즈타니 세쓰코에게 대답을 재촉하는 눈치를 보였다. 그녀가 고개를 끄덕이고 내 쪽을 바라보았다.

"제가 증인이죠. 그 문제는 아까 아파트에서 말씀드리지 않았나요?"

"증인이라고는 해도 1시 지나서 그 아이가 뛰어내리는 장면을 목격한 건 아니잖아요?"

"그렇죠. 하지만 1시가 지난 시각에 유미에게 전화를 걸었을 때는 통화중이었어요. 그 십 분 뒤에 전화를 받지 않았으니까 그사이에 뛰어내렸을 거라고 생각하는 게 당연하지 않나요?" 미즈타니는 빈정거리는 투로 이렇게 덧붙였다 "당신은 1시 조금 넘은 시각에 유미한테 전화를 받았고 무슨 의뢰를 받았다고 했잖아요? 그렇다는 건 나보다 당신이야말로 유미가 1시 조금 지나 죽었다는 증인이 되는 셈 아닌가요?"

"미즈타니 씨는 외모도 어딘가 아사부키 유미와 닮은 것 같은데 그럼 그 애 흉내도 분명 잘 내겠군. 매니저로서 오래 함께 지내다보면 상대방의 특징을 파악하는 것도 간단할 테니까."

"무슨 뜻이죠, 그게?" 미즈타니의 표정이 굳어졌다.

"그 잘못 건 전화는 미즈타니 씨가 건 거죠. 분명히 아사부키 유미의 목소리를 똑같이 흉내냈겠지만 안타깝게도 나는 아이돌 가수는 잘 몰라서. 그게 아사부키 유미의 목소리가 틀림없다고 착각은 못하겠군."

"무슨 말도 안 되는 말씀이세요. 그래서 나한테 무슨 이득이 돌아온다고."

나는 테이블 위에 놓인 이백만 엔이 든 봉투를 가리켰다.

"너무해요! 아무런 증거도 없이 그런 소리를……." 미즈타니는 마쓰누마 쪽을 보며 도움을 구하는 눈빛을 보냈다.

"만약에…… 이건 가정이지만, 만약 그 전화를 미즈타니 씨가 걸었다면 대체 어떻게 되는 겁니까?"

마쓰누마의 말투는 아까처럼 시원시원하지 못했다.

"당신은 11시 반에 아사부키 유미의 아파트로 찾아갔습니다. 같은 층에 사는 주부가 목격한 게 당신이겠죠. 그 방에서 무슨 일이 있었는지는 모릅니다. 미즈타니 씨가 그때부터 방에 있었는지, 아사부키 유미가 뛰어내린 뒤에 방에 불려왔는지는 확실치 않고. 아사부키 유미는 아마 12시 반쯤 아파트 베란다에서 뛰어내렸을 겁니다. 검시관은 사망 시각을 12시 반부터 1시 반 사이라고 했죠. 당신들 두 사람은 그 상황을 어떻게 빠져나갈지를 의논했을 겁니다. 다행히 아사부키 유미의 시체는 자전거 주차장으로 사용되는 정원수 뒤로 떨어졌기 때문에 그 시간이라면 바로 발견될 염려는 없었죠. 마쓰누마 씨, 당신은 아파트를 나와 와세다 대학 친구 집으로 서둘러 갔습니다. 아마 1시까지는 도착할 수 있을 테니 1시 이후에 그 잘못 걸린 전화를 걸도록 지시했겠죠. 전화 아이디어를 떠올린 사람은 당신입니까, 아니면 미즈타니 씨입니까?"

마쓰누마와 미즈타니 세쓰코는 말없이 마주 보았다. 두 사람 다 상대가 자칫 함부로 입을 열까봐 두려워하는 표정이었다.

"재규어라는 아주 화려한 차를 가지고 계신데, 아파트 부근에서 당신 차를 목격한 사람이 있을지도 모르죠. 설마 그 주차장에 차를 넣거나 하지는 않았겠죠?"

마쓰누마는 내 시선을 피하며 괴로운 표정을 지었다.

"잘못 걸었다는 전화를 나만 받았을까? 아니면 나처럼 대화를 나누기도 전에 상대방이 먼저 끊어버리거나 잠이 덜 깨어 시간을 증언하는 데 도움이 안 될 것 같으니 이쪽에서 그냥 끊어버린 상대도 있지 않을까요? 하뉴 마사히코의 전화번호에서 숫자 하나만 바꿔서 대충 걸었다면 그 전화를 기억하는 사람이 나타날지도 모르니까 말이야."

이번에는 미즈타니 세쓰코가 내 시선을 피했다.

"이봐요, 탐정. 당신의 주장은 막말로 정황증거뿐이잖아요. 그 가설의 근간인 '전화를 건 사람은 아사부키 유미가 아니라 미즈타니 씨'라는 추측에는 아무런 근거도 없지 않습니까? 그 부분이 엉성한 추측인 이상 그다음 이어지는 주장에는 귀를 기울일 가치가 없어요."

"근거는 있죠." 내가 말했다. "미즈타니 씨는 어떻게 내 이름을 알고 있는 거죠? 내 사무실 명칭은 '와타나베 탐정사무소'이지만 내 성은 와타나베가 아닙니다. 내가 전화를 잘못 걸어온 여성에게는 그런 이야기를 하며 내 성을 알려주었죠. 그 여성이 아사부키 유미라면 내 이름을 아는 그 여성은 몇 분 뒤에 이 세상을 떠난 셈이 됩니다. 그런데 미즈타니 씨는 내 성을 알고 있더군요."

마쓰누마는 표정이 변해서 미즈타니 세쓰코를 뚫어지게 바라보왔다.

"아뇨, 전 당신 이름을 몰라요. 당신 성을 부른 적이 없잖아요? 안 그래요?" 그다지 자신 있는 표정은 아니었다. "저는 지금까지 당신 성이 와타나베인 줄로 알고 있었는데…….'"

나는 고개를 저었다. 그러고는 주머니에서 담배를 꺼내 불을 붙였다.

"그 판정은 토마 기획 미토마 사장이 해주겠죠. 그 사람은 내가 미즈타니 씨 아파트에서 전화를 받았을 때 나를 사와자키 씨라고 불렀습니다. 그 사람은 내 성을 누구한테 들었는지 증언해주겠죠. 그리고 경찰은 아사부키 유미의 전화기 메모지에 적힌 '와타나베 탐정 사무소'라는 글씨를 필적 감정할 겁니다."

미즈타니 세쓰코는 깜짝 놀란 표정을 짓더니 고개를 숙였다.

"알겠습니다." 마쓰누마가 다른 사람 같은 목소리로 말하더니 미즈타니를 바라보며 말했다. "이 돈은 좀 기다려야겠군."

마쓰누마는 이백만 엔이 든 봉투를 집어 내 앞에 놓았다.

"분명히 나는 그때 그 방에 있었죠. 애를 썼지만 나로서는 유미의 자살을 도저히 막을 수 없었어요. 맹세컨대 당신이 상상하는 것 같은 일은…….'"

"나는 어떤 상상도 하지 않습니다."

"그래요……? 결국 학자와 연구 대상이라는 입장을 빼면 나는 아사부키 유미에게 한마디로 아버지 같은 존재였죠. 진짜 아버지라도 딸의 자살을 막지 못하는 경우가 있을 겁니다. 나는 마땅히 비난받아야 할까요……? 이 돈을 받고 우리를 그냥 내버려둘 수 없겠어요?"

"하뉴 마사히코는 어떻게 되는 거죠? 아사부키 유미가 죽기 직전에 그에게 전화를 하려고 했다는 거짓 정보 때문에 힘들게 됐는데." 미즈타니 세쓰코는 고개를 들고 작은 목소리로 말했다.

"그건 정말 미안하게 생각합니다. 당신이 전화가 왔다는 사실을 확실히 기억하게 하려고 하뉴 마사히코란 이름을 꺼냈죠. 하지만 이렇게 될 줄은 몰랐어요. 그날 저녁에 TBS 대기실에서 구엔타이 세 명이 이야기하는 소리를 들었죠. '오늘 밤 12시부터 하는 파티에 갈 거니?'라고 멤버 누군가에게 묻자 하뉴는 '당연하지, 난 꼭 갈 거야'라고 대답한 걸 기억했죠. 그는 반년쯤 전까지 유미랑 사귀는 사이였기 때문에 유서에 'M'이라고 적힌 마쓰누마 선생을 대신하기에 딱 좋았고, 그 파티에 나가 알리바이가 생기면 경찰도 그리 심하게 다루지는 않을 거라고 생각해서……."

"한 가지만 묻죠." 내가 마쓰누마에게 말했다. "당신이 아사부키 유미를 베란다에서 떠민 건 아닙니까?"

"이봐, 말도 안 되는 소리를! 내겐 그런 어리석은 짓을 해야 할 이유가 없어."

"그건 제가 보증할 수 있습니다."

미즈타니 세쓰코가 말했다.

"교수님이 유미 방에서 제게 전화를 걸었어요. 저는 서둘러 유미에게 갔죠. 반쯤 정신이 나간 상태에서 난리를 치는 유미를 선생님은 필사적으로 붙들려고 했습니다. 유미가 자살하려는 걸 어떻게든 말리려고 했던 거죠. 그다음에 둘이서 유미를 설득하고 달래서 진정제를 먹여 재우려고 했는데……. 잠깐 진정한 척하던 유미가 빈틈을 노려 눈 깜짝할 사이에 베란다에서 뛰어내렸어요. 교수님이나 저나 도저히 어떻게 해볼 도리가 없었습니다."

마쓰누마는 갑자기 나이를 먹은 얼굴이 되었다. 지금까지와는 달리 힘없는 목소리로 입을 열었다.

"아사부키 유미는 원래 그런 기질이 있는 아이였죠. 최근 일 년은 특히 살얼음을 밟는 기분으로 그 애를 대했습니다. 프로젝트에서 유미를 연구 대상에서 제외하자는 제의를 몇 번이나 검토해달라고 했지만 이미 거액의 예산이 들어간 데다 내년 예산 책정에도 영향이 있기 때문에 내 혼자 힘으로는 어쩔 도리가 없었습니다. 나는 유미에게 연예계에 있는 젊은이나 다른 젊은 애들을 사귀라고 권했지만 그 애들은 다들 바보라 사귈 수가 없다더군요……. 유미가 유난히 이상해진 건 내게 이혼 문제가 생긴 뒤부터였습니다. 내가 아내와 헤어졌을 때는 자기가 그 자리를 차지할 거라고 믿더군요. 아무리 그렇지 않다고 얘기해줘도 받아들이지 않았습니다. 나는 왜 어린 여자애 하나 제대로 다루지 못하는가 싶어 정말 골치를 썩었죠. 일주일쯤 전에 내 재혼 상대로 소문이 난 여성이 주간지에 보도되었습니다. 그 소문은 사실무근이었는데……. 그걸 본 뒤로 유미의 상태는 손을 쓸 수 없는 상태였죠."

마쓰누마는 후우 하고 큰 한숨을 토하며 어깨를 축 늘어뜨렸다.

악몽을 꾸고 아직도 잠에서 완전히 빠져나오지 못한 사람처럼 무방비한 모습이었다.

누구의 증언을 듣는다 한들, 몇 명, 몇십 명의 증언을 듣는다 한들 열여섯 살의 '죽음'은 조금도 명쾌해지지가 않았다.

나는 담배를 커피잔에 던져넣고 이백만 엔이 든 봉투를 손에 들고 일어섰다. 두 사람은 내 얼굴을 쳐다보았다.

"다음에는 이천만 엔을 요구할지도 모릅니다. 더 간단한 해결법을 골라야죠."

나는 두 사람에게서 같은 거리만큼 떨어진 테이블 위에 봉투를 내려놓고 그 위에 커피값을 얹은 다음 출구로 향했다.


8


이틀 뒤 조간신문으로 나는 사건의 이후 경과를 알게 되었다. 사무실 근처 카페에서 훑어본 스포츠신문이 일간지보다 결말의 특색을 더 제대로 전했다.

마쓰누마 미쓰구 교수가 요쓰야 경찰서에 출두해 아사부키 유미의 자살 현장에 있었다는 사실을 털어놓았다. '엘 구르메'에서 그가 보여준 심각한 표정에 비하면 상당히 조용히 다뤄진 기사였다. 미즈타니 세쓰코에 대한 언급이 없는 걸로 보아 마쓰누마가 그녀를 이 무대에서 밀어낸 것으로 보였다. 그건 그것대로 괜찮았다. 그보다 더 큰 기사가 지면을 차지했기 때문이다.

아사부키 유미가 자살하기 일주일 전에 취입한 신곡이 토마 기획과 레코드사의 협의와 신중한 고려 끝에 긴급 발매가 된다는 기사였다. 애당초 〈여름날의 작별〉이라는 타이틀이었는데 〈발코니에서 안녕〉이라는 타이틀로 변경해 발매한다고 적혀 있었다. 무서운 장삿속이다. 마쓰누마의 사진보다 몇 배나 큰 아사부키 유미의 사진이 독자를 바라보며 미소 지었다. 구엔타이의 세 멤버 사진은 아사부키 유미의 사진보다 훨씬 더 크게 연예면을 장식했다. 인기의 높고 낮음이 모든 것을 결정하는 세계다웠다. 하뉴 마사히코는 아사부키 유미의 자살과 아무런 관계가 없다는 사실이 밝혀져 풀려났다. 하지만 그는 요쓰야 경찰서를 나올 수 없었다. 마쓰누마 미쓰구 교수가 본격적인 진술에 들어가기 전에, 경찰 심문에 대한 압박을 이기지 못하고 어느 폭력조직이 주최하는 대마초 파티에 그룹 멤버 전원과 함께 출석했던 사실을 털어놓았기 때문이다.

열여섯 살 소녀 가수가 자살하고, 열아홉 살 매니저는 공갈미수에 그쳤지만 스무 살 언저리의 소년 가수들은 대마초 파티에 어울렸다가 체포되었다. 그 일로 크게 소란스럽기는 했지만 그 주변 어른들이 무엇을 하고 있었는지는 아무도 흥미가 없는 듯했다. 애초에 의뢰인이 있어서 조사에 나섰던 건 아니지만 결국 나는 누구에게도 아무런 도움이 되지 못하고 말았다. 그 쌀쌀했던 날 밤에 잘못 전화를 걸어왔던 소녀는 결코 자살 같은 것은 하지 않으리라는 내 직감은 어긋나지 않았던 셈이지만, 그런 건 자랑이 될 수 없었다.

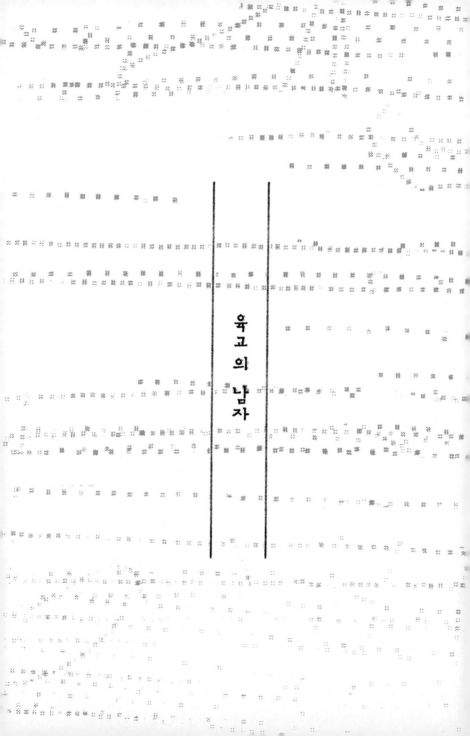

육
고
의
남
자

1

　차가운 비가 이어지던 겨울 저녁이었다. 지난 계절을 돌아보고
싶어지는 때는 바로 이런 시간이다. 세상 사람들은 '쇼와시대'가 끝
났다고 떠들어댔지만 요미우리 자이언츠를 거인이라고 부를 의무
가 없고, 국영방송을 NHK라고 부를 의무가 없듯이 1989년을 헤이
세이 원년이라고 불러야 할 의무도 없었다. 니시신주쿠에 있는 내
사무실 손님용 의자에 앉은 여성은 쇼와 말엽에 태어났음직한 나이
로 보였다. 두 어깨가 살짝 젖은 베이지색 레인코트를 벗으니 거무
스름한 스웨터와 청바지에 검은색 로힐을 신은, 활동적이긴 해도 그
리 산뜻하지 않은 차림이었다. 나루시마라고 자기 성을 밝히면서 명
함을 내밀더니, 나와 **동종업계 종사자**라고 했다.

　"삼십 분쯤 전에 이쪽 사무실에 들른 후시미란 부인 때문에 찾아

왔습니다만……."

나는 '도쿄 제일흥신소'라는 회사 이름이 찍힌 명함에서 고개를 들어 나루시마 게이코라는 여성을 바라보았다. 상대방도 나를 탐색하는 듯한 눈치였다.

"……그래서요?" 내가 물었다.

"사와자키 씨, 죠? 후시미 씨의 의뢰를 받아들이셨나요?"

"나와 같은 종류의 일을 한다면 그런 질문에 답할 수 없다는 걸 아실 텐데."

나루시마는 미소를 지었다. 탐정 말고는 어떤 직업이라도 해낼 수 있을 것 같은 미소였다.

"그렇죠. 그쪽이 그렇게 확실한 탐정이라면 저도 용건으로 들어가기 쉽겠군요."

나루시마는 진지한 표정으로 돌아와 말을 이었다.

"후시미 부인의 의뢰를 받아들이지 않으셨으면 합니다. 아니, 더 정확하게 말씀드리면 의뢰를 받아들인 다음에 그 조사 결과는 우리 뜻에 따라 보고해주시면 좋겠다는 겁니다." 나루시마가 얼른 덧붙였다. "그게 후시미 부인을 힘들게 하지 않을, 가장 배려 깊은 선택이기 때문이죠."

"호오…… 그러니까, 조사 보고를 거짓으로 하라는 소린가?"

나는 책상 위에서 필터 없는 '피스'를 한 개비 뽑아 종이 성냥으로 불을 붙였다.

"그렇게 말씀하시면 그렇기는 합니다만, 그건 방금 이야기했듯이 후시미 부인의 행복과 이익을 생각해서입니다. 사와자키 씨, 당신은 의뢰인의 요구라면 맹목적으로 따르는 탐정인가요?"

약간 연극 대사 같은 나루시마의 말이 진지하다는 사실을 이해하는 데는 몇 초가 필요했다.

"내가 의뢰인의 요구에 맹목적으로 따르지는 않지. 그리고 의뢰인에게 무엇이 행복인가 하는, 아무도 모를 일을 처음 보는 사람의 판단에 따를 생각도 없고."

나루시마 게이코라는 여성 탐정은 내 얼굴을 뚫어지게 바라보며 잠시 생각에 잠겼다.

"조금 설명을 드리겠습니다." 나루시마가 말했다.

"우선 후시미 부인은 심장 질환이 있어서 의사가 지나친 정신적 쇼크는 반드시 피하라고 했다는 점을 염두에 두셨으면 합니다. 그리고 부인이 의뢰한 건에 대해서는 그분 남편인 후시미 씨도 이미 알고 계십니다. 제가 찾아뵌 것은 그 후시미 씨를 대신해서라고 생각하시면 됩니다. 아시겠습니까?"

나는 대꾸하지 않았다. 나루시마는 내 대답을 듣기 전에는 이야기를 이어갈 수 없는 처지인 듯했다.

"후시미 부인이 의뢰한 건 말입니다만……." 나루시마는 잠시 어물거렸다. 내 눈을 들여다보듯 하다 이윽고 마음을 굳혔는지 말을 이었다. "즉 부인이 찾아달라는 행방불명된 손자 말입니다만, 사실 이름, 주소는 물론 열여덟 살 된 남자라는 사실까지 다 우리 회사에서 조사를 통해 알아냈습니다. 게다가…… 이런 사실을 알려드리지 않으면 결국 당신의 동의를 얻을 수 없을 것 같아서 이야기합니다만, 그 손자는 무서울 만큼 흉악한 소년범죄자라는 것까지 조사가 끝났습니다. 상상하기 힘들 만큼 흉악하죠."

이야기의 맥락이 조금은 파악되었다.

"다행히도……." 나루시마가 말을 이었다. "이 소년과 그 주변에 있는 사람들은 후시미라는 재벌가에 자기 친할머니가 있다는 사실을 모릅니다. 만약 이 소년을 할머니와 만나게 한다면 그건 굶주린 이리를 칠면조 우리에 집어넣는 꼴일 겁니다. 이건 남편인 후시미 씨와 양아들 부부를 비롯해 일가친척과 지인들, 나아가 담당 주치의까지 다들 같은 의견입니다. 부인을 그 소년과 절대로 만나게 해서는 안 된다는 결론에 이르렀습니다. 우리 회사도 조사 보고서에서 같은 결론을 냈고요."

"결국 의뢰인에게 허위로 보고했다?"

"그 이외에 방법이 있습니까?" 나루시마가 되물었다. 그리고 내 대답을 기다리지 않고 말을 이었다. "후시미 부인은 일 년 전에 처음 그 문제로 우리 회사를 찾아온 뒤로 손자에 대해 뭔가 새로운 실마리가 있을 때마다 계속 신규 수색 의뢰를 하셨습니다. 이번이 네 번째인데 새 단서가 상당히 근거 있는 것이었죠. 하지만 오늘 우리는 손자의 행방을 여전히 찾을 수 없다고 보고했습니다. 매우 실망하셨죠. 아니, 이번에는 확실하게 불만과 불신이 표정에 그대로 드러났습니다. 저는 바로 부인을 미행해야 한다고 판단했어요. 그래서 부인이 이 건물에 들어가는 걸 확인했고, 이 건을 다른 탐정사무소에 의뢰하려 한다는 사실을 알게 된 겁니다."

나루시마 게이코는 내가 후시미 부인의 남편이나 그 일가친척들로부터 직접 사정 설명을 들을 수 있는 자리를 마련할 용의가 있다고 했다. 나아가 후시미 부인에게 허위로 보고해도 합당한 사례—일반적인 조사 요금보다 훨씬 많은 금액을 약속할 수 있다고 했다. 그리고 후시미 부인의 의뢰에 응하면 부인이 불행해질 거라고 다시 강조했다.

나는 천천히 담배를 끄며 말했다.

"조금 전에 말했듯이 나는 누구한테 어떤 의뢰를 받았는지는 의뢰인 이외의 사람에게 누설하지 않아. 그렇지만 후시미 부인한테 손자 행방을 찾아달라는 의뢰를 받았다고 가정하고, 만약 그 소년에 대한 내 조사 결과가 당신들과 같은 결론에 다다른다면 당신 회사와 당신 의뢰인에게 사전에 연락하고 의논하기로 하지."

"……그렇지만 그런 쓸데없는 일을 할 필요는 없지 않습니까? 제차 조수석에 있는 서류가방 안에 그 문제 소년에 대해 상세히 조사한 서류가 있습니다. 사와자키 씨, 당신이 협력을 약속해주신다면 당장이라도 그걸 보여드리겠습니다."

"이 책상 서랍 안에, 나루시마 씨가 사실은 흉악한 여성범죄자라는 상세한 조사서가 있다고 하면 '아, 그렇습니까'하며 그 말을 믿을 텐가?"

나루시마 게이코는 쓸쓸하게 웃었다. 어찌 됐든 내 조사가 끝나면 반드시 알려달라고 당부하고는 앞으로도 연락하겠다는 말을 남긴 채 사무실을 나갔다.

나는 담배에 불을 붙이고 천천히 연기를 내뿜었다. 그런 연락을 해줄 생각은 전혀 없었고 애초에 그런 조사를 할 마음도 없었다. 후시미 부인은 내 사무소를 찾아온 적이 없기 때문이다.


## 2


이튿날부터 닷새간은 미타카 부근에 있는 상점가에서 작년 연말부터 연달아 네 건이나 수상한 화재가 발생해 야간 순찰을 하느라 바빴다. 처음에는 전문 보안업체가 충분한 인원을 투입해 열흘 동안 순찰했다. 그 기간에는 방화 사건이 전혀 일어나지 않았기 때문에 이제 괜찮다고 여겨 순찰을 중단한 바로 그날 밤, 다시 수상한 화재가 일어났다. 예산 사정으로 이번에는 다 망해가는 흥신소에 일을 맡긴 모양인데 그곳 일손이 부족했는지 내게 돌아왔다.

부동산 투기꾼이 개입된 구역이 있어서 그들 짓이라는 소문도 있었고 밀려난 폭력조직의 사무실이 있어서 그 앙갚음이라는 소문도 나돌았다. 경우에 따라서는 상당히 위험한 일이 될 수도 있었다. 임시 경비원 여섯 명이 번갈아 상점가 전체를 순찰했지만 역시 방화범은 나흘째 되는 날까지 잠잠해서 아무런 성과도 올리지 못하는 상태였다.

그 닷새 동안 예상과는 달리 나루시마라는 탐정한테서는 아무런 연락도 없었다. 엿새째 되는 날 아침, 그 이유를 신문을 통해 알게 되었다. 나루시마는 내 사무실을 찾아온 그날 늦은 밤에 미나토 구에 있는 '다카나와 공원' 부근에서 굴러떨어져 머리를 다쳐 의식불명 상태에 빠졌다. 신분을 증명할 소지품이 아무것도 없었기 때문에 확인이 늦어졌다. 혼자 사는 주소는 조금 떨어진 신바시에 있는 아파트였고 승용차인 BMW는 그 아파트 주차장에 세워진 상태였다. 연락도 없이 무단결근이 이어지자 이상하게 여긴 회사에서 실종신고를 냈고 그제야 '기타시나가와 응급의료센터'에 입원중인 신원불명 부상자가 나루시마 게이코(32)로 밝혀졌다고 조간신문은 보도했다.

나는 사무실을 나와 바로 옆에 있는 요시하라 변리사의 특허사무소를 방문했다. 일주일에 한두 번 화장실에서 마주치면 인사 정도는 나누는 초로의 배불뚝이 남자다. 칠팔 년 전에 이 건물로 이사온 이래 처음으로 사무실을 찾아가니 그는 놀란 표정으로 맞이했다. 엿새 전 찾아온 손님에 대해 물으려고 하자 지난주 수요일은 성냥이 필요 없는 자동점화장치가 붙은 담배를 만들었다는, 나고야에서 온 아마추어 발명가를 만나러 나간 참이어서 사무실은 닫힌 상태였다고 했다. 사무실을 나서며 그 발명가가 특허는 딸 수 있겠느냐고 묻자 화재 발생 건수가 열 곱절쯤 늘어나도 상관없다면야, 라고 대답했다.

햇볕이 거의 들지 않는 복도를 지나 계단 옆에 있는 '신주쿠 심리 최면요법'이라고 적힌 문 앞으로 갔다. 일 년의 절반, 하루의 절반은 걸려 있는 '임시 휴업'이라는 플라스틱 팻말이 그날은 보이지 않았다. 간판 아래 '긴장, 불안, 말더듬이, 기억·집중력 개선, 자율신경 실조증, 성격 개선'이라 적힌 문을 노크하고 열었다. 이십대 후반으로 보이는 안내 담당 남자가 꾸벅꾸벅 졸다가 언짢은 표정을 지으며 '어떻게 오셨습니까?' 하고 짜증난 듯한 목소리로 물었다. 본인은 치료가 잘 되지 않는 모양이었다. 지난주에 들른 손님에 대해 물어보고 싶은 게 있다고 말하고, 손자가 있는 후시미 부인의 연령대를 알려주자 남자는 바로 고개를 저었다. 여기 오는 손님들은 대부분 스무 살부터 서른 살 사이의 젊은 남녀로 적어도 올해 들어 그런 연령대의 손님은 오지 않았다고 했다.

한 사람밖에 지나다닐 수 없는 좁은 계단을 거쳐 건물 삼층으로 올라갔다. 십오 년 동안 이 건물에서 일하면서도 삼층에 올라가기는 처음이었다. 계단 옆에 있는 '후지오 우표상회' 문에는 '오후 1시까지 외출'이라는 쪽지가 붙어 있었다. 나는 가운데 있는 빈 사무실 앞을 지나 안쪽에 자리 잡은 '요도바시 박제사'로 갔다. 문을 노크하자 쉰 목소리의 들어오라는 응답이 들렸다. 문을 열고 안으로 들어갔다. 내 사무실 정도 되는 크기의 공간을 둘로 나누고 그 안쪽을 작업실로 쓰는 것 같았다. 오른쪽 벽면을 메운 크고 작은 여러 개의 동물 박제는 무척 오래된 듯했다. 한복판에 있는 순록 머리는 뿔만 그럴듯할 뿐 여기저기 털이 빠졌다. 요즘 세상에 이런 곳에서 이런 장사가 가능한지 의문스러웠다. 카운터 위에 진열된 검은 고양이와 외국산 작은 강아지, 새장에 든 작은 새 몇 마리는 그나마 조금 새것 같았지만 그것도 대략 십 년 전쯤에 만들어진 게 틀림없었다. 요즘은 애완동물도 죽으면 번듯하게 장례식을 치른 뒤 묘에 들어가는 세상이니, 이런 곳에 시체를 가져오는 주인들은 없을 것이다. 왼쪽 벽을 메운 나비며 곤충표본은 기분이 나빠질 정도로 깨끗했는데, 그게 장사인지 취미인지 분간이 가지 않았다.

헛기침과 함께 가죽 앞치마를 걸친 예순 살 전후의 야윈 남자가 안에서 나타났다. 나중에는 자기 자신을 박제로 만들기로 결심한 사람 같은 표정이었다. 요 이삼 년간 엽총 사냥꾼들이 가져온 포획물 이외의 일은 한 적이 없으며 내가 묻는 여자 손님은 본 적 없다고 했다.

사무실로 돌아와 신문을 다 읽고 점심식사를 마친 뒤, 1시가 조금 지나 나는 다시 '후지오 우표상회'로 갔다.

"지난주 수요일에 찾아온 후시미 씨의 연락처를 알고 싶어서요." 내가 단도직입으로 말했다.

수집가를 대상으로 한 우표나 옛날 돈을 진열한 유리 진열장 건너편에 있던 오십대 중반의 카디건을 입은 남자는 도수 높은 안경 너머로 경계하는 듯 나를 바라보았다. 아마 후지오 본인일 것이다. 한 달에 한두 번 건물 입구나 계단 부근에서 마주친 적이 있는 남자였다. 그의 뒤쪽으로는 아까의 박제상처럼 칸막이가 있었는데 그 안쪽은 보이지 않았다.

"후시미 씨에게 무슨 용건인가요?"

"그분이 찾고 있는 손자 때문에."

남자의 눈이 반짝 빛났다는 느낌이 들었다. 적어도 안경 안쪽, 약간 옅은 빛깔의 두 눈동자가 불안한 듯 흔들렸다.

"당신은 분명히⋯⋯."

"이층 '와타나베 탐정사무소'에 있는 사와자키라고 합니다."

후지오는 약간 경계심을 풀고 고개를 끄덕였다. 하지만 얼굴 전체에 떠오른 곤혹스러운 표정은 여전했다.

"하지만 불쑥 후시미 씨 연락처를 가르쳐달라고 하면⋯⋯."

나는 문 쪽으로 돌아갔다.

"그분 마음이 바뀌어 이제 손지를 만나고 싶지 않아졌다면 어쩔 수 없고요."

문손잡이에 손을 얹었다.

"잠깐만요." 후지오가 서둘러 말했다. "그런 이야기가 아닙니다. 후시미 씨 연락처를 가르쳐줘도 상관없지만 사와자키 씨가 어떻게 이 건을 아는지⋯⋯."

그 말은 내게 하는 질문이라기보다 자기 속마음을 묻는 듯했다. 머뭇거리는 말투가 상대방과 자기 사이에 있는 무엇인가에 말을 거는 것처럼 보였다.

"그날 후시미 부인이 홍신소 조사가 충분하지 않다면서 여기 이층에 있는 탐정사무소에 다시 조사를 시키면 어떻겠느냐고 해서, 나는 큰 홍신소에서도 찾지 못하는데 그렇게 보잘것없는, 아 미안합니다, 작은 탐정사무소에서는 더 힘들 거라고 대답했죠. 후시미 씨는 내 말에 고개를 끄덕이고 바로 돌아갔을 텐데⋯⋯."

나는 진열장 앞으로 돌아왔다.

"그분 연락처를 가르쳐주시겠습니까?"

후지오는 진열장 위에 있는 메모지와 볼펜을 끌어당기더니 와이셔츠 가슴 주머니에서 수첩을 꺼내 주소록 페이지를 뒤져 전화번호를 옮겨적었다.

"주소도."

내 말에 후지오는 잠깐 망설이는 모습을 보였지만 바로 포기하고 주소도 적었다. 그리고 메모지를 뜯어 내게 건넸다.

"후지오 씨, 혹시 후시미 씨가 조사를 의뢰했던 흥신소 이름을 아십니까?"

"아마…… 도쿄 흥신소, 아니 도쿄 제일흥신소였을 겁니다."

"조사를 담당한 탐정 이름은요?"

"아뇨, 여성 탐정이었다는 건 기억하지만 이름까지는…….."

나는 목소리를 낮춰 부드럽게 들리도록 말했다.

"괜찮으시다면 후시미 부인과 어떤 관계인지 알고 싶군요. 그리고 그분이 찾으려는 손자에 대해서도."

"그건…….."

후지오는 고개를 살짝 숙이고 진열장 안의 우표를 들여다봤다. 그러고는 손가락으로 콧잔등 위의 안경을 밀어올리며 그게 신호라도 되듯 천천히 이야기하기 시작했다.

"내 형님이 스물다섯 살에 결핵으로 세상을 떠났습니다. 그때 요시에 씨, 그러니까 후시미 부인은 임신한 몸이었죠. 삼십육 년, 아니 삼십칠 년 전 이야기로군요. 두 사람은 부모님의 반대로 사랑의 도

피를 한 셈이라 형님이 세상을 떠나면 사실 끝나는 관계였어요. 요시에 씨가 열여덟 살에 낳은 남자애는 이름이 마사요시였습니다. 요시에 씨의 큰언니 호적에 아들로 올리고 키웠죠. 그 애는 중학교를 졸업하자마자 바로 집을 나가 간사이 지방에서 생활했습니다. 자세한 내용은 모르지만 야쿠자와 다투다가 스무 살도 되기 전에 죽었어요. 거기서 사귄 친구들이 유골과 함께 마사요시의 유품을 요시에 씨 언니에게 보냈습니다. 그런데 아무리 봐도 또래 애인이거나 결혼 상대로 보이는 아가씨 사진이 여러 장 있었다고 하더군요. 게다가 그 사진 속 모습은 출산을 눈앞에 둔 상태였다고 합니다. 친구들도 마사요시가 죽기 얼마 전에 자기가 아버지가 될 거라는 얘길 했다는데 그 아가씨가 누구인지, 어디 사는지 아무도 모르는 상태였습니다. 그 아가씨가 잔뜩 부른 배를 안고 장례식에도 참석했다고 하더군요. 그런데 다들 아는 사람이 있겠거니 하고 얘기를 나누지 않았기 때문에 장례식 이후로는 소식을 알 수 없게 되었죠."

"배 속 아기가 후시미 부인의 손자라면 당신에게는……."

"그렇습니다. 형의 손자이고 지금 내게는 단 한 명뿐인 혈육이 되는 셈입니다. 그래서 요시에 씨와는 가끔 만나 그 모자의 소식에 대해 이야기를 나누었죠."

"후시미 씨의 손자가 존재한다는 근거는 그것뿐입니까? 그러니까 유품 속 사진과 친구들의 말뿐인가요?"

"예. 그렇지만 우리가 그 애를 만나보고 싶다고 생각하기에는 그 정도로도 충분하죠."

나는 고맙다고 인사하고 사무실로 돌아가려고 했다.

"사와자키 탐정, 잠깐만요. 당신은 그 애에 대해 아는 게 있습니까?"

"아뇨. 하지만 그 애 이름과 주소를 아는 사람을 찾아낼 수 있을지도 모르겠군요."

"혹시 괜찮다면 그 사람이 어디 사는 누군지 알게 되면 내게도 가르쳐주시겠습니까, 요시에 씨와 나를 위해서."

'후지오 우표상회'를 나왔을 때, 나는 정식 의뢰인이 생겼다.


# 3


후시미 료키치는 트위드 오버코트로 몸을 감싸고 자기가 지정한 레스토랑 문을 열고 들어왔다. 다이칸야마에 있는 후시미 저택 바로 앞에 자리한 아파트 일층의 프렌치 레스토랑인데 오후 3시라 손님은 드문드문 보였다. 곧 예순 살이 될 로맨스그레이 신사는 전화로 약속한 대로 계산대에서 나를 찾더니 언짢은 표정으로 다가왔다. 딱딱한 인사를 마치고는 오버코트를 벗고 내 맞은편에 앉아 웨이터에게 홍차를 주문했다.

"이게 어떻게 된 일인가?" 후시미가 가시 돋친 목소리로 말했다. "아내 손자 문제라고 했는데, 그건 담당 조사원만 알고 있는 일일 텐데. 누군지도 모를 사람에게 이런 장소에 불려나와야 할 이유를 모르겠군."

나루시마 게이코는 후시미 부인이 다른 탐정사무소에 조사를 의뢰한 일—이건 나루시마의 착각이었지만—을, 적어도 남편인 후시미 료키치에게는 통보하지 않은 모양이다.

"원래 담당 조사원과 당신 부인만 알고 있었을 이야기인데, 부인이 알려주지도 않았을 일을 당신이 먼저 알고 있는 것도 이해가 가지 않는군요."

후시미의 얼굴은 낭패한 기색이 떠오르더니 이내 치미는 분노로 뻘개졌다.

"거기에는 어쩔 수 없는 사정이 있소." 후시미가 내뱉듯 말했다.

"부인의 손자라는 소년이 소문 안 좋기 때문입니까?"

후시미 료키치는 움츠러들었다. 고압적인 태도가 반쯤 수그러들었다.

"……그런 이유도 있지만 안사람 몸이 약하고 정신적으로 충격을 받을까봐 걱정이 되어 그렇소."

"괜찮다면 후시미 가문의 재산 가운데 부인의 지분이 얼마나 되는지 알려주실 수 있습니까?"

후시미의 분노가 그의 몸 안에서 부풀어오르는 것이 빤히 보였다. 입술이 가늘게 떨렸다. 하지만 웨이터가 주문한 홍차를 내오자 그의 분노는 출구가 봉쇄되었다. 나는 그 타이밍을 노렸다. 웨이터가 테이블을 떠나기를 기다려 덧붙였다.

"뭐 자세한 내용을 묻는 건 아닙니다. 대략적으로만 가르쳐주시면 됩니다."

"그런 질문에 대답할 의무는 없겠지만……." 그는 분을 가라앉히듯 홍차에 슈가스틱을 넣었다. "나하고 집사람이 반반씩이라고 생각하면 될 걸세."

여기 오기 전에 간단하게 조사한 바에 따르면, 일본 전통패션 전문 체인점인 '후시미야'와 그 전체 점포에 걸쳐서 후시미 부인이 경영하는 부속 '옷맵시교실'은 모두 이십억에서 이십오억 엔가량의 가치가 있는 자산으로 평가된다. 부인이 재산 분배를 어떻게 하느냐에 따라 상당한 액수가 후시미 가문 밖으로 빠져나가게 되는 것이다. 게다가 유산을 상속할 자격이 있는 사람이 존재한다는 사실을 고의로 숨겼다고 본다면 부인이 생각하기에 따라 후시미 료키치나 양자는 상속인으로서 자격을 잃을 수도 있다.

"설마 우리가 탐욕 때문에 그 아이를 아내와 못 만나게 한다고 생각하는 건가? 대체 당신이 뭔데 우리 집안 문제에 참견을 하는 거지?"

"부인의 손자와 혈육 관계에 있는 사람의 의뢰를 받아 조사하고 있습니다."

"흠, 그런가? 그런 소년범죄자의 친척이라면 무슨 생각을 하는지 상상이 가는군. 목적은 어차피 돈일 테지."

"내 의뢰인은 그 소년과 한 번도 만난 적이 없고, 이름이나 주소도 모릅니다. 그걸 알아내는 게 내 일이니까요."

"그럼 어떻게 그 소년이 질이 나쁘다는 걸 아나?" 후시미가 그렇게 묻더니 짐작이 간다는 듯이 눈을 크게 떴다. "그 흥신소 여탐정이 말한 건가! 형편없는 사람이로군! 집사람에게는 그 소년에 대해 알리지 않는다, 그 비밀은 반드시 지킨다, 라는 약속을 받고 보수를 지불했는데."

"그 여자에게 협박을 당했습니까?"

"아니, 그런 적 없네. 협력의 대가로 내가 자진해서 지불했지."

"대체 얼마나?"

"아내가 조사를 의뢰할 때마다 오십만 엔씩."

"모두 이백만 엔입니까?"

"그렇소. 이거 그 여자에게 단단히 따져야겠군."

"살아서 병원을 나온다면 그러실 수 있겠죠."

"뭐라고……?"

나는 나루시마 게이코에게 무슨 일이 일어났는지 설명했다. 이야기를 듣는 그의 모습으로 미루어 알고 있던 것 같지는 않았다.

"놀랐네. 오늘 아침 신문은 대략 훑어보았는데 몰랐군. 하기야 이름과 흥신소 직원이라는 사실만, 아니 그게 그 여자 이야기인 줄 알길이 없었겠지만……."

"그 여자가 후시미 가문의 비밀을 쥐고 있다는 사실을 아는 사람이 당신과 양아들 이외에 누가 있나요?"

후시미는 고개를 저었다. 달리 아는 사람은 없다고 했다. 나루시마 게이코는 친척, 지인, 담당 주치의 등이 의논해 후시미 부인 문제에 어떻게 대응할 것인지 결정했다고 말했다. 그건 나를 끌어들이기 위해 과장해서 한 이야기일지도 모른다.

"후시미 씨, 문제의 그 소년, 이름과 주소를 알려주시겠습니까?"

"그건 거절하겠소. 그쪽에게 가르쳐주면 언젠가는 아내 귀에 들어갈 테니까. 아내를 위해서도 그럴 수 없지."

"그럼 아드님이 지금 어디 계시는지 아십니까?"

"사장은―아들 고헤이는 물론 메구로에 있는 '후시미야' 본점에 있겠지. 하지만……."

나는 레스토랑 전표를 들고 일어섰다.

"전화를 걸어 아드님에게 내가 만나러 갈 거라고 전해주세요. 그리고 두 분 모두 지난주 수요일 밤에 나루시마 게이코가 사고를 당한 시각의 알리바이를 기억해두는 게 좋겠군요."

"무슨 터무니없는! 대체 무슨 근거로!"

"내가 아니라 나루시마 게이코의 사고를 담당하는 경찰이 나서길 바라는 겁니까?"

후시미 료키치는 입을 다물었다. 나는 레스토랑 출구로 향했다.


# 4


후시미야 본점은 메구로 역 앞에서 곤노스케자카로 가는 길 중간에 있었다. 블루버드를 주차장에 세운 뒤, 해가 뉘엿뉘엿 저물고 차가운 바람이 불어오는 인도를 돌아 가게 안으로 들어갔다. 설날도 지났고 성년의 날도 지난 지 얼마 되지 않았건만 값비싼 옷감이나 화려한 전통의상 주변에는 나이를 가리지 않고 여성 고객이 붐볐다. '자숙' 모드쇼와 일왕 서거에 따른 애도 권장 기간가 풀린 거리는 또 돈 쓸 곳을 찾아 고민하기 시작한 모습이었다. 나는 안쪽 계산대로 가서 지배인으로 보이는 나이 든 점원에게 말을 걸었다.

"후시미 고헤이 사장을 만나고 싶습니다. 부친인 료키치 씨가 연락했을 거라고 생각합니다만."

"사와자키 씨이신가요?"

상대가 확인했다. 나는 그렇다고 대답했다. 지배인 같은 남자는 나를 카운터 뒤에 있는 종업원 전용 엘리베이터로 안내해 건물 이층까지 동행했다. 엘리베이터에서 내려 복도 오른쪽으로 막다른 곳까지 가니 다른 패널 도어와는 모양새가 다른 고급 목제 문이 있었다. 안내를 맡은 남자가 '사장실'이라고 적힌 명판 아래를 노크하자 기다렸다는 듯이 안쪽에서 문이 열렸다.

나하고 비슷한 연배에 잘생긴 남자가 얼굴을 내밀었다. 옛날 파트너인 와타나베가 성인이 돼서 양자로 들어갈 수 있는 사람은 팔십 퍼센트가 잘생긴 남자라고 했던 말이 떠올랐다. 양자의 첫째 조건은 능력이나 인격, 건강한 신체가 아니라 외모라고 한다. 그런데 그 이유가 사회통념과는 달리 인간은 외모가 뛰어난 사람에게 오히려 우월감을 품기 때문이라고 했다. 특히 외모만 뛰어난 사람에게.

"들어오시죠." 후시미 고헤이는 나를 안으로 맞이하더니 안내한 남자에게 '커피 좀 부탁해요. 그리고 내가 부르기 전까지는 아무도 여기 오지 않도록 해주시고. 전화도 연결할 필요 전혀 없습니다' 하고 문을 닫았다.

우리는 '메구로가조엔' 쪽으로 난 창문 앞 응접세트에 마주 앉았다. 후시미 고헤이는 어두운 남색 정장에 고급스러운 넥타이를 맨 차림새였다.

"아버지한테 연락받고 기다렸습니다." 그는 해외브랜드의 손목시계를 슬쩍 들여다보았다. "제가 '기모노협회' 리셉션에 나가야 해서 5시 조금 넘어서까지만 얘기할 수 있는데…… 가와사키 씨라고 하셨던가요?"

"사와자키입니다. 와타나베 탐정사무소의."

"실례했습니다. 아버지 말씀으로는 그 흥신소 여자 조사원이 사고를 당해 중상을 입었다던데."

나는 고개를 끄덕이고 담배에 불을 붙였다. 모직 소재의 기모노 차림의 여자 직원이 커피를 내려놓고 물러갔다.

"하지만 그렇다고 해서 저나 제 아버지에게 그날 밤 알리바이가 필요하다고 말씀하시는 건 너무 뜬금없지 않습니까? 당신을 만나기 전에 신문 기사를 훑어보았는데 그건 단순한 사고, 예를 들자면 그 여자가 육교 계단을 오르다가 발을 헛디뎠을 가능성도 있지 않을까요? 누가 공격했대도 그런 직업에 종사하니 남에게 원한을 샀을 가능성도 있을 테고. 그에 비하면 우리는 오히려 공존공영 관계였으니까요."

후시미 고헤이는 천천히 고개를 내저었다. 내가 말했다.

"그다지 굳건한 공존공영이라고는 할 수 없죠. 누군가 나루시마 게이코에게 이백만 엔에서 한 푼도 더 지불하고 싶지 않다는 생각이 들었을지도 모르고, 나루시마 게이코가 이백만 엔보다 훨씬 더 많은 돈을 탐냈을지도 모를 일이죠."

"역시 이야기가 그쪽으로 흘러갑니까?" 후시미가 웃으며 대꾸했다. "사와자키 씨, 당신은 어머니의 손자라는 소년이 형편없는 인간이라는 건 아시는 것 같은데, 얼마나 끔찍한 수준인지, 실제로 그 흥신소 직원의 자세한 보고서를 보기나 했습니까?"

"아뇨……. 하지만 무서울 정도로 흉악한 소년범죄자라고 들었습니다."

"그런 정도로는 부족하죠. 그 보고서만 보신다면 우리가 그 소년을 어머니에게…… 심장이 좋지 않은 어머니와 만나지 못하게 하려는 것이 지극히 당연한 결정임을 아실 겁니다."

"나루시마 게이코 건을 조사하는 경찰은 그렇게 생각하지 않을 겁니다."

"그렇겠죠. 문제는." 후시미는 커피를 한 모금 마셨다. "그 여자는 단순한 사고이거나 우리와 아무런 관계없는 다른 업무상의 트러블로 그런 일을 당한 게 틀림없습니다. 그런데도 경찰 수사가 우리에게까지 미쳐, 그간 애써서 어머니를 위험한 손자한테서 격리하고자 한 노력이 헛수고로 돌아가면 큰일이죠. 이런 말을 입에 올리기도 꺼려집니다만, 어머니 수명을 반쯤, 아니 훨씬 더 줄어들게 만들 겁니다."

후시미 고헤이는 의식적으로 애원하는 표정을 지어 보였다.

"자, 말씀하시죠. 우리는 이 건을 조용히 넘기기 위해 어느 정도 비용을 지불할 각오가 되어 있으니 당신의 요구를 들어봅시다. 물론 그 여자 탐정에게 지불한 금액보다 너무 많은 액수는 곤란합니다만."

나는 담뱃불을 테이블 위에 놓인 재떨이에 눌러 껐다.

"나는 당신 어머니의 손자와 친척인 사람의 의뢰로 조사중일 뿐입니다. 의뢰인에게 그 소년의 이름과 소재지를 보고하거나, 혹은 그 두 가지를 아는 사람의 이름을 알려주면 그만이죠. 하지만 당신도 당신 아버지와 마찬가지로 소년의 이름을 가르쳐주지 않을 모양이로군요."

"당연하죠."

"그렇다면 아버지와 당신, 나루시마 게이코라는 탐정이 그걸 알고 있다는 사실을 의뢰인에게 보고하겠습니다."

"그게 어머니에게 알려지면 어떻게 될지 알고 그러는 겁니까?"

그들의 논리는 계속 한 방향을 가리켰다.

"어머님은 심장발작을 일으킬지도 모르고 안 일으킬지도 모르죠. 당신들의 배려를 좋게 생각할지도 모르고 언짢게 여길지도 모르고."

나는 소파에서 일어나 문 쪽으로 향했다.

"잠깐만. 진짜 돈은 필요 없는 건가?"

그의 말을 무시했다.

"이봐, 잠깐만. 우리 이야기를 경찰에도 알릴 작정인가?"

후시미를 돌아보았다. 그의 안색이 변했다.

"왜 그걸 신경쓰나? 나루시마 게이코를 육교에서 떠민 사람이 당신인가?"

"말도 안 돼! 그런 짓을 할 리 없잖아."

나는 후시미 고헤이의 얼굴을 똑바로 바라보았다. 그는 시선을 피해 고개를 숙였다. 나는 소파 옆까지 돌아와 그의 대답을 기다렸다.

"실은…… 그닐 밤 나는 그 사고 현장과 아주 가까운 프린스 호텔 로비에서 나루시마 게이코를 만났어."

"흐음…… 무슨 일로?"

"빤하지 않은가. 그 여탐정은 입막음에 대한 마지막 대가라면서 오백만 엔을 요구했지."

"그러겠다고 한 건가?"

"할 수 없지 않은가. 요구에 응하지 않으면 모든 사실을 어머니에게 폭로하겠다고 하니……. 간신히 삼백만 엔으로 깎았지만 더는 깎을 수 없었어."

"그런 협박에, 게다가 계속 이어질지도 모르는 협박에 휘둘리면서까지 그 비밀을 지켜야 하는 건가?"

"처음에는 아버지와 나 양쪽에 요구해왔지. 아버지는 당신 말대로 그런 협박에 응하지 않겠다고 뿌리쳤어. 하지만 나는 그럴 수 없었지. 난 양자인 처지라 사장의 후계자라는 것 말고는 빈털털이 신세야. 그 여탐정이 어머니에게 모든 사실을 폭로하면 어떻게 되겠나? 틀림없이 어머니는 야무진 분이라 걱정할 일이 없을지도 몰라. 그렇지만 만에 하나라는 게 있지. 핏줄이 이어진 손자가 나타나 어머니 심장이 더 안 좋아져서 얼마 살지 못하시게 된다면 아무리 범죄자 손자라도, 아니 그런 손자니까 더 넉넉한 재산을 남겨줘야겠다고 생각할지도 모르지 않나?"

후시미는 점점 모든 걸 잃은 사람의 표정이 되어갔다.

"미리 말해두지만 이 후시미야의 토대는 전 점장, 돌아가신 내 친아버지가 오십 년이나 공들여 쌓아올린 거야. 오늘 이렇게 번창한 건 내 경영 능력 덕이 크고. 그렇게 일군 재산을 그따위 범죄자에게 아무리 일부라도 선뜻 내줄 생각은 없어. 아버지는 삼 년 뒤인 환갑 때 회장 자리에서 물러나고 당연히 그 자리는 내가 물려받기로 되어 있어. 그때까지는 입막음 비용이 좀 들더라도 만약의 사태는 피해야 해."

"그 이야기만 들으면 당신이 피해자로군. 경찰을 두려워할 일이 없지 않나?"

"하지만…… 나는 호텔 로비에서 조금 추태를 부렸어. 삼백만 엔을 순순히 건네기에는 부아가 치밀어 그만 나루시마 게이코를 유혹한 거야. 그랬더니 심한 욕을 하더군. 나도 버럭 소리를 지르고 말았지. 설마 그 뒤에 그 여자가 그런 일을 당할 줄은 상상도 못했기 때문에 거의 남들 이목도 신경쓰지 않았거든."

그건 후시미 고헤이가 나루시마 게이코에게 위해를 가할 생각이 없었다는 증거일지도 모른다. 하지만 그 일로 나루시마 게이코에 대한 악감정이 더욱 커져서 그 여자를 미행하고 삼백만 엔을 도로 빼앗은 다음 다시는 협박하지 못하도록 끔찍한 짓을 저질렀을지도 모를 일이다.

"만약 경찰이 그 여자와 내 연결고리를 알고 호텔에서 한바탕했다는 걸 들으면 내게 어떤 혐의를 둘지 빤하잖아."

그는 두 손을 모아 빌기라도 할 듯한 표정으로 나를 보았다.

"그 여자 의식이 계속 돌아오지 않고, 그런 짓을 저지른 범인도 찾아내지 못한다면 나도 그냥 모르는 척할 수는 없겠지. 하지만 지금은 내가 자진해서 경찰을 도울 이유는 없겠군."

후시미는 눈에 보이게 안도하며 가슴을 쓸어내렸다. 나는 다시 연락하겠다고 하고 문으로 향했다.

"사와자키 씨, 후시미 가문의 재산에 대해 내가 지금 한 이야기는 틀림없는 진심이야. 내가 어머니의 행복과 건강을 염려하는 것도……."

나는 등 뒤로 후시미 고헤이의 말을 들으며 사장실을 나왔다.


5


이튿날 저녁이 다 될 때까지 아무런 움직임도 없었다. 삼층 후지오 우표상회에는 하루 종일 '임시 휴업'이라는 플라스틱 팻말이 내걸렸고 의뢰인과는 연락이 닿지 않았다. 후시미 료키치와 고헤이,

나루시마 게이코 세 사람이 문제의 소년에 대한 정보를 가지고 있는 지는 아직 확실하지 않았기 때문에, 내가 특별히 후지오 씨와 접촉해야 할 이유는 없었다.

기타시나가와 응급의료센터의 미야자와라는 경비원에게 전화가 걸려온 것은 오후 4시쯤이었다. 가끔 임시로 일을 부탁받는 대형 경비업체에 줄을 댈 어젯밤에 연락해둔, 간사이 사투리를 쓰는 남자였다.

"307호실 환자가 어저께 의식을 회복한 건 이미 이야기했지?"

나는 들었다고 대답했다.

"그 뒤에 회복도 순조롭고 담당 주치의 허락도 난 모양이야. 오후에는 다카나와 경찰서 형사들이 와서 간단한 조사를 하고 갔어."

"그래서?"

"자세한 내용은 모르지만 어쨌든 환자는 자기가 부주의해서 일어난 사고라고 진술했다는 거야. 습격당하거나 누가 위해를 가한 게 아니라고 확실하게 이야기했다는군."

"경찰은 그 진술을 받아들였나?"

"본인이 그렇게 주장하면 어쩔 수 없겠지. 수상한 점도 있는 모양인데, 설사 그 여자의 진술이 거짓이라고 해도 어차피 남자관계이거나 집안 다툼이겠지. 경찰이 개입할 만한 문제가 아니지 않을까? 그래서 정기적으로 들러 확인하던 제복 입은 경찰관도 이제 안 보이더군."

미야자와는 소리 죽여 웃었다. 환자와 나는 업무상의 관계라고 해두었지만 그는 더 친밀한 사이라고 상상하는 듯했다. 나는 지금 그리 가겠다고 하고 전화를 끊었다.

경비원 제복을 입은 미야자와는 307호실 문을 열고 병상에 누운 환자가 나를 볼 수 있게 했다.

"이 사람이 면회하고 싶다는데 들여보낼까요?"

나루시마 게이코는 일인실 벽 쪽에 붙은 침대에 상반신을 비스듬히 일으킨 채 누워 있었다. 예상치 못한 문병객이 찾아와 놀랐지만 나루시마는 이내 웃는 얼굴로 들어오라고 했다. 미야자와는 의미심장한 미소를 지으며 병실을 나갔다. 나는 나루시마가 누운 침대로 다가갔다.

나루시마 게이코는 머리에 붕대를 여러 겹 감았고 왼손은 깁스를 한 채 어깨에다 붕대로 고정한 상태였다. 약간 창백한 얼굴 왼쪽 뺨에는 희미한 상처가 보였는데 언젠가는 완전히 아물 정도였다.

"좀 어떤가?" 내가 물었다.

"아주 안 좋죠. 그렇지만 약 덕분에 두통이 가라앉아서 오전보다는 편해졌네요."

우리는 약 십 초 동안 침묵했다. 나루시마는 내 눈을 들여다보며 일주일 전 나를 만났을 때를 떠올리고 그 뒤로 일어날 법한 상황들을 예측하면서 내 방문 의도를 탐색했다.

"그래, 후시미 부인의 의뢰는 잘 처리되고 있나요? 아니면 아직 그 소년 이름도 몰라서 나하고 공동전선을 펼칠 작정이시려나?"

"나는 후시미 부인의 의뢰를 받지 않았어. 부인은 그날 내 사무실을 방문하지도 않았지."

"뭐라고요? 거짓말이죠? 설마 그럴 리가……."

"후지오 세이조라는 사람 알지?"

"예. 아마 후시미 부인이 처음 우리 흥신소에 의뢰하러 왔을 때 같이 온 사람일걸요? 그 뒤에도 조사 결과를 보고할 때 한두 차례 함께 본 적이 있죠. 오십대 중반에 안경을 낀 사람."

"그는 내 사무실이 있는 건물 삼층에서 우표상을 하지."

"그럼 그날 부인은 후지오 씨에게 들른 거네요. 다른 흥신소에 의뢰하려는 게 아닌가 걱정하다 와타나베 탐정사무소 간판이 있는 건물로 들어가서 그만 착각한 거군요……. 탐정 자격이 없네요."

나는 창문 옆에 있는 접이식 의자를 가져와 걸터앉았다.

"그런데 사와자키 씨는 왜 여기 있는 거죠? 왜 날 찾아온 거예요?"

나루시마는 그렇게 물으며 이미 자기가 내놓은 답을 표정에 떠올렸다. 돈 냄새를 좇아 접근해오는 인간을 바라보는 눈이었다.

"나루시마 씨를 이렇게 만든 사람은 누구지?" 내가 물었다.

"예? 그런 게 아니에요. 누가 그런 게 아니라 육교를 내려오다가 그만 발을 헛딛었을 뿐이에요."

"여자가 핸드백이나 신분을 증명할 소지품도 하나 없이 밖에 돌아다니는 일은 없지."

"그럴 때도 있죠."

"후시미 고헤이한테 받은 삼백만 엔은 어디로 사라졌지?"

"그런 돈 몰라요."

나루시마 게이코는 눈썹 하나 까딱하지 않았다. 진짜 모른다면 표정에 변화가 있었으리라.

"삼백만 엔도 모르고, 부인에게 거짓 보고를 할 때마다 입막음 비용으로 받은 오십만 엔도 모른다?"

"돈이 넘쳐나 넋이 나간 그 아버지와 양아들이 무슨 소리를 했는지 모르겠지만 내가 그런 돈을 받았다는 증거는 아무것도 없어요."

나루시마는 실제로 탐정 이외의 일을 한다는 사실을 승명하는 미소를 지었다. 머리에 감은 붕대와 이마의 상처가 없었다면 더욱 매력적이었을 것이다.

"후시미 부인이 찾는 손자 말인데, 이름과 주소를 가르쳐줄 수 없겠나?"

침대 위에 누운 여자는 다시 미소를 지으며 고개를 저었다.

"어쨌든 당신 감각은 보통이 아니라는 걸 인정하겠어요. 그 니시신주쿠에 있는 사무실로 돌아가 얌전히 계시죠. 절대 해가 되게는 안 할 테니까."

나는 일어나 의자를 제자리로 돌려놓았다. 그리고 그녀의 얼굴에 손이 닿을 위치까지 가까이 다가갔다.

"여탐정님, 당신은 두번째 잘못을 저지르려고 해. 그때는 내게 의뢰인이 없었지만 지금은 의뢰인이 있거든."

"그게 누구지? 설마……."

"그 침대에 얌전히 누워 누군지 잘 생각해봐. 시간은 얼마든지 있을 테니까." 나는 병실 문으로 향했다.

"잠깐만요!" 나루시마 게이코가 나를 불러세웠다.

돌아보니 나루시마의 얼굴에 비로소 불안한 표정이 떠올랐다.

"이 이야기만은 해두어야겠어요. 사와자키 씨는 믿지 않을지도 모르지만 나도 유능하고 부지런하며 성실한 탐정이었죠. 후시미 부인이 찾는 사람을 발견했을 때, 처음에는 사실대로 보고하려고 노력했어요. 실제로 세 번이나 그분을 만나 사실대로 이야기하려고 했으니까요……. 그래도 그 소년은 너무 심해요. 한도를 넘었죠. 당신도 그 보고서를 읽었다면…… 나는 지금도 부인에게 사실대로 보고하는 건 잘못이라고 믿어요. 그분 주변 사람들과 의논한 것도 바른 조치였어요."

나루시마 게이코가 갑자기 지친 듯한 목소리로 말했다.

"그런데 그 뒤로 상황은 내가 전혀 예상하지 못한 엉뚱한 방향으로 움직이기 시작했죠."

"사람에겐 기회가 필요하다는 이야기 같군, 죄를 짓기 위해서도."

나는 나루시마의 창백한 얼굴을 뒤로한 채 병실을 나왔다.

엘리베이터 옆 흡연 공간에서 스포츠신문을 읽고 있던 경비원 미야자와와 함께 일층으로 내려갔다. 엘리베이터 안에서 약속한 사례비를 주고 일층 로비에서 헤어졌다.

나는 병원 사무국으로 갔다. 신청 용지 등이 놓인 카운터에서 수첩을 꺼내 전화번호 하나를 메모지에 옮겨적었다. 그러고는 창구로 갔다.

"무슨 일이시죠?" 젊은 여직원이 물었다.

"307호실 나루시마인데 외부로 건 전화번호를 알아봐주시죠."

직원은 경계하는 표정을 지었다.

"대단히 죄송하지만 그건 환자분 이외에는 보실 수 없습니다. 또는 정산하실 때……."

"그게 아니고 본인이 중요한 전화번호를 까먹어서요. 아마 이 번호가 맞을 것 같다고 하던데……." 나는 메모지를 직원에게 건넸다. "맞는지 아닌지 자신이 없는 모양이에요. 여기 내선에서 한 번 건 적이 있다고 하니 이 번호가 맞는지 틀리는지만 확인해줄 수 없습니까?"

"그러세요? 그런 거라면 괜찮을 겁니다. 307호실 나루시마 씨라고 하셨죠? 잠시 기다려주세요."

직원은 자리에서 일어나 이웃한 '회계'라는 표시가 있는 쪽으로 가서 자리가 빈 컴퓨터 스위치를 켰다. 잠시 조작하더니 찾는 정보가 나왔는지 화면에 얼굴을 갖다대고 내가 건네준 메모지의 전화번호와 대조하기 시작했다. 직원이 이런 번호는 아니라는 몸짓을 보인다면 바로 물러날 작정이었다. 나는 엄지와 검지를 모아 둥글게 만들어 맞는 번호냐고 물었다. 여자는 고개를 끄덕이며 나를 따라 오케이라는 신호를 보냈다. 나는 병원 출구로 향했다.

# 6

저녁이 되자 추위가 심해졌다. 나는 7시 조금 지나서까지 사무실에서 기다렸지만 삼층 후지오 우표상회는 계속 닫혀 있었다. 여느 때와 마찬가지로 창문 블라인드를 내리고 석유난로를 끈 다음, 코트를 입고 불을 끈 뒤 문단속을 하고 사무실을 나섰다. 집에는 차고가 없기 때문에 블루버드는 주차장에 세워둔 채 천천히 신주쿠 역 쪽으로 걸었다.

한 블록 걸은 다음 오우메 가도로 나가지 않고 지름길로 가는 척하며 왼쪽으로 꺾었다. 그리고 잰걸음으로 내 사무실이 있는 구역을 한 바퀴 돌아 주차장 쪽으로 돌아왔다. 주차장 너머로 어둠에도 섞여들지 못한, 시멘트를 바른 낡은 잡거빌딩을 올려다보니 삼층 안쪽 요도바시 박제사 창에만 불이 켜진 상태였다. 주차장을 사이에 두고 서 있는 비슷한 잡거빌딩 입구 부근의 어둠 속에 몸을 숨긴 채 나는 삼십 분을 기다렸다.

코트를 입은 몸이 차게 식고, 구두 속 발가락이 시렸지만 아직 바람은 불지 않아 다행이었다. 세 개비째 담배에 불을 붙이고 잠복 장소를 주차장에 있는 블루버드나 내 사무실, 삼층 가운데에 있는 빈 사무실로 바꾸면 안 될까 하고 직업의식을 상대로 협상중일 때 후지오 우표상회에 불이 들어왔다. 나는 담배를 끄고 건물 정면으로 돌아서 좁은 계단을 올라 삼층으로 갔다. 발소리를 들은 후지오가 마침 문을 열었다.

"아, 사와자키 씨? 자, 들어오시죠."

그는 사무실 안으로 들어갔다. 내가 문에 들어섰을 때 그는 칸막이 안쪽에 있어서 모습이 보이지 않았다. 뭔가를 만지고 있는 소리가 났다.

"이리 들어오세요. 지금 난로를 켤 테니까."

나는 칸막이 안쪽으로 들어갔다. 빈 사무실과 접한 벽 쪽으로 약간 낡은 대형 금고가 눈에 들어왔다. 반쯤 열려 있는 금고 문틈으로 안쪽 윗부분에 있는 수많은 작은 서랍이 보였다. 아마 값나가는 우표나 옛날 돈을 보관하는 모양이다. 난로에 불을 붙인 후지오가 나를 돌아보았다.

"잠깐 일 정리 좀 하겠습니다."

후지오는 책상에서 구두 상자 크기의 오동나무 상자를 꺼내 금고 아래쪽 빈 공간에 넣더니 금고 문을 닫았다.

"매입할 물건이 있어서 사이타마 쪽에 다녀오느라 사무실을 비웠습니다……. 설마 나를 기다리신 건 아니겠죠?"

"아뇨……." 나는 대답을 흐렸다.

"자, 이리 앉으시죠." 그는 방 바로 앞에 있는 작은 응접세트의 소파를 가리켰다. 내가 코트 차림으로 앉자 후지오도 맞은편에 앉았다.

"인스턴트커피라도 드릴까요?"

"아뇨, 신경쓰지 마세요. 다친 흥신소 직원인 나루시마 게이코가 전화를 걸어온 용건을 알려주시겠습니까?"

"아니! 그건, 어떻게……?"

"나루시마 씨 통화 기록에 남아 있더군요. 이곳 전화번호가."

후지오는 항의하려는 듯 입을 벌렸지만 이내 포기하고 양복 위에 걸친 스웨이드 점퍼 주머니에서 '하이라이트'를 꺼냈다. 한 모금 빨기까지가 자기에게 주어진 집행유예 기간이라는 듯이 천천히 담배에 불을 붙였다. 하지만 피우는 모습은 뻐끔뻐끔 초조해 보였다.

"그 여탐정이…… 전화를 걸어서……." 후지오는 또 말을 멈췄다.

"나루시마 게이코라는 이름은 어제 내게 이 건을 의뢰할 때 이미 알고 있었던 거죠?"

후지오는 안경 안쪽으로 흐린 눈을 두세 차례 깜빡이고는 괴로운 표정으로 담배 연기를 내뿜었다.

"어쨌든 그 여자는 전화로 요시에 씨의 손자 이름과 소재지를 알려줄 수 있다고 했습니다. 그 소년이 저지른 끔찍한 짓이나 과거 경력 같은 것도……. 그 보고서를 읽은 뒤에 후시미 부인에게 알려서는 안 되겠다는 판단이 든다면 자기와 손을 잡지 않겠냐고 제안하더군요."

"함께 후시미 씨 집안의 남자들에게 입막음 비용을 뜯어내자는 겁니까?"

"예, 그런 의미겠죠."

"그래서요?"

"일단 그 보고서를 보고 나서 할 이야기라고 대꾸했습니다."

"그 여자 반응은?"

"퇴원하면 바로 연락하겠다고 하더군요."

"그럼 어제 그 시점에 이미 후시미 부인의 손자에 대한 정보를 가진 인물을 아셨던 거군요. 그런데 왜 내게 조사를 의뢰한 겁니까?"

"그건…… 그 여자가 하는 말이 왠지 수상쩍어서 더 믿을 만한 정보를 하루 빨리 입수하려고……."

"이해가 안 되는군요. 나루시마 게이코는 왜 당신을 끌어들이려고 한 거죠? 돈이 생길 일을 굳이 다른 사람과 나누려고 하다니 이상하군요."

"그건……." 후지오가 말을 흐렸다.

"후지오 씨, 당신은 왜 나루시마를 다카나와 공원 육교 위에서 떠밀었습니까?"

"아니, 아니요! 난 그런 짓은……."

"그럼 내가 이 건물에서 나가기를 기다렸다가 여기 올라온 이유는 뭐죠?" 나는 소파에서 일어섰다. "만약 이 방을 뒤져서 아무것도 나오지 않는다면 그때부터 당신 이야기를 믿기로 하죠."

후지오는 얼른 책상 쪽을 보았다. 그러고는 바로 내 쪽으로 시선을 돌렸다. 그는 거의 무의식적으로 무릎 위에 떨어진 담뱃재를 손가락으로 튕겨낸 다음, 재떨이에 담배를 껐다. 그리고 얼굴 앞에 어른거리는 뭔가를 치우려는 듯한 손짓을 했다. 사실을 숨기기 위해 마련한 방어벽이 이제 번거로워졌다는 듯이. 다만 무엇부터 이야기하면 좋을지 판단이 서지 않는 표정이었다.

"당신은 후시미 부인이 여기 찾아온 날 내 사무실 또는 이 건물을 나가는 나루시마 게이코를 보았죠. 그렇지 않습니까?"

후지오는 그날 일을 떠올리는 눈빛으로 천천히 고개를 끄덕였다. 안경의 렌즈 연결 부분을 밀어올리고는 천천히 이야기를 시작했다.

"그 여자를 발견한 건 아래 주차장에서였습니다. 그 여자가 우연히 이 건물을 찾아왔을 리는 없겠죠. 요시에 씨를 미행한 게 틀림없다고 생각했습니다. 하지만 그것만으로는 부자연스럽고 뭔가 다른 이유가 있을 것 같더군요. 그러자 요시에 씨가 그 여자가 보고한 조사 결과에 의심을 품고 있다는 사실도 기억이 났죠. 그래서 그 여자 뒤를 밟기로 했습니다. 외제차를 내 낡은 코로나로 미행하기는 무리일 것 같았는데 다행히 야스쿠니 거리를 조금 달리다가 주차장이 있는 중화요리점에서 저녁식사를 하더군요. 그리고 거기서 후시미야에게 전화를 걸어 사장인 후시미 고헤이를 바꿔달라고 하더니 그날 밤 11시에 다카나와에 있는 프린스 호텔에서 만나기로 약속을 잡았습니다. 난 전화기 바로 옆자리에서 얼굴이 보이지 않도록 조심하며 앉아 있었습니다. 아무도 들을 사람이 없다고 생각해서인지 내 귀에도 또렷하게 들리는 목소리였죠."

나루시마 게이코는 후시미 부인이 내게 새로운 의뢰를 했다고 믿었기 때문에, 부인이 손자의 존재를 알기 전에 손에 넣을 수 있는 것을 얻어내려고 초조했는지도 모른다.

"프린스 호텔로 간 거군요."

"그렇습니다. 하지만 거기서는 두 사람에게 접근할 수가 없어서 무슨 이야기를 나누었는지 듣지 못했죠. 내가 아는 건 후시미 고헤이가 큰 봉투에 든 것을 마지못해 그 여자에게 건넸다는 것과 헤어질 무렵 뭐라고 말다툼했다는 사실뿐입니다."

"나루시마 게이코를 미행했나요?"

"그랬죠. 그리고 다카나와 공원 쪽으로 가는 그 여자를 불러 방금 그 만남에 대해 캐물었어요. 요시에 씨를 속이는 게 아니냐고. 그 여자는 후시미 부자가 입을 막고 있어 어쩔 수 없었다고 대답했죠. 그리고 요시에 씨의 손자 이름과 주소는 언제든 알려주겠다고 했습니다. 다만 그 소년이 어떤 인물인지 알게 되면 당신도 부인에게 알리지 못할 거라고……. 그새 마침 그 육교 계단을 다 올라간 지점이었어요. 나는 그 말에 화가 치밀어 후시미 부자와 뒷거래를 하는 탐정의 말은 믿을 수 없다, 아까 호텔에서 받은 물건이 무엇인지 보여달라고 다그쳤습니다. 그때 그 여자가 당황하면서 필사적으로 서류가방을 지키려 드는 걸 보니 나는 어떻게든 그 내용물을 봐야겠다 싶어서……."

후지오의 움켜쥔 두 손이 파르르 떨렸다.

"정신을 차리니 그때는 둘이 서류가방을 빼앗으려고 심하게 다투는 중이었죠. 그 여자가 힘껏 가방을 당기다가 한쪽 발이 계단을 헛디뎠습니다. 저녁까지 내린 비에 콘크리트 바닥이 미끄러운 탓이었습니다. 균형을 잃고 앗 소리를 지르며 계단에서 굴러떨어지더군요. 그 여자 이마에서 피가 났습니다. 그리고 꼼짝도 하지 않았고요. 나는 겁이 나서 내 손에 들린 서류가방과 다투다가 가죽 끈이 끊어지면서 길바닥에 떨어진 그 여자의 숄더백을 움켜쥐고 도망쳤습니다. 그 여자가 죽었다는 생각에 그런 물건만 현장에 남아 있지 않으면 그냥 사고로 보일지도 모른다고 생각했었습니다."

"서류가방에 든 건 뭐였죠? 삼백만 엔 이외에."

"흥신소 업무 관련 서류와 함께 모치즈키 마사타카라는 소년, 그러니까 요시에 씨의 손자로 보이는 소년의 혈연관계를 증명하려는 서류, 그리고 그 소년의 자세한 경력이, 아니 범죄 이력이 적힌 보고서가 들어 있었죠."

"그 여자가 병원에서 전화를 걸어 뭐라고 했습니까?"

"삼백만 엔과 면허증이 든 숄더백만 돌려주면 그 사고는 경찰에 알리지 않겠다고. 그리고 보고서를 읽은 감상은 어떠냐고 묻더군요."

"어떻습니까, 감상은?"

"그건 너무 심해서…… 아무리 피가 섞인 소년이라고 해도 그런 애를 요시에 씨와 만나게 할 수는 없죠. 나도 도저히 만나볼 마음이 들지 않았습니다. 죽은 형님에게는 면목이 없지만요……."

"그 보고서를 보여주시죠."

후지오는 책상 뒤에서 여성용으로 보이는 적갈색 서류가방을 꺼냈다. 책상 위에서 가방을 열더니 먼저 작은 숄더백을 꺼내고 삼백만 엔이 들어 있을 봉투 밑에서 끈으로 봉한 갈색 서류봉투를 꺼내 내게 건넸다.

"이건 제가 맡아두죠." 나는 소파에서 일어나 문 쪽으로 걸어갔다. 이번에도 그가 나를 불러세울 거라는 걸 이미 알고 있었다.

"잠깐만." 후지오는 서류가방과 그 내용물을 가리켰다. "이건 대체 어떡하면 좋을까요?”

“그건 당신과 나루시마 게이코 사이의 문제죠. 내 알 바 아닙니다.
내일 이틀에 걸친 조사비 청구서를 발행하겠습니다.”

“그야 상관없지만, 그렇지만…….”

“그렇지만, 뭡니까?”

“어쨌든 나는 돈에 눈이 어두웠던 게 아니고 그 탐정과 손을 잡을
생각도 없었어요……. 보고서 내용을 요시에 씨에게 전하지 않은 것
은 무엇보다 그분의 행복과 이익을 생각해서…….”

“그 대사는 이미 질리도록 들었습니다.”

나는 후지오의 사무실을 나왔다.


## 7


나는 사무실로 돌아왔다. 8시가 지난 시각이라 배가 고팠지만 그
런 건 아무래도 상관없었다. 나는 난로를 켜고 코트를 벗은 다음, 책
상 조명을 켜고 나루시마 게이코가 작성한 보고서를 꺼냈다. 보고서
는 두 묶음이었다.

하나는 간사이가 아니라 요코하마 미나미 구 신카와초에 사는 모
치즈키 마사타카라는 십팔 세 소년과 후시미 요시에의 혈연관계를
증명하는 서류였다. 후시미 요시에가 낳았지만 언니의 아들로 자라
일찍 세상을 떠난 가와노 마사요시와 그때 십구 세였던 모치즈키 히

로코가 내연관계임을 증명하고, 모치즈키 히로코의 아들인 사생아 마사타카가 가와노 마사요시와 부자관계임을 증명하는 서류였다.

여성 탐정답게 꼼꼼하고 자세한 조사가 이루어진 상태였다. 수집할 수 있는 한 많은 증언과 상황 증거, 방증을 갖춘 보고서였다. 고려할 수 있는 반대되는 증거, 즉 후시미 요시에가 모치즈키 마사타카의 친할머니가 아니라는 증거는 전혀 찾아낼 수 없다는 사실도 충분한 시간을 들여 확인을 마쳤다.

의학적인 서류도 첨부되었다. 가와노 마사요시가 죽을 때의 진료 기록에 기재된 혈액형 및 모치즈키 모자의 혈액형으로 보아 모치즈키 마사타카가 가와노의 친아들일 가능성이 높다는 내용이었다. 나아가 두세 가지 유전적 특징도 기록되었는데 그 가운데 후시미 요시에와 모치즈키 마사타카 두 사람 모두 심장이 오른쪽에 있는, 즉 '우흉심'이라고 부르는 신체적 특징이 있다는 사실도 주목할 만한 점이었다.

그리고 사진이 있었다. 모치즈키 마사타카의 이 년 전 사진 속 얼굴과 가와노 마사요시의 생전 사진 속 얼굴은 거의 동일인이거나 형제라고밖에 생각할 수 없을 정도로 빼닮았다. 소년은 할머니의 어린 시절 얼굴과도 많이 닮았다. 전체적으로 이 두 사람의 혈연관계를 의심하기는 매우 곤란해 보였다.

두번째 서류는 모치즈키 마사타카의 신상 조사 보고서였다. 범죄 이력은 열두 살 때 다니던 초등학교 교무실 파손 및 방화로 시작되었다. 중학교 때는 소년원에 자주 드나들었고, 그때마다 점점 더 심각하고 폭력적인 범죄에 물들어갔다. 공식 기록은 아니지만 열다섯 살까지 삼 년 동안 소년 때문에 다친 피해자는 열일곱 명에 이르렀고, 그 가운데 한 소년은 하반신 불수로 휠체어 생활을 하게 되었으며 얼굴에 상처를 입은 소녀 한 명은 자살미수, 교사 두 명이 실명하거나 심신 질환으로 퇴직했다는 내용이었다.

소년원에서 의무교육을 마친 모치즈키 마사타카가 사회에 나와 처음 한 일은 어머니인 히로코에게 폭행을 가해 전치 삼 개월이나 되는 중상을 입힌 것이었다. 그 뒤로 어머니의 집을 나와 주거가 일정하지 않은 생활을 하며 거의 절반은 소년교도소에서 보냈다. 그사이 검찰에 송치된 범죄만 해도 상해죄 일곱 건, 부녀자폭행죄 네 건, 강간죄 두 건, 사기 혐의 다섯 건, 방화 혐의 세 건, 살인 혐의 한 건이 기록되었다. 가출 후 두 차례 어머니 집에 돌아갔다는데 그때마다 어머니는 원인불명의 큰 부상을 입었다. 모치즈키 히로코는 심한 신경증 등의 정신장애를 일으켜 일 년 전부터 시내 정신병 시설에 수용된 상태였다.

모치즈키 마사타카는 보고서에 있는 날짜로 작년 가을 이전 삼 개월 동안은 폭력적인 범죄를 저지르지 않았다. 작년 4월에 요코하마 폭력조직 '이오구미'의 준조직원이 되어 각성제 밀매에 관계했기 때문이다. 작년 여름 전후로 각성제 중독 특유의 증상을 보이며 거리를 어슬렁거리는 모습이 여러 차례 목격되었다. 그리고 9월에 실시된 가나가와 현 경찰본부의 일제 단속 때 각성제와 흉기 불법 소지로 체포되어 지금은 이웃 현 소년교도소에서 복역중이다.

나는 담배에 불을 붙이고 다른 또래 소년과 특별히 달라 보이지 않는 모치즈키 마사타카가 건강하게 웃는 얼굴이 찍힌 사진을 집어 들어 다시 보았다. 이 서류를 작성한 조사원이 보고를 망설이며 두려워한 것은 당연했다. 그 공포가 고스란히 세 남자에게 전염되었다. 그리고 공포가 생겨난 곳에서는 반드시 쌍둥이처럼 탐욕이 싹을 틔웠다.

8

이튿날부터 나흘 동안 나는 요코하마에서 독자적으로 조사를 진행했다. 하지만 손에 있는 전임자의 서류 페이지를 약간 늘렸을 뿐, 기본적으로는 그 보고서의 정당성을 확인했을 뿐이다. 보고서를 보면 나루시마 게이코는 정확하고 유능하며 부지런하고 성실한 조사원이었다.

하루 걸러 월요일 아침에 나는 다이칸야마에 있는 후시미 저택이 보이는 레스토랑에 들어가 문으로 드나드는 사람들을 감시했다. 오전 9시에 후시미 고헤이 사장 부부가 금빛이 도는 갈색 '시마'를 타고 출근했다. 고헤이의 처가 후시미 요시에의 '옷맵시교실'을 이어받는 것 같았다. 오전 10시가 지나서 골프모자를 쓴 후시미 료키치가 크라운 승용차 뒷좌석에 골프가방을 싣고 고마자와 거리 쪽으로 달려갔다.

나는 가게 안에 있는 전화박스에서 후시미 저택으로 전화를 걸었다. 도우미인 듯한 여성이 바로 후시미 요시에를 바꿔주었다. 내가 손자라는 소년에 대한 신빙성 있는 정보를 가지고 있으며 믿어도 될 만한 사람이라는 사실을 납득시키는 데는 다소 시간이 걸렸다.

"그럼 그 보고서를 꼭 보고 싶으니 바로 이리 와주세요."

후시미 부인이 말했다.

"후시미 씨, 당신은 그 열여덟 살 소년이 귀여운 손자가 아니라 당신에게 바람직하지 못한 인간으로 성장했을 경우도 생각하고 계십니까?"

"예, 모든 경우를 생각했죠. 그 아이에 대해 생각한 시간만큼은 어느 어미보다, 어느 할미보다 많았으니까요……. 손자가 어떤 사람이든 나는 그걸 알아야만 하고 만나고 싶어요."

"또 한 가지. 부인께서 손자를 찾으면서 주위 사람들에게 미치게 되는 영향도 고려하신 적 있습니까?"

후시미 부인은 잠시 대답하지 않았다.

"……예를 들면 아들이, 아들은 양자인데, 그 애가 불안을 느낀다거나 하는 일 말인가요?"

"그렇습니다. 그런 부분도 포함하죠. 또는 손자에 대한 정보를 입수한 사람이 그 내용을 부인에게 알려야 할지 말아야 할지 결정하는 일조차 매우 어려운 결단이 되는 상황일 수도 있다는 사실도 포함해서 말입니다."

"무슨 말씀인지 압니다. 솔직하게 이야기하면 그 부분은 그다지

깊이 생각하지 못한 것 같군요. 나잇값을 못해 부끄럽습니다. 앞으로는 충분히 배려할 생각입니다. 그렇다고 손자를 찾는 일을 주저할 수는 없겠죠."

"실례지만, 심장이 좋지 않으시다던데."

"예. 하지만 주변 분들이 걱정할 정도는 아닙니다. 하시는 말씀을 들으니 무척 충격적인 소식을 들어야 하는 것 같은데 내가 뿌린 씨를 내가 거둘 만한 기력은 있습니다."

"괜찮으시다면 담당 주치의 선생님이 동석하는 조건으로 해주십시오."

"……알겠습니다. 오늘은 마침 일주일에 한 차례 검진받는 날이라 11시에 주치의 선생님이 오시기로 되어 있어요."

나는 11시 반에 찾아뵙겠다고 하고 전화를 끊었다. 한 시간 뒤 그 가게를 나와 후시미 저택으로 향했지만 발걸음이 그리 무겁지는 않았다.


후시미 저택을 나와 니시신주쿠에 있는 사무실에 들렀다. 일요일인 어제 후지오 우표상회는 이사를 했는데 후지오는 내게 짧은 편지를 남겼다.

'형의 손자를 만날 생각입니다.'

선택받은 남자

# 1

날이 궂은 4월 오후, 저녁이 가까운 무렵이었다. 하루이치방<sub>입춘 이</sub>

<sub>후 처음으로 불어오는 강한 남풍</sub>이라고 부르기에는 이미 너무 늦은 거센 바람

이 문득 생각났다는 듯 니시신주쿠에 있는 내 사무실 창문을 흔들

어댔다. 왠지 사람 마음에 파문을 일으킬 것 같은 분위기가 도시를

뒤덮었다. 학생들에게 취직을 미끼로 거액의 이득을 취한 구인구직

알선 회사 간부가 뿌린 돈으로 정계는, 아니 적어도 신문지상은 혼

란스럽기 짝이 없었다. '소비세' 때문에 넌더리가 난 사람들 눈에는

마침 사냥감이 표적을 붙이고 나타난 모양새였다. 하지만 사무실 안

은 그런 바깥세상과 격리된 양 아무 일도 없이 조용했고, 그것은 해

가 바뀌고 난 뒤 첫번째 일이었다.

전화를 건 사람은 나를 소개한 인물이 '가이후'라고 했다. 몇 달

뒤에 총리 자리에 앉게 될 가이후 도시키라는 정치가와 친분은 없었다. 사 년 전에 일어난 도지사 저격 사건 관계자 중 한 사람으로, 조후 역 근처에서 스탠드바를 하는 가이후 마사미라는 여성이었다.

"마사미 씨가 진짜 곤란해지면 신주쿠에 있는 와타나베 탐정사무소에 가서 상담해보라고 권했던 게 기억이 나서요……."

의뢰인은 신주쿠 가부키초에 있는 나이트클럽에서 경리로 일하는 가시와기 에미코라고 자기소개를 했다. 여자의 목소리에서는 곤혹스러움이 짙게 묻어났다.

"슌이치가, 제 아들인 슌이치가 좀 전에 전화를 걸어 골치 아프게 되었다, 큰일났다고 했습니다. 흥분한 상태라 뭐라고 하는지 제대로 알아들을 수 없었는데, 준이 죽었고 자기가 범인으로 몰릴지도 모르겠다고 하더군요. 그래서 당분간 집에 들어올 수 없지만 걱정하지 말라고……. 그 말만 하고 갑자기 전화가 끊어졌습니다."

"그 '준'이라는 건 누구죠?"

"아마 슌이치하고 어울리는 친구 같은데 잘은 모르겠네요. 그 애가 이야기할 때 가끔 나오는 이름인데……. 슌이치가 하는 말은, 그 애가 불량배가 되는 걸 인정해버리는 것 같아서 거의 귀담아듣지 않았거든요."

"남자인지 여자인지, 그 정도는 아시지 않나요?"

"아뇨……."

어머니의 목소리는 자신이 없는 듯 작아졌다.

"아이 아버지에게는 연락하셨습니까?"

"남편은 오 년 전에 교통사고로 세상을 떠났습니다. 아들과 저 둘이 사는데, 우리에겐 아무도 의논할 사람이 없어서."

"그래요……? 아드님은 몇 살입니까?"

"열다섯 살이 된 지 얼마 지나지 않았습니다. 중학교 이학년, 아니 4월에 삼학년이 되었습니다."

"아드님이 집에 들어오지 않을 때 갈 만한 곳을 아시나요?"

"그것도 모르겠네요. 슌이치가 학교에서는 불량학생처럼 굴어도 외박은 거의 하지 않았거든요."

"자주 어울리는 친구들을 가르쳐주시죠."

가시와기 에미코는 입을 다물고 말았다. 말하자면 아들에 대해 아무것도 몰랐던 것이다. 그런데 그녀가 갑자기 목소리를 높였다.

"맞아요. 청소년 선도위원인 그분에게 물어보면 그 애 친구라거나 자주 가는 곳을 알 수 있을 거예요."

관할 경찰서에 물어보면 알 수 있을 거라는 이야기는 입 밖에 내지 않았다. 대신 일단 선도위원과 상담해보면 어떻겠냐는 말과 함께 나를 고용할 경우 어떤 비용이 드는지 간단하게 설명했다.

"아뇨, 탐정님에게 부탁드릴게요. 저는 마사미 씨가 하는 말은 항상 믿으니까요. 그리고 그 애는 정말 나쁜 짓을 저질렀을 때는 제게 말을 하지 않아요. 아까처럼 제게 이야기를 할 때는 다른 사람이 한 짓이 자기 탓이 되거나 사람들이 잘못 알아 꾸지람을 듣게 된 경우예요. 그래서 그 애를 무조건 의심하지는 않을 만한 분에게 맡기고 싶습니다."

나는 기치조지 역 근처 주소와 청소년 선도위원의 이름, 연락처를 받아적었다.

"그럼 댁은?"

"오늘은 한 달 가운데 가장 바쁜 날이에요. 내일 직원들 급여가 나가야 해서……" 그녀는 괴롭다는 듯이 말했다. "조금 전에 지배인님께 조퇴할 수 있겠냐고 물었는데 도저히 허락받을 수 없어서……. 이유는 확실하게 이야기하지 않았네요."

두세 가지를 상의한 다음 그녀는 늦어도 12시까지 집에 가 있겠다며 전화를 끊었다.

나는 주차장에서 블루버드를 꺼내 오우메 가도를 서쪽으로 달려 니시오기쿠보를 지나 약 한 시간 뒤에는 기치조지 역 서쪽 출구 육교를 빠져나갔다. 도중에 시의원 선서 유세 차량을 여러 대 지나쳤는데 있지도 않은 한 표를 조르는 그 노골적인 웃음에 질리고 말았다. 그 주변은 정확하게 무사시노 시와 미타카 시 경계인 것 같았다.

6시가 넘어 황혼이 드리웠다. '주오 선' 남쪽을 고가와 나란히 미타카 역 쪽으로 400-500미터 달려 주택가로 들어섰다. 가시와기 에미코가 이야기한 연립주택은 쉽게 찾았다. 가르쳐준 이층 3호실은 어두웠고 문 옆 초인종을 계속 눌렀지만 아무런 응답도 없었다. 이웃집 문에서 쉰쯤 되어 보이는 주부가 얼굴을 내밀고 가시와기 씨는 일하러 나가서 지금은 집에 없다고 알려주었다.

"슌이치는 돌아오지 않았습니까?" 내가 물었다.

"아뇨. 이런 시간에 집에 있을 아이가 아니죠. 밤늦게 이따금 엄마와 말다툼하는 소리는 들었어도 요즘은 거의 보지 못했네요. 초등학교 때는 온순하고 밝은 아이였는데."

나는 가시와기 모자가 사는 아파트 계단을 내려와 블루버드를 연립주택 앞 공간에 세워둔 채 미타카 쪽 무라사키바시 거리까지 걸었다. 목적지인 '소분도'라는 문구점은 바로 찾았다. 나는 그 밝고 커다란 가게 입구 자동문으로 들어가려다 걸음을 멈췄다. 옆에 있는 넓은 유료 주차장 한쪽에 커다란 조립식 건물로 지은 사무실이 있었고, 그 옆에 내가 만나야 할 인물의 이름이 큼직하게 적힌 간판이 보였기 때문이다. 나는 조금 걸어 그 사무실 문을 열고 안으로 들어갔다.

바삐 움직이던 열 명 남짓한 남녀가 일제히 내 쪽을 보았다. 모두 입가에 직업적 웃음을 띠었지만 눈에는 내가 '적인지 아군인지' 탐색하는 눈치가 보였다. 근처에 있던, 와이셔츠 소매를 걷어올린 남자가 일어섰다.

"저어, 누구신지요? 무슨 일로 오셨습니까?"

"청소년 선도위원인 구사나기 이치로 씨를 만나고 싶어서요." 내가 말했다.

"청소년 선도위원이라고요? 아, 그런가? 그러니까 구사나기 후보를 말씀하시는 거군요."

탐정으로 밥을 먹은 지 십오 년이 되었지만 출마한 사람에게 뭔가를 물어야 했던 적은 일찍이 없었다.

# 2

후보자는 저녁식사중이니 잠시 기다려달라며, 나를 선거사무소 한쪽에 놓인 응접세트로 안내했다. 십오 분쯤 기다리는 사이에 약 쉰 통쯤 되는 전화가 걸려왔고 서른 명 이상의 사람이 분주하게 드나들었다.

"게야키바시 앞에 사는 하마다 씨 이야기로는 그 근처에 구사나기 후보 포스터가 한 장도 붙어 있지 않다고 하네요."

여대생처럼 보이는 선거운동원이 전화기 입을 막고 누구에게랄 것도 없이 말했다.

"곧 붙이겠다고 해." 짙은 남색 블레이저를 입은 남자가 바로 대답했다.

"그래도 거기는 포스터를 붙일 데도 없고 억지로 붙여도 오가는 사람들이 볼 수 있는 곳은 아닌데." 점퍼를 입은 젊은이가 투덜거렸다.

"아냐. 하마다 씨를 위해 붙이는 거야. 포스터 한 장으로 한 표를 확실하게 얻을 수 있다면 그걸로 괜찮지 않겠어?"

"하지만 포스터 남은 게 이제……." 점퍼 차림의 남자가 물고 늘어졌다.

"그렇다면 추가로 인쇄할게." 누군가 말했다.

"포스터도 없다니, 이런 식으로는 선거에서 이길 수가 없어." 블레이저를 입은 남자가 일부러 사람들을 자극하는 투로 말했다. 벽에

262

붙은 선거구 지도를 보던 나이 든 남자가 맞장구치듯 말을 보탰다.

"오늘도 여전히 후보자를 태운 유세차 한 대로 돌아다니는 모양인데 역시 수행 차량을 붙여야 허전해서 안 되겠어."

"그렇지만 후보자 스스로가 오늘 아침 회의에서 교통에 방해가 되어 운전자들에게 반발을 살 뿐이라며 수행 차량은 필요 없다고 했는데." 전화기 다섯 대가 나란히 놓인 자리에 앉은, 주부로 보이는 여성 운동원이 항의했다.

"후보자의 의견을 다 들으면 안 돼. 후보자는 사람들이 힘들까봐 사양하는 거야. 그런 건 선대본부에서 결정해서 빨리 준비해야지."

"그렇지만 수행 차량은 위반이잖아요?" 와이셔츠 소매를 걷은 남자가 걱정스러운 표정으로 물었다.

"바보 같은 소리." 나이 든 남자가 대꾸했다.

"그런 소리를 하면 선거를 치를 수 없어. 다른 후보들 모두 두 대, 세 대씩 거느리고 행차하듯 줄지어 돌아다니잖아."

"그렇지만 그렇게 하는 게 역효과가 난다는 의견도 있어요."

"선거란 말이야, 그런 걸 신경쓰다가는 망쳐." 블레이저를 입은 남자가 차근차근 설명하듯 말했다. "이것도 안 된다, 저것도 안 된다, 그러다보면 일주일은 후딱 지나가. 오늘부터 선거는 이미 후반전이야."

"사실 선거전은 공시하기 전에 끝난 셈이지만."

나이 든 남자가 말했다.

"누구야, 대체? 다 안다는 듯 선거는 끝났다느니 어쩌니 어설픈

소리를 지껄이는 게." 사무실 뒤편에서 우렁찬 목소리가 들려왔다.

돌아보니 왼발이 불편한 듯 절룩거리며 키가 큰 남자가 키는 작아도 체격이 다부진 남자와 함께 뒷문으로 들어왔다. 두 사람 다 나와 비슷한 사십대 초반으로 보였다. 와이셔츠 소매를 걷은 남자가 얼른 두 사람에게 다가가 내 방문을 알렸다. 두 사람은 동시에 고개를 끄덕이고는 내 쪽으로 다가왔다. 체격도, 얼굴 생김새도 전혀 다르지만 왠지 형제처럼 비슷하게 느껴지는 두 사람이었다.

내가 일어서려고 하자 다부지게 생긴 남자가 '아, 그냥 앉아 계세요'라며 내 맞은편 소파에 앉았다. 그는 상의 옆 주머니에서 찢어질 듯 부푼 명함지갑을 꺼내더니 얼굴 사진이 든 명함을 한 장 뽑았다. 그러고는 그걸로 앞의 허공을 때리기라도 하는 듯한 손놀림으로 내게 건넸다.

"구사나기 이치로입니다. 잘 부탁합니다."

"내게는 행사할 한 표가 없습니다. 와타나베 탐정사무소의 사와자키라고 합니다. 청소년 선도위원인 구사나기 씨에게 용건이 있어 찾아왔습니다. 혹시 선거 기간 중에 선도위원 일은 하지 않습니까?"

"아뇨, 그렇지 않습니다." 구사나기 후보가 말했다.

"아니, 맞아." 구사나기 옆에 선 키 큰 남자가 거침없는 목소리로 말했다. "선거 기간 중에는 '소분도' 사장 직무와 마찬가지로 선도위원 업무도 선대본부를 통해 처리한다. 항의해도 소용없어. 입후보자에게 인권 따위는 없으니까."

구사나기는 화를 내는 기색도 없이 씁쓸하게 웃으며 그 말을 들었다.

"이쪽은 선대본부장인 유사라고 하죠. 선대본부의 원칙은 그렇지만 선도위원의 책임은 연필이나 모조지를 파는 일과 다르니까요. 사와자키 씨라고 했나요? 어서 용건을 말씀하시죠."

"가시와기 슌이치라는 소년을 알죠?"

구사나기의 얼굴에 순간 동요하는 빛이 떠오르는 것 같았다. 눈을 깜빡거리는 동안 내가 멋대로 그리 상상한지도 모른다.

"슌이치에게 무슨 일 있습니까?" 구사나기는 걱정스러운 목소리로 물었다.

"그 아이 어머니 의뢰로 급히 찾아야 합니다. 준이라는 이름을 쓰는 친구 주소를 알고 싶군요. 그리고 슌이치가 곤란해졌을 때 갈 만한 곳이나 찾아갈 친구를 아신다면 그것도."

"슌이치에게 무슨 곤란한 일이라도 생긴 건가요?"

"그럴 우려가 있습니다. 어머니에게 그렇게 말하고 한동안 집에 못 들어온다고 전화를 걸었답니다."

구사나기는 소파에 앉은 채 전화 담당 여성들이 있는 쪽을 돌아보았다.

"누가 가시와기 슌이치한테 연락을 받지 않았나요? 받은 사람이 없다면 소분도에 전화해서 그쪽으로 연락이 오지 않았는지 확인해주세요." 그는 시선을 내게 돌리고 말을 이었다. "슌이치에게 곤란한 일이 생기면 그 내용에 따라 다르겠지만 맨 먼저 내게 전화가 올 겁니다.”

“어떤 내용일 경우입니까?” 내가 물었다.

“그건…… 그러니까 슌이치의 프라이버시와 관계가 있는 내용이
니 양해 바랍니다.”

“그럼 준이라는 친구 주소를 알려주실 수 없겠습니까?”

구사나기는 미간을 찡그리고 잠깐 생각했다.

“아뇨. 각자 문제를 안고 있는 애들이기 때문이에요. 불쑥 사와자
키 씨 같은 직업을 가진 분이 찾아가는 건……. 게다가 준이라는 이
름으로 불릴 수 있는 애가 두 명이라서.”

“슌이치는 거의 외박을 하지 않았다고 하던데, 그런 애가 한동안
집에 못 간다고 어머니에게 말했습니다. 어머니가 걱정하는 건 당연
하고 우리는 뭔가 손을 써야만 한다고 생각하지 않습니까?”

“가시와기 슌이치의 어머니는 두세 차례 만났는데 지금껏 자기
자식이 이른바 불량학생이라는 사실을 극구 인정하지 않으려 했습
니다. 그런데 그런 전화 한 통에 갑자기 공황상태에 빠지다니. 그렇
게 걱정된다면 좀 더 일찍 그랬어야 했을 때가 여러 번 있었죠.”

“그 애 어머니에 대한 비판은 언제 따로 듣기로 하고 지금은…….”

전화 담당 여성 한 명이 수화기를 내려놓고 보고했다.

“한 시간쯤 전에 소분도 쪽에 전화가 왔었답니다. 그때는 사모님
이 받아서 ‘남편은 선거 때문에 아주 바쁜데’라고 대답하셨고 ‘그럼
알겠어요’라며 전화를 바로 끊었다는데요.”

구사나기의 안색이 약간 변했다. 가시와기 슌이치가 그에게 전화

를 걸 때는 나름의 문제가 있다는 걸 의미하는지도 모른다. 구사나기는 얼른 손목시계를 보았다.

"앞으로 두 시간쯤 뒤, 8시가 지나면 나도 슌이치를 찾는 일을 도울 수 있습니다. 그러니……."

"잠깐." 선대본부장이라는 유사가 끼어들었다. "8시에 가두연설 활동은 끝나지만 그 뒤에도 득표 활동을 위한 스케줄이 빽빽해."

"8시부터 9시까지는 시간을 비워줘." 구사나기가 우기듯 말했다.

유사가 항의하려고 하는 순간에 사무실 바깥쪽 입구에서 파란 운동복 상하의를 입은 남자가 씩씩하게 들어왔다.

"유세 차량 준비되었습니다. 부탁합니다!"

구사나기 후보는 반사적으로 일어났다. 여성 운동원이 내민 이름이 적힌 어깨띠를 받아들며 내게 말했다.

"8시까지 기다려주세요. '복지'와 '청소년 문제'도 중요 슬로건으로 내걸고 입후보한 사람입니다. 이 건도 사와자키 씨에게만 떠맡길 수는 없죠."

그는 잰걸음으로 사무실을 나갔다.

사무실 안에 있는 나이 든 사람을 제외한 대부분이 조립식 건물 입구나 바깥 길로 이동해 후보자를 배웅했다. 유사는 내 쪽으로 허리를 굽혀 '소분도 안에서 기다릴 테니 그쪽으로 와요'라는 말을 남기고 뒷문으로 나갔다. 사무실 앞에서는 박수 소리가 났고 목소리가 꾀꼬리 같은 여성이 스피커로 힘찬 출발을 알렸다.

나는 소파에서 일어나 사무실로 돌아오는 운동원들과 스치며 입구로 향했다. 와이셔츠 소매를 걷은 남자에게 인사하고 밖으로 나왔다. 이미 땅거미가 지고 있었다.

소분도 안은 환하고 넓어서 우리 어릴 때와 비교하면 크리스마스 선물 가게와도 같이 알록달록한 문구나 학용품으로 넘쳐났다. 유사는 가게 한가운데에서 이층으로 이어지는 계단 아래에 서서 나를 기다렸다.

"사모님, 잠깐 이층 사무실 좀 쓰겠습니다."

그는 가게 계산대에 있는 여성에게 말을 건네고 승낙을 받더니 나를 가게 이층으로 안내했다. 계단을 오르니 이층 절반을 차지하는 갤러리 같은 공간이 오른쪽에 있었는데 거기서 '서예전'이 열리는 중이었다. 유사는 계단에서는 잘 모르겠던, 자유롭지 못한 다리를 끌면서 왼쪽 문으로 갔다. 문을 열며 '6시가 지났으니 아무도 없겠지'라고 중얼거리며 나를 안으로 들였다.

그곳은 사무실과 상품 창고를 겸한 공간으로, 안쪽 절반은 상품이 가득 쌓인 선반이 차지하고 있었다. 그 앞으로 아마 네다섯 명쯤 되는 종업원을 위한 것으로 보이는 사무용 책상이 놓여 있었다. 유사가 말한 대로 아무도 없었지만 창고가 있어서인지 조명은 켜둔 상태였다. 사장인 구사나기 것으로 보이는 커다란 책상 너머에 응접 세트가 있어서 우리는 거기 가서 앉았다.

"단도직입으로 말씀드리죠." 유사가 말했다.

"시의원 후보자에게 선거 기간 중에 한 시간이 어떤 의미인지 아시겠죠?"

"생각에 따라 다르겠죠. 당신에게 어떤 의미가 있는지는 상상이 가는군요."

"그럼 좋습니다." 그가 씩 웃고 말했다. "구사나기가 버리려고 하는 한 시간을—아니, 경우에 따라서는 그보다 더 들 우려가 있지만— 그 귀중한 시간을 되찾으려면 어떻게 해야 하죠?"

"글쎄요. 가시와기 슌이치의 친구 가운데 준이라고 불리는 두 명의 주소를 알면 나는 선거사무소에 돌아올 필요도 없고 구사나기 씨를 다시 만날 필요도 없을 것 같은데."

"알겠습니다."

유사가 일어나 사장 책상으로 다가갔다. 오른쪽 위에 있는 서랍을 열려고 했지만 잠긴 상태였다. 그는 가볍게 혀를 차더니 가운데에 있는 커다란 서랍을 열고 안을 뒤져 고리가 달린 작은 열쇠를 찾아냈다. 그 열쇠로 서랍을 열고 표지가 검은 큼직한 수첩을 꺼냈다.

"장난꾸러기들에 관한 페이지가…… 여기로군. 가시와기 슌이치 이름 부근에 분명히 두 명의 준이 있군요. 주소와 전화번호를 읽어드릴 테니 그걸 메모하고 여기는 다시 나타나지 마죠."

"수첩 그 페이지 전체를 복사해주면 좋겠군요."

유사는 발끈한 얼굴로 나를 노려보았다. 하지만 다퉈야 좋을 게 없다고 판단했는지 얼른 수첩 페이지를 훑어보았다.

"……뭐 괜찮겠지."

그는 사무실 구석에 있는 복사기 쪽으로 가더니 재빨리 복사해 돌아왔다. 복사지를 내게 건네고 수첩을 제자리에 돌려놓은 다음 자물쇠를 잠그고 그가 말했다.

"여기에는 조건이 있어."

그는 상의 안주머니에서 갈색 봉투를 꺼내 안에서 일만 엔짜리 지폐 몇 장을 꺼내 내 앞 테이블에 놓았다.

"자넨 이제 내게 고용되었어. 가시와기라는 소년에 관한 정보는 모두 내게, 구사나기가 아니라 내게 보고해줘. 어떤 일이 있어도 선거에 지장을 주고 싶지 않아."

나는 복사지를 접어 주머니에 넣고 일어났다.

"그 돈은 표를 모으는 일에 쓰는 게 낫겠군."

"멍청한 소리 하지 마! 우리는 후보자 서른일곱 명 가운데 가장 깨끗하게 싸우는 중이야. 쓸데없는 중상모략은 집어치워."

그는 조금 전에 보여준 위악적인 태도를 바꾸어 진지한 말투로 강조했다. 선거라는 것은 사람에게 연극처럼 행동하게 만드는 것인지도 모른다. 역할을 받아들일 수 없는 사람에게는 설 곳이 없는 세계 같았다.

"표도 사지 못하는 선대본부장이 탐정을 매수하려고 해봐야 소용없지."

나는 테이블 위에 있는 돈으로 내게 필요한 무얼 살 수 있을지 상상하면서 사무실을 나섰다.

# 3

그곳에서 걸어서 십이삼 분 거리인 '이노카시라 공원' 근처에 구와나 준코의 집이 있었다. '구와나 클리닝'이라는 간판을 단 좁은 가게 안으로 들어가 준코가 있느냐고 묻자 카운터 안쪽에 있던 어머니와 안쪽에서 다리미질하던 아버지가 바로 동요하는 모습을 보였다.

"딸은 좀…… 멀리 있는 친척 집에 가서 집에는 없는데요……. 우리 애한테 무슨 볼일이죠?"

아버지가 그렇게 대꾸하고는 불안하다는 듯 부부가 얼굴을 마주 보았다.

"멀리 있는 친척집이 어디인가요? 급히 물어볼 게 있는데 연락처를 알려주시면 고맙겠습니다."

"아뇨, 그게 저어…… 대체 무슨 일입니까?"

"친구 문제로 잠깐 물어보고 싶은 게 있습니다."

"친구라니, 그 불량한 녀석들 말인가요?" 아버지의 얼굴이 갑자기 험악해졌다. "그놈들하곤 벌써 한 달 넘게 만나지 않았고 다시는 어울리면 안 된다고 했으니 도움이 안 될 겁니다."

아이를 데리고서 장을 보고 돌아오는 여자 손님이 들어왔기 때문에 우리는 잠시 기다려야 했다. 손님이 나간 뒤 내가 말했다.

"그렇다면 전화 한 통이면 끝날 일입니다."

"거절하겠습니다. 이제 우리 애를 그냥 놔두세요."

나는 다른 한 명의 '준'을 찾아가보는 게 시간 낭비를 피할 것 같다는 생각이 들었지만 한 번 더 부딪혀보았다.

"소분도 구사나기 씨가 가르쳐줘서 찾아뵈었는데……."

어머니가 뭔가 하소연하는 표정으로 남편을 바라보았지만 남편
은 얼른 고개를 저었다.

"그럼 나중에……."

나는 세탁소를 나와 차를 가지러 가시와기 모자가 사는 연립주택
으로 돌아갈 참이었다. 어쩐 일로 필터 없는 피스를 파는 담배 자동
판매기가 있어서 담배를 샀다. 등 뒤로 달려오는 발소리를 듣고 고
개를 돌리니 구와나 준코의 어머니가 서 있었다.

"저어…… 딸에게 묻고 싶다고 하신 그 친구라는 게 누굴 말씀하
시는 건가요?"

나는 슌이치의 이름을 밝히는 게 나을지 잠시 고민했다.

"홋카이도에서 온 대학생……? 아닌가요?"

"아뇨, 가시와기 슌이치라는 중학생인데요."

"아아, 그 아이 말이로군요!"

어머니의 얼굴에 실망한 빛이 스쳤다. 뭔가 걱정거리를 안고 있는
게 분명한데 이 일과는 관계가 없는 느낌이었다.

나는 이 어머니에게는 사정 이야기를 조금 해두는 게 효과적이지
않을까 생각했다. 눈짓으로 준코 어머니를 남들 눈에 잘 띄지 않는
자동판매기 옆으로 이끌었다.

"저는 슌이치 어머니의 의뢰를 받아 그 애를 찾고 있습니다. 사실
'준이 죽었는데 내가 범인으로 몰릴 것 같아 몸을 피한다'는 내용의

전화를 걸었다더군요. 준이라는 이름은 슌이치 친구 중에서 댁의 준코 말고도 한 명 더 있는데…….”

“구보야마 준키 말인가요?” 준코 어머니의 얼굴에 갑자기 노기가 서렸다.

“친구라니, 말도 안 돼요. 사실은 그 불량한 녀석이 슌이치하고 우리 애를 옆길로 새게 만들었어요. 하지만 지금은 다들 싫어하는 진짜 불량배라서 상대하지도 않죠.”

“그랬군요. 제 용건은 그러니까 댁의 준코 양이 무사한지만 확인하면 됩니다.”

“그렇다면 아무 걱정 없어요. 딸이라면 아까 만났으니까…….” 그녀가 얼른 입을 다물고 겸연쩍은 표정을 지었다. “미안합니다. 사정이 있어서 딸은 다른 연립주택에 살고 있어요…….”

그녀는 말꼬리를 흐렸지만 딸을 끔찍하게 걱정하는 어머니의 표정만은 지우지 못했다. 나는 틈을 노리듯 담배의 비닐을 뜯어 한 개비 뽑아 물었다.

“제가 찾고 있는 준은 아무래도 다른 한 명인 모양입니다. 그런데 준코와 슌이치는 사이가 어땠습니까?”

“슌이치하고는 어려서부터 알고 지냈는데 준코가 초등학교, 중학교 두 해 선배죠. 구보야마 같은 몹쓸 녀석이 나타나기 전까지만 해도 이 동네 애들은 정말 사이가 좋았는데…….”

“따님을 잠깐 만날 수 없겠습니까?”

“예? 그건…….” 준코 어머니는 깜짝 놀라 세탁소 쪽으로 불안한 시선을 던졌다.

"잘 들으세요. 가시와기 슌이치는 '내가 범인으로 몰리게 되었기 때문에 몸을 숨긴다'고 어머니에게 이야기했답니다. 그 애가 따님에게 연락을 취할 가능성도 있지 않을까요? 준코가 이런 문제에 말려들면 어쩌시려고요. 가시와기 슌이치는 따님을 만나려고 할지도 모르고 최악의 경우에는 그 애가 정말 준의 죽음과 관계가 있을지도 모릅니다."

딸이 요즘 무슨 생각을 하는지 알지 못하는 어머니를 설득하는 데는 그다지 오래 걸리지 않았다. 남편한테는 비밀로 하고 남들 눈에 띄지 않게 나를 세탁소 뒤편에 있는 연립주택으로 안내했다.

'구와나소' 103호 인터폰 버튼을 누르고 엄마라고 말하니 금세 문이 열렸다. 낯선 동행인을 의심쩍은 표정으로 바라보는 열일곱 살쯤 되어 보이는 소녀를 곁눈질하며, 어머니는 현관에서 이어지는 거실로 들어가 내게도 들어오라고 했다. 나는 현관에서 괜찮다고 대답했다. 어머니는 딸을 내게 소개했다. 그리고 더듬더듬 내가 가시와기 슌이치 문제로 소분도의 구사나기 사장 소개를 받고 찾아온 사람이라고 딸에게 이야기했다. 아직 이름도 모르는 사람을 딸이 있는 곳으로 안내한 것을 후회하는 표정이 드러났다.

나이에 비해 어른스러워 보이는 준코라는 소녀는 거의 표정 변화 없이 무뚝뚝한 얼굴로 어머니가 하는 이야기를 들었다. 구사나기 이름을 들었을 때만은 약간 표정이 풀어진 듯 보였다. 물론 확신할 수는 없다. 나는 구와나 준코의 얼굴보다 아마도 임신 칠팔 개월은

되었을 그녀의 커다란 배에 신경을 빼앗기고 있었기 때문이다.

"나는 슌이치 어머니에게 의뢰받고 일하는 사와자키라고 합니다."

나는 그녀를 찾아오게 된 경위를 간략하게 설명했다.

"슌이치와는 어린 시절부터 친했으니 어머니에게 연락하기 전에 준코에게 먼저 연락하지 않았을까 싶은데, 어때요?"

임신한 소녀는 살짝 고개를 저었다. 준코한테서 내가 원하는 답을 듣기는 계좌도 없는 은행에서 돈을 인출하기보다 어려울 것 같았다.

"만약 그 애가 곤란한 상황에 처했다면 나는 내가 할 수 있는 모든 노력을 다할 생각인데……."

그렇게 말하는 나 자신도 믿기 힘든 느낌의 대사였다.

"슌이치한테서는 아무런 연락도 오지 않았어요." 준코는 전화기를 바라보며 대답했다. 전화는 준코와 나 사이의 거의 중간쯤인 옆방문 옆에 있었다. 예상했던 것보다 준코의 태도는 뻐딱하지 않았다.

"그런데 저는 병원에 다녀오느라 저녁때까지 집을 비워서."

"그럼 슌이치가 '준이 죽었는데 범인으로 몰릴 것 같다'고 한 말에 뭐 짚이는 부분은 없습니까?"

"아마……." 준코는 자기 어머니를 슬쩍 훔쳐보고는 말을 이었다. "유키오 이야기가 아닐까 싶네요. 유키오는 슌이치하고 같은 학년인데 요즘 계속 준에게 심하게 괴롭힘을 당했죠. 슌이치하고 제가 준이 하는 말을 전혀 듣지 않게 되자 유키오를 비롯한 다른 애들을 괴롭히기 시작했는데……. 유키오네 집은 준이 사는 연립주택 바로 근처라, 유키오네 어머니가 작은 음식점을 하는데 그 가게에까지 폐를 끼치는 모양이에요. 그래서 요 며칠 슌이치는 준을 불러내기도 하고 그러다 서로 주먹질하기 직전까지 가는 일이 있었던 것 같아요. 오늘 점심때도 유키오가 나한테 전화해서 슌이치가 준에게 이야기를 마무리하러 가겠다고 했는데 괜찮을지 모르겠다고 걱정했죠."

"너 아직도 그런 전화를 주고받는 거야?" 어머니가 비명에 가까운 소리를 질렀다. "이제 나쁜 애들하고 어울리지 않겠다고 했지? 아빠하고 한 약속은 어쩌고!"

"준 같은 놈과 어울리지 않겠다는 거지. 슌이치는 나쁜 애가 아니야."

"맨날 똑같은 소리……."

어머니와 딸의 말다툼이 일단락될 때까지 나는 기다리는 수밖에 없었다.

"슌이치가 몸을 숨기겠다고 할 때 어디 갈 만한 곳이 있는지 알면 가르쳐줘요. 그 애가 준이라는 아이의 죽음에 책임이 없다면 도망 다니는 게 결코 도움이 되지 않아. 그건 준코 양도 알죠?"

준코는 커다란 배에 손을 얹고 한동안 내 얼굴을 바라보았다. 내 마음속을 들여다보려는 듯한 시선이었다. 그 시선을 견뎌내기는 쉽지 않았다. 준코는 몸을 빙글 돌리더니 옆방 문을 열고 안으로 들어가서는 바로 와이셔츠 상자 같은 것을 들고 나왔다. 테이블에 내려놓고서 불룩한 배가 방해가 되자 몸을 살짝 낮춰 상자 뚜껑을 열었다. 그 안에는 수집한 것으로 보이는 종이 성냥이 잔뜩 있었다. 잠시 뒤적이던 그녀는 그중에서 두 개를 골라들고 내게 가지고 왔다.

"이거, 아케미라는 우리 삼 년 선배가 하는 '반'이라고 하는 스낵 바 성냥이에요. 오늘은 정기 휴일이지만 그 부근에서 무라코소라는 선배 남편이 작은 복싱 체육관을 해요. 슌이치는 중학교를 졸업하면 일하면서 그 도장에 다닐 거라고 했고 평소 무라코소 선배를 존경했죠."

"준코는 검은 바탕에 빨간 글자로 'BAN'이라고 적힌 종이 성냥 을 건넸다.

"아케미 선배라고……?" 준코 어머니가 얼굴을 찌푸리며 말했다. "졸업식 때 담임선생을 면도칼로 그었다는 애잖아? 너 그런 사람들 하고 어울리는 거야?"

"예전에 몇 번 그 가게에 간 적이 있을 뿐이야." 준코는 흰 성냥 하나를 더 내게 내밀며 말했다. "이 카페 이층에는 게임센터가 있어 요. 거기도 슌이치를 비롯한 애들이 모이는 곳이었는데 거기 가도 그 애들을 만나지 못할 거예요. 그 빌딩 뒤편 계단을 오층까지 올라 가면 그 게임센터 창고가 있거든요. 거기에도 게임기가 있어서 전원 만 꽂으면 누구나 공짜로 할 수 있죠. 사장도 묵인하는 아지트예요."

"그래? 정말 고마워요." 나는 성냥 두 개를 주머니에 넣었다.

"그렇지만 슌이치가 그런 곳에 있다면 아직은 크게 어려운 상황 이 아닐 거라고 생각해요. 진짜 곤란한 상태라면 소분도 구사나기 아저씨에게 가겠죠." 준코가 혼잣말처럼 덧붙였다.

나는 준코에게 만약 가시와기 슌이치한테 연락이 오면 슌이치 어머니나 나, 아니면 구사나기 쪽에 반드시 연락해달라고 부탁하고 내 연락처를 적어준 다음 그 연립주택을 나왔다.

딸에게 하고 싶은 말이 더 있어 보이는 어머니도 나를 배웅하듯 함께 따라나왔다. 큰길로 나오기 전에 딸의 배 속 아기 아빠를 자연스럽게 화제로 삼자 꺼리는 기색 없이 불만스러운 목소리로 대꾸했다.

"딸이 '상대는 내년이면 홋카이도에서 대학을 졸업할 예정인데 졸업하면 바로 함께 살기로 약속했으니 걱정하지 말라'고 할 뿐, 어디 사는 누구인지도 가르쳐주지 않네요. 그런 약속을 믿어도 될지 어떨지……."

큰길로 나오자 준코 어머니가 멈춰서며 물었다.

"슌이치가 준코에게 연락을 할까요? 역시 딸을 감시하는 게 낫겠죠?"

"글쎄요. 하지만 부디 신중하시길."

벌써 연락이 있었을지도 모른다고는 말하지 않았다. 나는 인사를 하고 다음 목적지로 향했다.


4


구보야마 준키가 사는 연립주택은, 구사나기 후보 수첩에 적힌 주소록 복사지에 따르면 '이노카시라 선'을 건너 기치조지미나미초에 있었다. 나는 일단 가시와기 모자가 사는 연립주택으로 돌아가 슌이치가 돌아오지 않았는지 확인한 뒤 블루버드로 이동했다. '젠신 자유명한 가부키극장' 근처에 차를 세워두고 이노가시라 거리를 남쪽으로 들어가 잠시 주택가를 살폈다. 주소록에 적힌 '파크사이드 세토'는 의외로 쉽게 찾을 수 있었다. 옅은 베이지색의 삼층 철근 건물로 아치형 입구가 있는 신축 건물이었다. 밤하늘에는 새카만 구름이 펼쳐졌고, 멀리서 천둥소리와 함께 구름 틈새로 번개가 번쩍였다. 이미 8시를 조금 지난 시각이었다.

구보야마 준키라는 이름을 끼운 팻말은 일층 끝 105호실 문에 붙어 있었다. 집 안에는 불이 켜진 듯 보였다. 나는 만약을 위해 차 키를 써서 문 옆 초인종을 한 차례 누르고, 이어서 계속 눌렀지만 아무런 응답도 없었다. 주머니에서 손수건을 꺼내 그걸로 손잡이를 덮고 돌려보니 문은 잠기지 않은 상태였다.

현관으로 들어가자 오른쪽 구석 신발장이 열려 있었는데 안이 흐트러져 있었다. 국지적인 대지진이 아니라면 누군가 집을 뒤진 게 틀림없었다. 현관과 이어지는 주방 겸 식당도 어수선하기 짝이 없었다. 변덕스러운 성격임을 엿볼 수 있는 알록달록한 신발더미 너머 그거랑 섞이지 않게 벗어놓겠다는 의도가 보이는 구두 한 켤레가 눈에 들어왔다. 그때, 안쪽 침실에서 불쑥 사람이 나타났다.

구사나기였다. 안색이 창백하고 술에 취해 속이 좋지 않은 사람처럼 넥타이를 느슨하게 푼 모습이었다. 이름이 적힌 어깨띠는 걸치지 않았지만 그래도 시의원 선거 입후보자가 따로 방문할 만한 집이라는 생각은 들지 않았다.

"당신이었군요……." 구사나기는 짐작이 어긋났다는 말투였다. 누구를 기다리던 걸까. "유사한테 주소록을 복사해갔다는 이야기는 들었습니다. 사와자키 씨가 먼저 와 있을 줄 알았는데."

"아뇨. 구와나 준코 집에 먼저 들르느라."

"준코는 슌이치가 어디 있는지 알던가요?"

"연락은 없었다고 하더군요."

구사나기는 얼굴을 찡그리며 고개를 끄덕였다. 그도 준코의 말이 사실인지 아닌지 판단이 서지 않는다는 반응이었다.

"그러고 보니 준코는…… 배 속 아기는 괜찮던가요?"

"내가 보기에는 그랬습니다."

구사나기는 그거 다행이네, 하고 중얼거렸다. 왠지 망연자실한 모습이었다.

"준은, 구보야마 준키는 찾았습니까?" 내가 물었다.

"아…… 끔찍해요…… 화장실 안에 있습니다."

구사나기의 얼굴에는 표정이 없었다. 끓어오르는 감정이 어느 한계를 넘어섰을 때 나오는, 그런 무표정한 얼굴이었다. 그는 자기 왼쪽 뒤로 보이는 문을 돌아보며 가리켰다.

나는 세면장에 쳐놓은 빨랫줄에 걸어둔 티셔츠를 포렴 헤치듯 가르며 반쯤 열린 문으로 화장실을 들여다보았다. 구보야마 준키의 시체는 거미줄이 쳐진 40와트 전등 조명을 받으며 입주한 뒤로 한 번도 청소하지 않은 듯 지저분한 양변기에 걸터앉은 모습이었다. 두 손은 뒤로 묶였고 그 줄은 등 뒤에 있는 벽을 타고 지나는 굵은 파이

프에 엮여 있었다. 그것이 시체가 바닥에 쓰러지지 않고 앉아 있는 이유 같았다. 팬티 한 장만 걸치고 있었고 아마 재갈을 물릴 때 사용했다가 풀어놓은 것으로 보이는 수건이 목에 걸쳐진 상태였다. 팬티에는 숨이 끊어지는 순간 나왔을 배설물의 얼룩이 번져 있었고 아래거기가 사타구니 사이로 힘없이 축 늘어졌다. 악취가 코를 찔렀지만 장소 탓인지 그다지 마음에 걸리지는 않았다.

시체는 건강하지 못한 사람처럼 야위었고, 살이 없는 얼굴 한가운데의 두 눈은 너무 이른 죽음을 받아들일 여유는 없다는 듯 허공을 바라보았다. 천둥이 치기 전에 화장실 창문이 두세 차례 번쩍거려서 마치 죽은 사람의 얼굴이 순간 움직인 것 같다는 착각을 불러일으켰다. 턱이 빠진 건가 싶게 크게 벌린 입 주변에는 피를 토한 자국이 있었고, 그 피는 수건을 적시며 가슴까지 흘러내려 응고되었다. 죽은 지 시간이 꽤―아마 만 하루 가까이― 흐른 듯했다. 사인은 짐작할 수 있었다. 안면, 흉부, 복부에 집중된 시커먼 멍은 내장파열 때문인 듯했다. 두 다리의 허벅지에는 담뱃불로 지진 흔적이 열 군데 이상 남았다. 왼팔 윗부분에는 수많은 주삿바늘 자국이 보였지만 사인과 직접적인 관계가 있다기보다는 각성제를 상습적으로 투여하던 사람이라는 사실만 드러낼 뿐이었다. 다만 거친 폭행이 이루어졌다고 해도, 십칠팔 세인 젊은이에게 이렇게 이른 죽음이 찾아오게 한 미미한 이유가 되기는 했으리라. 세면장과 화장실 사이에 반쯤 열린 문 옆에는 폭행을 가한 사람이 억지로 벗겨서 뭉쳐놓은 듯한 봄철 스웨터와 티셔츠, 청바지 등이 보였다.

주방 겸 식당으로 돌아오니 구사나기는 상당히 진정된 모습이었다.

"대체 여기서 무슨 일이 일어난 거죠? 준은 그냥 두면 악에 물들어 제대로 된 인생을 살 수 없을 불량배였지만, 설마 저리 끔찍하게 죽을 줄이야……."

구사나기는 화장실 문을 바라보던 시선을 이쪽으로 돌렸다.

"준을 저렇게 만든 녀석은 뭔가 중요한 것을 찾았던 게 틀림없습니다."

"그게 누구인지 짐작이 갑니까?"

"아뇨, 전혀. 물론 준과 사이가 나빴던 녀석을 꼽자면 열 손가락으로도 부족하겠지만 아무리 그래도 저렇게 끔찍한 짓을 저지를 만한 녀석은 떠오르지 않네요."

"가시와기 슌이치도 사이가 나빴습니까?"

"당신은, 저게 슌이치가 저지른 짓이라고……?"

"그런 걸 조사하기 위해 내가 고용된 겁니다."

"그랬군요……. 하지만 이 말만은 해두죠. 이 사건은 내가 담당하는 청소년 선도와 관계가 없다고 단언할 수 있어요. 내가 담당하는 소년들은 절대로……."

"구사나기 씨." 나는 그의 열변을 제지했다. "나는 당신 선거구의 유권자가 아니라고 했고, 특종에 굶주린 신문기자도 아니에요. 그러니 피차 앞으로 어떡할 건지 대책을 강구하는 편이 낫겠죠."

"무슨 말이죠?"

"나는 직업상 경찰들 사이에서 약간 평판이 좋지 않은 사람입니다. 일 초라도 빨리 이 자리를 뜨고 싶군요. 가시와기 슌이치를 찾아 내 의뢰인의 요구에 응하기 위해서도 말이죠. 당신은 어떻습니까? 이런 데서 멍하니 있는 게 득표에 무슨 도움이 되겠습니까?"

"아뇨, 그건 아니지만……." 그는 시의원 선거 후보라는 자기 처지를 떠올렸다.

"그렇지만 이걸 이대로 놔둘 수는 없죠."

"준을 살해한 범인은 어쩌면 지금 이 연립주택을 감시하는 중인지도 모릅니다. 그런데 가시와기 슌이치, 당신, 그리고 나 같은 얼빠진 조문객이 줄을 잇고 있어요. 지금 경찰에 신고하면 자기가 저지른 죄를 누군가에게 뒤집어씌울 수 있다고 생각할지도 모릅니다. 그게 당신이라면 아마 신문기자들은 신바람이 나겠죠."

구사나기는 씁쓸하게 웃으며 잠시 생각했다.

"적어도 맞수 후보를 기쁘게 만들고 싶지는 않군요. 어쨌든 여기서 나갑시다." 그는 행동에 옮기자 기민해졌다.

나는 구사나기의 뒤를 따라 걸으며 실내를 둘러보았다. 시간을 내서 살피더라도 이렇게 혼란스러운 현장에서 뭔가 단서를 잡기는 불가능하다고 판단했다. 구사나기가 현관문을 열었을 때 또다시 번개가 쳤다. 벼락 소리는 들리지 않았지만 빗방울 떨어지는 소리가 들리고 축축한 공기 냄새가 났다. 시체에서 나는 악취에 비하면 어떤 공기라도 고마웠다.

구사나기가 타는 어두운 남색 크라운은 내 블루버드와 200미터도 떨어지지 않은 곳, 건설중인 빌딩 공터에 주차되어 있었다. 구사나기는 앞으로 어떻게 할지 의논할 필요가 있다며 나를 불러세웠다.

"그전에 당신 소지품을 보고 싶군요." 내가 말했다.

"뭐라고요……?" 가로등에 비친 구사나기의 얼굴이 분노로 일그러졌다.

"특히 그 상의 오른쪽 주머니에 불룩 튀어나온 물건이 뭔지. 살인 현장에서 뭘 가지고 나온 겁니까?"

구사나기는 반사적으로 한 걸음 뒤로 물러나며 방어 자세를 취했다. 하지만 내게 싸울 생각이 없다는 걸 눈치채더니 바로 마음을 놓은 듯했다. 그는 별수 없다는 듯이 상의 주머니에서 시커먼 물건을 꺼내 내게 건넸다. 차양이 달린 접힌 모자였다. '존 플레이어 스페셜'이라고 자수로 새긴 마크가 있었고 꽤 낡았다. 뒤집어 안을 들여다보니 사이즈 숫자가 있는 태그에 거의 지워진 'S · K'라는 머리글자가 보였다.

"가시와기 슌이치의 물건인가요?"

구사나기는 머뭇거리다가 이윽고 고개를 끄덕였다.

"이 모자와 똑같은 걸 슌이치도 쓰고 있었죠. 화장실 앞 세면대 바닥에서 발견했습니다. 아마 시체를 발견하고 놀랐을 때 세면대 쪽에 있던 빨랫줄에 걸려 떨어졌겠죠. 모자를 쓰려면 좀 제대로 쓰고 다니라고 늘 말했건만……. 어쨌든 슌이치가 그런 끔찍한 짓을 저지른 범인이 아니라는 건 확실하니까 혐의를 뒤집어쓰지 않게 하려고⋯⋯."

"범인이 아니란 게 확실하다니요?"

"내가 청소년 선도위원으로 십사 년을 일했습니다. 그런 건 아이들과 오래 어울려 지내면 알 수 있게 되죠."

"호오⋯⋯ 오래 어울려 지내면 알 수 없다는 걸 알게 되는 줄 알았는데요."

구사나기는 나를 노려보더니 이내 씁쓸하게 웃었다.

"그런 측면도 있죠. 난 슌이치가 나쁜 짓을 전혀 안 했다고 하는 게 아니에요. 어쩌면 누군가를 다치게 한 적도 있겠지요. 상대가 준 같은 불량배라면 더욱 그렇죠. 하지만 저런 끔찍한 짓을 저지를 애는 아닙니다."

나는 슌이치의 모자를 구사나기에게 돌려주며 말했다.

"다른 소지품도 봅시다."

구사나기의 얼굴이 다시 험상궂어졌는데 이번에도 오래가지 않았다.

"내가 당신 입장이라도 같은 요구를 하겠지. 아니, 사실은 똑같은 짓을 그 애들에게 몇 번이나 했어. 소지품을 보여달라고 했을 때 그 애들이 느꼈을 기분을 이제야 알겠군요."

구사나기는 슌이치의 모자를 승용차 보닛 위에 두고 자기 주머니를 뒤지기 시작했다. 상의 안주머니에서 수첩을, 왼쪽 주머니에서 명함지갑을, 바지 주머니에서 크라운 승용차 키와 동전을, 엉덩이 주머니에서 지갑을 꺼내 계속 내게 건넸다. 구보야마 준키의 방에서 나온 것이 아니라는 것만 확인하면 바로 크라운 보닛 위에 얹어놓았다.

"안주머니가 하나 더 있죠?" 내가 집요하게 물었다.

"이런 주머니에는 아무것도 넣은 게……." 오른쪽 안주머니 위를 더듬던 구사나기의 안색이 변했다. "아니, 이 주머니에 물건을 넣은 적이 없었는데 오늘은 예외로군. 그렇지만 이건……."

구사나기는 잠시 머뭇거렸지만 결심한 듯이 주머니에 든 물건을 꺼내 내게 건넸다. 갈색 봉투였는데 꽤나 두툼했다.

"이백만 엔이 들어 있죠." 구사나기가 화난 목소리로 말했다. 그리고 해명하듯 말을 이었다.

"오늘 밤에는 9시부터 내가 소속된 상점연합회 모임이 있는데 선거 응원 모임을 열어줄 예정이었습니다. 일이 이렇게 돼서 선대본부장인 유사가 나 대신 가서 사정을 설명하고 있을 텐데 이 돈은 유사에게 줬어야 할 돈이었죠."

"시의원 선거 후보자가 돈다발을 품에 넣고 다니는 게 그리 놀랄 일은 아니죠."

구사나기는 내 말이 농담인지 진담인지 판단을 못 하는 듯했다.

"오해하면 곤란합니다. 그 모임에는 포스터를 부탁한 인쇄소 사장도 오고, 간판 만들 재료를 부탁했던 자재점 사장도 나와요. 주차장을 선거사무소로 빌려준 부동산중개사도, 사무실에 식사를 대주는 배달음식점 사장도 나오고. 그래서 내친 김에 지금까지 밀린 금액을 지불할 예정이었던 거지 절대로 수상한 돈이 아닙니다."

갑자기 빗발이 굵어지더니 천둥이 쳤다. 나는 이백만 엔이 든 봉투를 구사나기에게 돌려주었다. 그는 보닛 위에 놓인 소지품을 서둘러 챙기면서 말했다.

"내 차를 타시죠. 앞으로 어떻게 할지 계획을 이야기해봅시다."

"당신은 선거운동을 열심히 해요. 난 내 일을 할 테니까."

"그럴 순 없지. 내가 가출한 소년들을 찾으러 몇날 며칠 길거리를 헤맸는지 당신은 상상도 못 할 거요. 내가 시의원이 되려는 이유 가운데 하나는 '그 애들'을 생각하기 때문이죠. 시의원이 되기 위해 이건을 당신에게만 맡겨둬야 한다면 선거 따윈 될 대로 되라 하죠."

구사나기는 나를 재촉해 크라운 승용차에 태웠다.


5


우리는 크라운 승용차로 블루버드를 주차해둔 곳까지 가서 내 요구에 따라 블루버드로 갈아탔다. 처음에 발견한 공중전화로 내가 경찰에 '파크사이드 세토 105호실 화장실에 시체가 있다'고 신고했다. 내 이름과 주소를 묻기 전에 수화기를 내려놓았다. 그리고 '무라코소 복싱 체육관'이 있는 스기나미 구 니시오기쿠보 외곽까지 블루버드로 달렸다. 비는 이제 본격적으로 쏟아지기 시작했다.

구와나 준코에게 들은 대로 체육관 가까이에 있는 '반'이라는 스낵바는 휴업중이었다. 우리는 빗속을 조금 걸어 불빛이 보이는 체육관 문을 열었다. 먼지와 땀, 피 냄새가 뒤섞여 패배와 폭력이 둥지를 튼 공간이라는 인상을 받았다―다만 합법적인 폭력이다. 한복판에 있는 상당히 낡은 링에는 아무도 없었다. 그 안쪽에서 대학생 정도로 보이는 자그마한 남자가 운동복 차림으로 섀도복싱을 하는 중이었다. 링 옆에 있는 나무로 된 둥근 의자에는 KO패를 당한 듯이 머리를 감싸쥐고 상반신을 벗은 남자가 앉아 있었다. 창가에서 담배를 피우던 남자가 우리를 보고 다가왔다. 나보다 약간 젊은 삼십대 후반의 남자로 오른팔이 바깥쪽으로 조금 더 늘어진 느낌이 들어 부자연스러워 보였다.

"무슨 일이죠?" 목소리나 얼굴이나 축 처진 오른팔이나 두루 심기가 불편하다는 느낌이었다.

"가시와기 슌이치라는 중학생을 아시죠?" 내가 물었다.

남자는 짧아진 담배를 연기가 맵다는 듯이 빨아들이며 잘못 보았나 싶을 정도로 살짝 고개를 숙였다. 그렇게 하면 내 물음에 부정을 한 셈이 된다는 듯이.

"오늘 저녁 이후에 슌이치로부터 연락이 없었나요? 아니면 여기를 찾아오지는 않았습니까?"

"아뇨, 여기 오지 않았습니다."

"연락은?"

"글쎄요. 전화는 집사람이 받아서……."

"부인은 지금 계십니까?"

"그런데 당신들은 가시와기에게 무슨 용건이죠? 그것도 말하지 않고 질문만 해대니 마음에 들지 않네요."

새도복싱을 하던 남자가 동작을 멈추고 임시 스파링 상대를 발견했다는 표정으로 우리를 바라보았다. 내 뒤에 있던 구사나기가 헛기침을 하면서 한 걸음 앞으로 나섰다.

"아뇨, 우리는 이상한 사람이 아닙니다. 슌이치를 걱정해서 찾아온 겁니다."

그때 체육관 안쪽 문이 열리더니 화장이 짙은 스무 살쯤 된 여자가 나타났다.

"혹시 소분도 아저씨…… 아니세요?"

"아, 아케미 아니니? 완전히 어른이 되었구나. 여기가 너희 집이야?"

구와나 준코의 어머니가 담임교사를 면도날로 그었다던 그 여자인 모양이다. 그럴 만한 사람 같기도 하고 그렇지 않을 것처럼 보이기도 했다. 여자는 바로 구사나기를 남편에게 소개했다. 남편의 태도가 완전히 달라졌다.

"아, 저는 무라코소입니다." 그가 허둥지둥 담배를 바닥에 던졌다. "집사람이 전에 폐를 많이 끼쳤다고 자주 이야기했습니다. 한번 찾아뵙고 인사를 드릴 작정이었는데……."

인사를 마치고 아케미가 쌍둥이를 낳았다는 근황 보고가 끝날 때까지 몇 분이 걸렸다. 내가 끼어들 틈은 없었다.

"슌이치가 6시 넘어서 전화를 했어요." 아케미가 말했다. "그리고 의논할 일이 있으니 바로 이리 오겠다고 하고 전화를 끊었는데 아직 오지 않았네요. 기치조지 역에서 전화한다고 했으니까 이삼십 분이면 도착할 줄 알았는데……. 그 뒤로는 아무 연락도 없어서 걱정하던 참이에요."

결국 그 이상의 실마리는 없었다. 구사나기는 슌이치한테서 연락이 오거나 여기 나타나면 반드시 소분도에 있는 아내에게 연락하게 하라고 두 사람에게 당부했다. 나는 그들에게 소개조차 되지 않았다. 하지만 그럴 필요도 없었다.


구와나 준코한테 빌은 성냥 가운데 남은 하나인 카페는 기치조지역 북쪽 출구 쪽 이세탄 백화점 근처에 있었다. 우리는 거기서 커피를 마시며 구사나기가 전화로 호출한 이층 게임센터 사장을 기다리는 중이었다.

"이 주변에는 나하고 치열하게 경쟁을 벌이는 사쿠라라는 후보를 지지하는 사람이 많은 상업지역이죠. 시의원 재선에 도전하는 후보자입니다." 구사나기는 계속 주변에 신경을 쓰더니 이렇게 설명했다. 계산대 뒤쪽 벽에는 콧수염이 난 길쭉한 얼굴 아래 '사쿠라 도모유키'라고 인쇄된 후보자의 포스터가 나란히 두 장 붙어 있었다.

아키요시라는 게임센터 사장은 구사나기가 배고프다며 주문한 샌드위치와 함께 우리 테이블에 모습을 나타냈다.

"이런 시간에 시의원 후보가 또 무슨 용건이신가요? 설마 내 한 표가 꼭 필요하다는 건 아닐 테고?"

우리 또래로 보이는 머리숱이 적은 남자는 오렌지주스를 주문하고 나서 생색을 내며 말했다. 선거철인 만큼 할 말은 이미 그렇게 정해져 있다는 표정이었다.

"아키요시, 잘 들어. 오층에 있는 불법 게임장은 이달 안으로 폐쇄해. 애들을 자극하지 않도록 뭔가 적당한 이유를 붙여서. 알겠나?"

"어, 어디서 그런 소리를……?"

아키요시의 건방진 태도는 양면으로 뒤집어 입을 수 있는 코트처럼 이내 자취를 감추었다. 구사나기가 아키요시의 물음에는 대꾸도 하지 않은 채 샌드위치를 베어물며 심각한 눈빛으로 뚫어지게 바라본 것이다.

"물론 고, 곧 오층을 정리하겠습니다만."

"내 말을 듣지 않았나? 폐쇄는 이달 중으로 하면 돼. 그보다 우선 우리 질문에 답해줘."

"아, 예."

아키요시는 상의 가슴주머니에서 손수건을 꺼내 이마에 난 땀을 닦았다.

"가시와기, 제3중학교에 다니는 가시와기 슌이치가 오층에 놀러와 있지?"

"아뇨, 분명히 저녁에 한 번 들르기는 했지만 불러도 제대로 대꾸도 않더라고요. 한 시간 뒤에 가보니 없었어요."

구사나기는 내 얼굴을 보며 낙담한 기색이 짙은 한숨을 내쉬었다. 그때 구사나기의 신체 일부가 자명종 시계처럼 소리를 냈다. 삐삐 호출음인 모양이다. 구사나기는 바지 벨트 쪽으로 손을 뻗어 스위치를 껐다. 그는 다시 아키요시를 바라보았다.

"지금 오층을 살펴봐줘. 애들이 수상히 여기지 않도록 조심해서 가시와기가 있는지 확인해. 그리고 결과를 우리에게 알려. 알겠어? 이상한 짓 하면 오층은 물론이고 네 밥줄이 달린 게임센터까지 다 망할 각오를 해야 할 거야."

"알겠습니다." 아키요시는 고분고분한 목소리로 대답하고 서둘러 카페를 나갔다.

구사나기도 전화를 걸고 오겠다고 말하고 일어나더니 계산대 쪽으로 갔다. 공중전화로 두 차례 이삼 분씩 이야기를 나눈 뒤 돌아와서 목소리를 낮추고 말했다.

"무사시노 경찰서에서 연락이 왔어요. 친하게 지내는 형사가 준의 가족 문제로 문의를 했답니다. 그 애는 어머니가 오래전에 젊은 남자와 눈이 맞아 사라지고, 아버지는 교통사고로 죽었죠. 술을 너무 많이 마신 게 원인이었지만요. 친척이라고는 배다른 누나가 한 명 있는데 조후에서 청바지나 티셔츠같이 젊은이를 상대로 한 물건을 파는 가게를 하고 있습니다. 그 형사들과 10시에 그 가게 앞에서 합류해 동생의 사망을 알리기로 했다는데……."

그는 내게 동행 여부를 물으려다 내가 경찰과 마주치기 싫어한다는 걸 눈치채고 그만두었다.

아키요시가 돌아와 가시와기 슌이치는 없다고 보고했다. 무리 지어 있는 소년들에게 자연스럽게 슌이치에 대해 물어보았는데 행선지나 오늘 밤에 또 올지 어떨지를 아는 사람은 없는 모양이었다.

나는 카페에 남기로 하고 다음 연락 방법을 의논했다. 구사나기는 나를 아키요시에게 소개한 뒤 자기라고 여기고 편의를 제공하도록 요구했다. 아키요시는 슌이치가 나타나면 바로 내게 통보하겠다고 약속하고, 오층 게임장 위치도 알려주었다. 도대체 왜 그러냐고 묻고 싶은 눈치였지만 그 생각을 입 밖에 내지 않는 분별력은 있는지, 그대로 얌전히 카페를 나갔다.

"슌이치가 나타나면 잘 부탁합니다." 구사나기도 계산을 마친 뒤 카페를 나갔다.

나는 카페와 게임센터가 문을 닫는 시각인 12시까지 기다렸지만 가시와기 슌이치는 나타나지 않았다. 아키요시는 삼십 분마다 내게 와서 보고했다. 구사나기한테 11시에 전화가 왔었다. 동생을 미워한다고 예상했던 누나가 소식을 듣고 엉엉 울어서 깜짝 놀랐다고 했다. 슌이치를 찾아야 하는데 앞으로 한 시간은 선거운동에서 도저히 빠져나올 수 없다고 했다. 그리고 내일 아침 일찍 슌이치의 친구들에게 연락해볼 작정이라며 전화를 끊었다.

나는 카페를 나와 가시와기 모자가 사는 연립주택으로 갔다. 비는 잠시 약해졌고 번개도 멀어졌다. 돌아오지도 않고 연락도 없는 아들 때문에 어머니는 피로와 불안에 시달린 얼굴로 나를 맞이했다. 환락가로 유명한 가부키초에서 일하지만 경리 업무라서 그저 평범한 중년 사무원 느낌이 드는 여성이었다. 현관 옆에 있는 작은 응접실로 안내되어 나는 그때까지 조사한 내용을 보고했다. 준, 즉 구보야마 준키가 죽은 상황에 대해서는 거의 생략했다. 청소년 선도위원인 구사나기가 슌이치는 범인이 아닐 거라고 하는 선에서 수색에 협조하고 있다고 이야기하자 가시와기 에미코는 눈에 띄게 안도하는 모습이었다. 나는 슌이치의 최근 사진을 받아두었다. 그리고 슌이치로부터 연락이 오거나 집에 돌아올 경우 오늘 밤이라도 반드시 나와 구사나기에게 연락하도록 당부하고 그날 밤은 물러나기로 했다.

나는 블루버드를 몰고 신주쿠로 돌아가면서 이 조사가 구사나기 때문에 전혀 내 방식대로 나아가지 못한다는 느낌이 들었다. 그러나 나 혼자 조사를 진행한다면 이만한 결과를 내지는 못했을 것이다.


# 6


이튿날인 금요일과 토요일 이틀 동안도 가시와기 슌이치의 행방은 전혀 알 수 없었다. 금요일 아침, 가시와기 에이코는 경찰에 가출신고를 했다. 석간에는 구보야마 준키 살해 사건이 발표되었고 경찰이 소년 A(15)를 참고인으로 찾고 있다는 기사가 나왔다. 구사나기 후보는 선거운동에 지장이 있을 정도로 열심히 슌이치의 행방을 찾았기 때문에 나는 기치조지 역 부근 여기저기에서 그와 마주치게 되었다. 그의 말에 따르면 경찰은 구보야마 준키가 고문 끝에 살해될 만한 동기는 아직 전혀 파악하지 못한 상태라고 했다.

나도 금요일에는 탐정 일을 하는 기분이 들기는 했다. 하지만 기껏해야 구와나 클리닝 뒤 연립주택에 사는 소녀, 무라코소 복싱 체육관과 이웃한 스낵바, 기치조지 역 북쪽 출구에 있는 게임센터와 일층 카페, 그리고 소분도와 구사나기의 선거사무소 등을 다람쥐 쳇바퀴 돌듯 할 뿐, 지리도 잘 모르고 슌이치의 친구나 이력도 모르기 때문에 나는 조사비에 걸맞은 성과는 거두지 못했다. 그날 밤 의뢰인에게 상황을 설명하고 해고해달라고 요청했지만 그녀는 아들을 찾을 때까지 조사를 맡아달라고 애원했다. 달리 의뢰받은 일도 없었기 때문에 이튿날 아침부터는 필요경비만 받기로 하고 슌이치 수색을 이어가기로 약속했다.

토요일 오후 늦게, 나는 조후까지 범위를 넓혀 구보야마 준키의 누나 부부가 한다는 '비버리힐스'라는 가게를 방문했다. 구사나기의 말대로 청바지를 크게 그린 간판을 내걸고 젊은이를 대상으로 의류 및 액세서리를 파는 가게였다. 주차장에 차를 세우고 가게 안으로 들어가니 이십대 후반으로 보이는 콧수염을 기른 주인이 귀찮은 방문객이라는 걸 눈치 빠르게 알아차리고는 얼굴을 찌푸렸다. 나 같은 타입은 이 가게 고객층에 전혀 포함되지 않는 게 틀림없었다.

"부인 계십니까?" 내가 물었다. "구보야마 준키의 누나를 만나러 왔습니다."

"없어." 퉁명스러운 대답이었다. "오늘은 그 녀석 장례식이라 그 연립주택에 갔지."

그는 아이비리그 스타일의 카디건 주머니에서 필터가 달린 럭키 스트라이크를 꺼내 바삐 불을 붙였다.

"아, 그래서 당신은 여기서 가게를 보고 있는 건가?

"상관없어. 그 녀석 때문에 우리가 얼마나 고통을 받았는데." 그는 연기를 너무 많이 들이마셨는지 기침을 해댔다.

"그래도 처남 장례식인데."

"처남이라고 부르기도 싫어. 나하고 가나에는 정식 부부도 아니고……."

가게 안쪽 방에서 여자들이 떠드는 소리가 들리더니 문으로 두 여자가 뛰어나왔다.

"보세요, 좀 봐주세요, 어때요, 사장님? 잘 나왔죠?"

"처음보다 프린드 상태가 훨씬 좋아진 것 같지 않아요?"

십대 후반 여자애들이 서로 가슴 앞에 티셔츠를 대고 주인의 의견을 구했다. 티셔츠에는 자기 얼굴 사진이 찍혀 있었다. 저런 셔츠를 입고 사람들 앞에 나설 작정인 걸까? 이런 가게에도 저런 장비가 있는 걸 보면 저런 패션이 유행인 모양이다.

"아, 제법 잘 나왔네." 주인은 건성으로 대꾸했다. "손님이 계시니까 저리 가서 조용히 하고 있어봐."

여자들은 불만스러운 듯 입을 삐죽 내밀고 안으로 들어갔다.

"가나에에게 무슨 볼일이지? 당신은 대체 누군데?"

"그 사건에서 중학생 한 명이 행방불명된 건 알겠지? 그 어머니 의뢰를 받아 사람을 찾고 있지. 결국 그 사건의 진상을 확실하게 밝히지 않는 한, 소년이 나타나지 않을 것 같단 느낌이 들어."

"그런 용건이라면 무리야. 분명히 그 녀석은 내 눈을 피해 가나에를 만나러 왔던 것 같지만 목적은 늘 용돈을 타내는 일이었으니까. 가나에는 사건에 대해 아무것도 몰라."

"여기 처남 물건은 없었나?"

"아, 지저분한 스포츠백이 하나 있었는데 그날 밤 소분도 구사나기 씨가 경찰에 넘겼을 텐데. 어쨌든 가나에가 그 녀석 뒤처리를 하는 건 알아서 하면 되겠지만 사건을 여기까지 끌고 들어오진 않았으면 하는데."

그는 담배를 재떨이에 끄더니 뭔가 마음에 걸리는 듯한 표정으로 말을 이었다. "대체 구사나기 씨는 이런 일에 얽혀도 괜찮은 건가? 남의 동네 시의원 선거라 별 관심은 없지만 그래도 고등학교 선배에 기개도 있는 사람이고 복지나 청소년 문제에도 진지하게 접근하는 사람인데. 게다가 우리 같은 상인을 대표하기도 하니까 은근히 응원하고 있거든. 그런데 선거사무소 일을 돕는 친구 말을 들으니 사무소 분위기가 계속 나빠지고 있다 그리고 낙선 후보 일 순위라는 말도 있고……. 벌써 내일이 투표일인데."

나는 그 이상의 단서를 기대하는 건 포기하고 가게를 나와 조후를 떠났다.

세탁소, 복싱 체육관, 게임센터로 늘 도는 코스를 한 바퀴 돌았지만 아무런 성과도 없었다. 거리에는 지지를 호소하는 유세 차량이 오갔다. 땅거미가 밀려올 무렵 나는 구사나기의 선거사무소가 있는 주차장 한쪽 구석에 블루버드를 세웠다. 사무실로 가봐야 환영받지 못할 게 뻔하니 블루버드 차창을 내리고 담배에 불을 붙였다. 어느새 외우고 만 구사나기 선대본부의 스케줄로는 후보자가 곧 저녁식사를 하러 돌아올 시간이었다.

그때 주차장 입구 부근에서 비틀거리는 소년이 눈이 들어왔다. 낯설지 않은 소년이었다. 어설프게 세탁한 것처럼 얼룩얼룩한 청바지에 청재킷 위로 길쭉한 얼굴이 튀어나왔다. 틀림없이 슌이치와 동급생인 유키오라는 소년이다. 준코를 두번째 찾아갔을 때 거기서 마주친 소년이었다. 자기가 구보야마 준키에게 괴롭힘을 당한 것이 슌이치의 실종 원인이 된 것은 아닌지 걱정하며 슌이치가 갈 만한 곳을 찾아다니는 눈치였다.

소년은 남들 눈을 피하려는 듯이 선거사무소 정면이 아니라 주차장 옆으로 접근해 조립식 건물 창으로 몰래 사무실 안을 엿보았다. 주차장에 차가 들어오자 얼른 자세를 바꾸어 누군가를 기다리는 척했다.

구사나기 후보의 유세 차량 스피커 소리가 들려왔다. 목이 쉰 여성이 '마지막 당부'를 반복하면서 큰길 쪽에서 다가오는 모양이었다. 선거사무소 안에서 운동원들이 일제히 뛰어나와 후보를 맞이하려고 했다. 소년은 놀라 근처에 있는 흰색 라이트밴 뒤로 몸을 숨겼다. 나는 담배를 끄고 차에서 나와 소년의 등 뒤로 다가갔다.

"이런 데서 뭐 하니?"

소년은 화들짝 놀라 반사적으로 도망치려고 했지만 라이트밴과 사무소 벽에 가로막혀 뜻대로 움직이지 못했다.

"……잠깐 구사나기 아저씨에게 볼일이 있어서요."

"그 사람에게 무슨 볼일? 나 알지? 구와나 준코 집에서 만난 적이 있는데."

"아, 기억해요. 슌이치를 찾는 탐정이죠."

"맞아. 그런데 그 사람을 만나려면 이런 데서 꼼지락거릴 일이 아니잖아?"

"그게 그날 저녁에 슌이치를 보았다는 이야기를 들었는데 너무 믿을 수 없는 이야기라 구사나기 아저씨에게 직접 말하려고요."

"슌이치를 보았다고? 어디서지?" 무심코 언성이 높아졌다.

"그건 구사나기 아저씨에게 직접 이야기하겠어요."

큰길 쪽에서 박수 소리가 나고 구사나기 후보의 유세 차량이 돌아오는 모습이 보였다.

"좋아. 저 안쪽에 주차한 블루버드에 가서 기다려. 구사나기를 불러올 테니까."

나는 유키오라는 소년이 블루버드로 가기를 기다렸다가 큰길 쪽으로 걸음을 재촉했다. 박수로 맞이하는 유세 차량에서 막 내린 구사나기를 둘러싸고 있는 사람들을 헤치며 비집고 들어갔다.

"슌이치가 있는 곳을 알아낼 수 있을지도 몰라. 잠깐 이리 와줘."

구사나기는 얼른 흰 장갑을 벗고 이름이 인쇄된 어깨띠를 벗으며 내 뒤를 따라왔다.

"이봐, 구사나기, 뭐 하는 거야?" 선대본부장 유사가 못마땅하다는 표정으로 우리를 불러세웠다.

"잠깐 기다려줘." 구사나기가 대꾸했다.

우리는 주차장 안쪽에 있는 블루버드로 향했다. 유키오라는 소년이 쪼르르 달려왔다.

"슌이치를 보았다는 데가 어디지?" 내가 물었다.

"신세이 여고 양아치들이 하는 이야기니까 별로 믿을 만하지는 않지만……."

"그런 건 상관없으니까, 어디서 봤다는 건지 말해." 구사나기가 재촉했다.

"'모리와키 흥업' 패거리들이 그날 저녁 슌이치를 조직 사무실로 데려가는 걸 봤다는 사람이 있대요."

구사나기는 주차장 안쪽 블루버드를 발견하고 이렇게 말했다.

"당신 차로 갑시다."

우리는 재빨리 블루버드에 올라탔다. 차를 출발시켜 주차장 입구까지 가자 유사가 불편한 다리를 끌며 블루버드 진행 방향으로 뛰어들었다.

"어디 가는 건가, 구사나기!" 유사는 조수석 창에 대고 고함을 질렀다.

"슌이치가 모리와키 흥업에 납치되었을지도 몰라. 우리는 먼저 갈 테니 무사시노 경찰서 후지오카 형사에게 연락해줘."

"이런 바보 같은! 네가 왜 그런 데 가야 하는 거야? 지금부터 저녁 식사 마치면 지역 상가와 네 주거지역에서 마지막 인사를 해야 해. 지금 네가 불량소년 문제에 얽매일 때야?"

구사나기는 유사의 얼굴을 바라보며 안타깝다는 듯이 고개를 저었다.

"사와자키 씨, 차를 출발시켜줘."

나는 블루버드를 출발시켜 큰길로 나왔다. 유사의 고함 소리가 점점 멀어져갔다.


7


모리와키 흥업의 삼층짜리 건물은 미타카 역 북쪽 출구에서 이쓰카이치 가도로 나와 바로 앞 주오 거리에 있었다. 건물 정면에 블루버드를 세우고 현관을 들어서자 일층에 있던 대여섯 명의 검은색 양복을 입은 남자들이 일제히 일어나 우리를 바라보았다. '어서 오십시오' 하고 인사를 건넬 만한 얼굴은 한 명도 없었다. 구사나기가 카운터로 다가갔다.

"모리와키 사장을 부탁하네."

가까이 있던 옅은 붉은빛이 도는 자주색 선글라스를 낀 남자가 일부러 느릿느릿 대응에 나섰다.

"누구시죠?"

"소분도의 구사나기라고 하면 알 거야. 열흘쯤 전에 라이온스클럽 이십 주년 행사장에서 처음 만났지."

"잠깐 기다리시오." 선글라스를 쓴 남자는 천천히 움직여 자기 책상으로 돌아가더니 내선전화를 집어들었다.

"덕분에 우리도 사업이 번창해 바빠져서요. 전화가 혼선이 된 모양이니 잠시 기다리시죠."

몇 명이 보란 듯이 소리내서 웃었다.

"뒷문이 신경쓰이니 한 바퀴 돌아보죠." 내가 구사나기에게 말했다.

"어이어이, 거기 손님. 우리 사장님을 불러달라고 해놓고 이게 무슨 실례인가."

선글라스 쓴 남자가 그렇게 말하자 나와 현관 사이를 기운이 넘쳐 보이는 덩치 큰 남자 둘이 가로막았다. 아직 이십대 전후로 보이는 젊은이들인데, 머릿속도 내장도 다 돌로 되어 있을 것처럼 튼튼해 보였다. 내가 아랑곳하지 않고 계속 걸어가자 그들의 호전적인 얼굴에 바로 긴장감이 돌았다.

"그만둬. 너희!" 구사나기가 크게 소리를 질렀다.

"이미 경찰에도 신고했다. 우리가 여기 들어오던 모습 그대로 나가지 못하게 되면 곤란해지는 건 그쪽일 거야."

현관에 우뚝 서 있던 녀석들이 '경찰'이라는 말에 살짝 움츠러드는 듯했지만 그때뿐이었다.

"흐음, 준비성이 있다니 고맙군." 선글라스를 낀 남자가 내선전화에서 손을 떼고 말했다. "경찰에 신고하고 싶었던 건 우리야. 느닷없이 밀고 들어와서 사장을 만나게 해달라니, 이건 뭐 폭력배가 따로 없군."

또 일부러 웃는 소리가 났다. 아까보다 신경질적인 웃음이었다.

"여기 가시와기 슌이치라는 중학생이 있다는 걸 안다. 경찰이 도착하기 전에 우리에게 넘기는 게 현명하지 않을까?"

선글라스와 안쪽 책상에 앉아 있던 간부처럼 생긴 남자가 얼른 서로를 마주 보았다. 침착한 걸로 보아 벌써 무슨 수를 쓴 모양이었다.

나는 다시 방향을 현관 쪽으로 바꾼 다음 두 젊은이 중 키가 큰 쪽을 향해 똑바로 걸었다. 그 젊은이가 바로 수비 자세를 취하며 한쪽 발을 앞으로 내디뎠다. 그 발이 표적이었다. 나는 재빨리 밭다리후리기를 시도했다. 상대가 균형을 잃었다. 그때 다른 남자의 주먹이 내 얼굴로 날아왔다. 피하려고 했지만 뜻대로 되지 않았다. 돌덩이 같은 주먹이 내 오른쪽 어깻쭉지를 때렸다. 키 큰 남자 위로 쓰러지는 찰나, 나를 때린 남자가 뻗은 팔 아래로 구사나기가 파고드는 모습이 보였다. 나는 키 큰 남자의 무방비한 뒤통수를 바닥에 세차게 찧었다. 그리고 그 머리를 축으로 삼아 앞으로 굴렀다. 엉거주춤 일어나면서 구사나기가 다른 남자를 선글라스 쓴 남자들이 있는 카운터 쪽을 향해 엎어치기로 집어던지는 모습을 보았다. 기술이 제대로 들어간 터라 상대 목이 부러지지는 않았을지 걱정될 정도였다. 잠깐 틈이 난 사이에 다른 녀석들이 반격에 나서려고 했다.

"다들 꼼짝 마! 무사시노 경찰서에서 나왔다!"

현관으로 들어온 남자가 검은 가죽수첩을 꺼내며 소리쳤다. 뒤이어 사복 경찰이 두 명, 제복 경찰이 세 명 뛰어 들어왔다. 제복 경찰관은 권총으로 손을 가져갔다. 바로 내 옆에 선 경찰관의 권총이 가늘게 떨렸다. 나는 조심스럽게 그 총구에서 멀어졌다.

"뭐야, 이게?" 선글라스를 쓴 남자가 호통을 쳤다.

"가시와기 슌이치 유괴 및 감금 현행범으로 지금 뒷문에서 너희 전무 오무라를 체포했다. 여기는 이미 포위되었다. 사장인 모리와키를 불러와라."

"제기랄!" 선글라스 사내가 욕을 내뱉었다. 바닥에 쓰러진 남자들은 둘 다 머리를 감싸쥐고 고통을 호소했다.

"의료팀 불러." 지휘를 맡은 형사가 사복 경찰 한 명에게 말했다.

"어떻게 이렇게 빨리 출동했지, 후지오카?" 구사나기가 그 형사에게 말했다.

"아니, 우리는 너보다 먼저 와서 이 빌딩을 지켜보고 있었어. 가시와기 건에 대해서는 우리도 정보를 입수했었으니까. 그런데 네가 어슬렁어슬렁 나타나니 우리가 좀 당황했어. 하지만 덕분에 녀석들이 소년을 뒷문으로 데리고 빠져나가려는 걸 잡을 수 있었지."

"슌이치는 무사한가?"

"그래, 조금 겁을 먹기는 했지만 그뿐이야. 다친 곳은 없어."

구사나기가 안도의 표정을 지으며 내게 괜찮으냐고 물었다. 나는 고개를 끄덕이고 둘이서 현관으로 나가려고 하는데 후지오카라는 형사가 '왼쪽으로 나가면 검은색 세드릭 안에 있다'고 가르쳐주었다.

가시와기 슌이치는 세드릭 뒷좌석 여성 경찰관 옆에 얌전히 앉아 있었다. 그의 어머니한테 의뢰를 받은 지 약 오십 시간이 지난 뒤에야 소년의 무사한 모습을 확인할 수 있었건만 정작 소년은 태연해보였다. 구사나기가 선거운동을 반쯤 희생하고 내가 받은 만큼 일을 해내지 못해 풀이 죽었던 대상치고는 약간 맥 빠지고 허망한 결말이 되고 말았다. 슌이치는 청바지에 얇은 녹색 점퍼를 입고 있었는데 이틀 동안 못 씻어서인지 어두운 남색 셔츠 목 언저리를 긁적거렸다.

"내일이라도 떨어뜨렸던 모자를 소분도로 가지러 와라." 구사나기가 말했다. "내가 가지고 있으니까."

소년은 말없이 고개를 살짝 끄덕였다. 소년은 무사시노 경찰서로 이송되어 어머니를 면회하고 만약의 경우를 대비해 경찰이 보호하는 숙소에서 어머니와 함께 지내게 되었다. 그런데도 소년은 구사나기에게 웃는 얼굴을 보이지 않았다. 나는 이튿날이 되어서야 그 이유를 알게 되었다.

## 8

투표 당일 아침에는 비가 부슬부슬 내려 선거운동을 충분히 못한 후보자의 마음을 더욱 무겁게 했다. 오후에 가시와기 에미코가 전화를 걸어 얼마를 지불해야 되는지 묻고는 아들을 구출해줘서 고맙다는 인사를 여러 차례 했다. 나는 그런 말은 구사나기 씨한테 하라고 대답했다.

"예, 물론 인사를 드렸죠. 저는 어제 십 년 만에 투표하러 가서 구사나기 씨에게 표를 던졌어요. 사실, 열 표든 스무 표든 제가 더 모을 수만 있다면 그런 응원을 해드리면 더 좋았겠지만……."

그 말은 구사나기의 선거 결과를 정확하게 예상하는 듯했다.

오후 6시가 지나 사무실을 나가려고 하는데 이번에는 구사나기가 전화를 했다.

"의논하고 싶은 게 있는데 급히 소분도로 와줄 수 있겠어요?"

7시 조금 전에 블루버드를 선거사무소 옆 주차장에 세웠다. 운동원과 지지자들이 슬슬 모여드는 조립식 건물 안을 흘끔 보고 문구점 이층으로 가는 계단을 올랐다. 폴로셔츠에 블레이저 차림의 구사나기 사장이 책상 앞에 앉아 편지지 같은 종이 몇 장을 들고 멍하니 허공을 바라보는 중이었다. 내가 문을 닫자 그제야 나를 향해 호출하듯 갑자기 와달라고 해서 미안하다며 손에 든 편지지를 내밀었다.

"금고 안에 있는 선거 관련 서류에 섞여 있는 걸 좀 전에 발견했죠."

나는 그걸 받아들고 사장의 책상 너머에 있는 응접세트에 앉아 바로 훑어보았다. 상당히 유치한 내용과 필적을 숨기고자 부러 각이 진 문자로 쓴 협박장이었다. 협박장은 모두 세 통이었다.

첫 편지에는 '너'라고 불리는 수신인의 치명적인 스캔들이 될 사진을 동봉했다는 내용이 적혀 있었다. 협박장을 보낸 이는 사이타마에 있는 러브호텔에서 수신인이 젊은 여자와 부둥켜안다시피 하고 나오는 장면을 촬영했다고 적었다. 게다가 그 여자가 직후에 목을 매고 자살했는데 미심쩍은 부분이 있다는 신문 기사가 첨부되었다.

두번째 편지는 현금 이백만 엔을 준비해두라는 명령뿐이었다.

마지막 편지는 구보야마 준키의 시체가 발견되기 하루 전 날짜와 밤 10시라는 시간이 지정되어 있었고 이노카시라 공원 안에 있는 장소로 현금 이백만 엔을 수신인 혼자서 가지고 오라는 명령이었다. 지시에 따르지 않으면 당장 사진을 신문사에 보낼 것이며 그렇게 되면 시의회 선거 결과가 재미있을 거라고 적었다.

나는 편지지를 접어 테이블에 내려놓고 담배에 불을 붙였다.

"여기 적혀 있는 사진은 있습니까? 그리고 봉투는?"

"아뇨, 금고 안에는 그 세 통의 편지뿐이었죠. 어디 다른 곳에 놔두었을지도 모르지만……"

구사나기는 이런 편지가 그의 손에 있다는 의미를 잘 이해하지 못하는 듯했다.

"어쨌든 이런 게 왜 내 금고에 들어 있는지—아마 장난일 테지만— 그걸 조사해달라고 부탁하고 싶어서."

"구사나기 씨, 당신은 이걸 남몰래 찢어버리겠다는 생각은 못 했습니까?

"그러려고 했지만 어쨌든 구보야마 준키가 살해되는 사건이 일어나기도 했으니 만에 하나 이게……"

그는 불쑥 말을 끊더니 깜짝 놀란 표정으로 내 얼굴을 바라보았다.

"설마 당신은 이 협박장이 내게 온 거라고……?" 구사나기는 얼굴이 빨개지더니 벌떡 일어섰다. "무슨 말도 안 되는!"

문밖에서 계단을 올라오는 요란한 발소리가 들려왔다.

"구사나기, 있나?" 유사의 목소리였다. "7시 지났어. 개표 시작이야."

구사나기는 테이블에 놓인 협박장을 바라보았다. 그걸 어디에 치워야 한다는 생각에 애가 탔지만 이런 상황에서는 방법이 얼른 떠오르지 않게 마련이다. 유사가 문을 열고 들어왔지만 구사나기에 가려 내가 있다는 걸 모르는 모양이었다.

"당락이 확실해질 때까지 넌 어디선가 대기하는 게 낫겠어. 그래, 내 생각에는……."

유사가 나를 발견하고 노골적으로 얼굴을 찌푸렸다.

"또 당신인가……? 여기서 두 사람이 뭘 하고……?"

유사는 구사나기의 시선을 따라 테이블에 놓인 협박장을 바라보았다. 불편한 발을 절룩거리며 테이블로 다가오더니 이게 뭔가, 하고 편지지를 집어들었다. 구사나기는 체념한 표정으로 읽어보라고 하고 자기 의자에 털썩 주저앉았다.

유사가 편지를 다 읽어갈 무렵, 반쯤 열린 문을 형식적으로 노크하고 후지오카 형사와 그보다 조금 나이가 적은 부하가 사무실로 들어왔다. 유사의 반응에 주목하고 있던 우리에게는 그들의 발소리가 거의 들리지 않았다. 경찰관이 발소리를 낼 때는 결코 발소리를 내지 말아야 할 때뿐이다. 후지오카 형사는 어제와 달리 떨떠름한 표정이었다.

"아, 여러분. 여기 모여 있었군요." 후지오카는 종업원의 사무용 책상에 걸터앉았다. 부하 형사는 사무실 문을 닫고 그 앞에 팔짱을 끼고 섰다.

"무슨 일이 있나?" 구사나기가 물었다.

"그게 말이야, 재미있게도 자네에 대한 이상한 정보가 있어."

"또야?" 유사가 말했다.

"우리의 선거 대책은 서른일곱 명의 후보자 가운데 가장 깨끗하다고. 그건 단순한 중상모략이지."

유사는 내 옆에 앉아 형사들이 협박장을 보지 못하도록 나와 자기 사이에 내려놓았다. 그 손길이 유난히 긴장되어 보였다.

"아니, 선거법 위반과는 아무 관계도 없는 거야. 나도 믿을 수 없지만 구사나기 씨, 당신이 죽은 구보야마 준키에게 협박을 당하고 있었다는 거지."

구사나기는 시선을 내게서 유사 쪽으로, 다시 유사에게서 후지오카 쪽으로 옮겼을 뿐 말문이 막힌 모양이었다.

"그런 말도 안 되는 일이 어디 있나!" 유사가 신음하듯 말했다.

"어처구니없다고 생각해." 후지오카가 말했다. "하지만 그런 정보가 들어온 이상 우리로서는 그냥 넘어갈 수 없어. 그리고 수사를 해보니 두세 가지 신경쓰이는 일도 있고."

"무슨 소린가? 설명해줘." 구사나기가 차분한 목소리로 물었다.

"구보야마 준키가 살해되기 전날, 자네는 은행에서 용도 불명의 이백만 엔을 인출했어."

유사가 그 돈의 용도를 설명했다. 그날 밤 구사나기가 내게 해명했던 것과 같은 내용이었다.

"하지만 상점가 사람들은 그날 밤 돈을 받지 않았다고 하더군. 지불받은 건 이튿날이었다고. 협박자에게 건넬 요량으로 준비한 돈을 그럴 필요가 없어져서 상인들에게 비용으로 지불했다고 생각할 수도 있지."

원래 유사에게 건넸어야 할 돈인데 슌이치를 찾느라 정신이 없어서 그랬다고 구사나기는 설명했지만 후지오카가 납득한 걸로는 보이지 않았다.

"자네는 구보야마 준키의 누나가 운영하는 비버리힐스라는 가게에 우리보다 한 발 먼저 도착해 그의 스포츠백을 가져갔어. 가게 주인의 증언에 따르면 그걸 우리한테 건네기 전에 당신이 백 내용물을 살펴볼 여유가 있었단 얘기야. 안에 협박의 내용물이 들어 있었을 가능성도 있을 테고, 당신이 그걸 걱정해서 먼저 살펴보았을 가능성도 있는 거지."

"그런 짓은 하지 않았어." 구사나기는 지긋지긋하다는 듯이 말했다. "자네들이 백을 열고 각성제 꾸러미나 아는 사람이나 알 수상한 비디오 같은 걸 끄집어냈을 때 나도 처음 그 내용물을 본 거라고."

"자네가 존경할 만한 청소년 선도위원이라는 사실은 내가 가장 잘 알지. 하지만 그렇다고 해도 중요한 선거까지 내팽개치고 슌이치의 실종에 이상하게 관심을 보인 이유가 이해되지 않더란 말이야. 하지만 이런 혐의 사실이 모두 그 협박 사건과 연결된 것이라고 한다면……."

유사가 벌떡 일어나 편지지를 접으며 말했다.

"개표 속보가 들어올 시간이 다 됐군. 나는 선거사무소 쪽에 가봐야 해. 그리고 이 서류는 검토해볼게."

그는 편지지를 주머니에 넣으려고 했지만 그 동작이 자연스럽지가 못했다.

"잠깐만." 후지오카가 말했다. 그는 상의 안주머니에서 봉투를 꺼내 안에 든 서류를 꺼냈다.

"수색영장이야. 미안하지만 이 방에서 쪽지 한 장 가지고 나갈 수 없어. 유사 씨, 그것 좀 보여줘."

유사는 항의하려고 했지만 말이 나오지 않았다. 구사나기를 돌아보니 그는 그걸 후지오카에게 넘겨주라는 눈짓을 보냈다. 유사는 미안하다는 듯이 마지못해 시키는 대로 했다.

후지오카는 받아든 협박장을 천천히 눈으로 읽고, 다 읽은 것은 한 장씩 부하 형사에게 건넸다. 사무실 안에 무거운 공기가 가득했다. 나는 담배에 불을 붙이고 후지오카가 마지막 협박장을 다 읽기까지 기다렸다.

"그렇게 된 건가……? 여성 스캔들 정도로는 그런 사건이 일어날 리가 없다고 생각했는데. 상대 여자가 좋지 않았군. 목을 매고 죽은 여자 사건은 폭력조직과 관련된 살인으로 보는 견해도 있어. 선거중에 터지는 스캔들로는 치명적이지."

"후지오카 형사, 자네가 틀렸어. 이건 누가 파놓은 함정이 틀림없어." 구사나기는 그 협박장을 십여 분 전에 금고에서 발견했을 뿐이라고 말했다. "우선 내가 협박을 당한 사람이라면 어째서 이런 걸 계속 주변에 두고 있지? 사진이나 봉투는 어디 있고? 사진과 봉투만 처리하고 편지는 자네가 발견하도록 소중하게 보관이라도 해뒀다는 건가?"

"난 아직 어느 쪽이라고 결정을 내린 게 아니야." 후지오카가 말했다. 그리고 상의 주머니에서 일반 사이즈의 사진 한 장을 내놓고 그걸 구사나기에게 건넸다.

구사나기는 사진을 보더니 앗 하고 소리를 지르며 일어나 유사와 내게도 보여주었다. 구사나기가 구보야마 준키의 연립주택을 나오는 순간이 찍힌 사진이었다. 사진이 작기는 하지만 구사나기의 얼굴은 또렷하게 알아볼 수 있었고, 주위 상황으로 미루어 피해자의 연립주택이라는 사실은 증명이 끝난 거나 마찬가지였다.

그때 나는 구사나기가 연립주택에서 나오던 순간에 번쩍 빛나던 번개와 천둥소리를 떠올렸다. 그게 카메라 플래시였던 걸까? 아니면 구사나기가 그 연립주택을 방문한 것은 그때가 이미 두번째였던 걸까……?

"완전히 함정이야!" 구사나기가 지친 얼굴로 의자에 주저앉았다. 후지오카가 덧붙였다.

"그 사진은 한 시간쯤 전에 경찰서로 우송되어온 거야. 자네가 피해자 연립주택에 출입한 증거가 있는 이상, 서까지 동행해 자세한 이야기를 들어야겠네."

그때 사무실 문이 벌컥 열렸다. 가시와기 슌이치가 화난 얼굴로 두세 걸음 안으로 들어와 구사나기를 노려보았다. 조금 전부터 문밖에서 듣고 있었던 모양이다.

"역시 모리와키 흥업 놈들이 한 이야기가 사실이었나요? 난 아저씨를 믿었는데……. 그놈들이 아저씨가 준한테 협박당해 준을 죽였

다고 했죠. 감금되어 있던 동안 몇 번이나 그렇게 말했어요. 그래도
난 그놈들 말을 믿지 않았는데…… 제길!"

구사나기는 대구를 못한 채 입을 다물고 말았다.


## 9


"어쨌든 서까지 함께 가세." 후지오카 형사가 괴로운 듯 구사나기
에게 말하고 위로하는 양 덧붙였다. "잘 풀리면 개표 결과가 나오기
전에 여기로 돌아올 수 있을지도 몰라."

나는 담배를 껐다. 너무 오래 입을 열지 않았기 때문에 내 목소리
가 꼭 남의 목소리 같았다.

"증거라고는 모두 정황증거뿐이니 구사나기 후보를 연행할 만한
혐의 사실은 없는 거 아닌가."

"우리는 임의동행을 요구하는 거야." 후지오카는 나를 보지도 않
고 구사나기가 동의하기를 기다렸다.

나는 아랑곳하지 않고 이야기를 시작했다.

"구사나기 후보가 은행에서 인출한 이백만 엔이 협박자에게 줄
돈이었다는 증거는 없지. 그가 피해자의 스포츠백을 열어 뭔가를 처
리했다는 증거도 없고. 슌이치를 찾으려고 부지런히 움직인 것이 구
보야마 준키의 협박이나 살해와 관계있다는 증거가 되는 것도 아니
고. 금고 안에 있었던 협박장도, 경찰에 제출된 사진과 제보도, 그리

고 모리와키 흥업 사람이 슌이치에게 구사나기 후보의 범행이라고 거듭 강조한 것도, 오히려 구사나기 후보를 함정에 빠뜨리려는 자가 있다는 걸 암시하고 있을 뿐, 구사나기가 협박당한 본인이고 구보야마 준키를 죽인 살해범이라는 것을 증명하지는 않지."

"맞아." 후지오카가 짜증난다는 듯이 말했다. "하지만 거꾸로 그가 협박을 당하지 않았다는 증거도 없고, 구보야마 준키를 살해하지 않았다는 증거도 없어. 그걸 찾아내기 위해서라도 서에서 조사에 응하는 게 낫나는 거야."

"이 사진 말인데, 이건 구사나기 후보가 나와 목요일 밤 8시경에 구보야마 준키의 집에서 만난 뒤 그가 한 발 먼저 그 연립주택에서 나갈 때 촬영했을 가능성이 높아."

"뭐라고? 당신도 그 연립주택에 들어갔었나?"

"그래. 구보야마 준키가 살해된 건 그 전날 밤이었을 거야. 그때는 천둥이 치고 벼락이 떨어지던 날씨라 구사나기 후보가 연립주택에서 나갈 때 뭔가 번쩍했던 기억이 나거든. 그게 실은 카메라 플래시였을지도 모르지. 동시에 비도 내리기 시작했어. 이 사진에는 상태가 좋지 않은 부분이나 묘하게 빛나는 작은 점이 있는데, 전문가에게 물어봐서 그게 빗방울이라고 증명되면 이 사진은 목요일 밤, 그러니까 살해된 다음 날 밤에 작위적으로 촬영되었다는 뜻이 되지. 그 전날은 한 번도 비가 내리지 않았으니까."

유사가 손에 들고 있던 사진을 후지오카도 들여다보았다.

"분명히 반짝거리는 점이나 흐린 점 같은 게 여러 개 보이는군."

유사가 말했다.

"감식 쪽에서 조사하면 바로 알 수 있을 거야." 후지오카가 말했다. "하지만 간단하게 말해 어느 쪽도 결정적 증거가 없는 한, 결국 서까지 같이 가자고 할 수밖에 없군. 사와자키 탐정, 당신도 함께. 피해자 연립주택에 침입했으니 당신도 중요 참고인이야."

"결정적인 증거를 찾아야겠군." 내가 말을 이었다. "문제의 남자와 여자가 호텔에서 나오는 장면을 찍은 사진이지."

"그게 발견되면 고생할 게 없지." 후지오카는 내뱉듯 말했다. "당신도 연립주택에 들어갔다면 피해자 시체를 봤을 텐데. 그토록 고문을 받다가 살해된다면 피해자가 무엇을 숨겼든 자백할 수밖에 없었을 거야."

"그런가? 나는 그 죽음이 오히려 뜻하지 않은 사태라는 느낌이 들던데. 협박거리를 찾을 작정이라면 상대를 살해해버리는 건 최악의 방법이지. 살려두고 계속 찾는 방법 말고 더 좋은 방법은 없을 거야. 피해자가 각성제 중독자였으니 고문을 한 사람이나 당한 사람 모두에게 불쑥 뜻하지 않은 죽음이 찾아온 건 아닐까 싶은 거지. 그렇다면 협박거리가 아직 어디에 남아 있을 가능성이 높아. 내가 협박하는 입장이라면 모든 지혜를 짜내서 협박거리가 남아 있도록 조치를 강구해두겠지. 준이라는 소년도 그 정도 잔머리는 있었을 거야."

"그렇다면 그건 대체 어디에 있을까?"

"구보야마 준키가 살던 연립주택은 완벽하게 조사했나?"

"그럼. 이 잡듯이. 장례식이 있던 어제 오후를 제외하고 감식이 바짝 달라붙어 조사했어. 오늘 밤에도 여러 명이 현장에 나가 있을 거야."

"모리와키 흥업은 조사했고?"

"당연하지. 어제 밤샘 조사를 했는데 그럴듯한 사진이나 필름은 발견되지 않았어."

"구보야마 준키의 티셔츠는 살펴보았나?"

"그럼, 철저하게. 숨겨놓은 필름이나 인화 사진은 없었어."

"티셔츠 그 자체도 조사했나?"

"뭐라고……?"

후지오카뿐만 아니라 다른 사람들도 의아한 시선을 보냈다.

"구보야마 준키의 누나가 하는 가게에는 티셔츠에 자기가 좋아하는 사진을 프린트할 수 있는 장비가 있더군. 준도 자기 티셔츠에 협박용 사진을 프린트했을지도 몰라."

후지오카의 눈이 반짝 빛났다. 그는 부하를 돌아보며 명령을 내렸다.

"지금 바로 그 연립주택에 있는 요원들에게 연락해서 티셔츠를 살피도록 해."

부하 형사는 수첩을 뒤져 구보야마 준키의 전화번호를 찾고는 전화를 쓰겠다는 양해를 구한 뒤 사무실 전화로 번호를 눌렀다. 그리고 전화를 받은 상대방에게 용건을 전하고 일이 분 기다렸다.

"뭐라고……? 어느 티셔츠에도 그런 프린트는 없어?"

사무실 안에 있는 모두가 실망한 표정을 지었다. 다들 나를 돌아보았다.

"틀림없이 화장실 문 옆에 고문을 시작하기 전에 벗겨둔 옷가지가 뭉쳐져 있을 거야. 그걸 살펴보라고 해."

전화를 든 형사가 다시 설명했다.

"감식반이 서로 옮겼을지도 모른다고 하는데…… 아니, 세탁기 안에서 그럴듯한 의류를 발견했다고 합니다……. 뭐? 프린트가 있어? 사진에 찍힌 건 누구지? ……사쿠라라고? 사쿠라 도모유키 후보 말인가……? 길쭉한 얼굴에 콧수염을 보니 틀림없다고? ……좋아, 알았어."

사쿠라 도모유키 후보는 구사나기와 표를 다투는 라이벌이었다. 형사들이 사쿠라를 체포하기 위해 서둘러 사무실을 뛰쳐나갔을 때 유사는 초조한 목소리로 자수하고 싶다고 말했다. 사쿠라가 건네준 협박장을 금고 안에 넣은 사람은 자기였다고 했다. 놀라는 구사나기에게 선거전을 포기하다시피 한 후보자를 따르기가 선대본부장으로서 불가능했다고 털어놓았다. 사쿠라가 전부터 자기 진영으로 넘어와 협력하라며 거액의 돈을 제시하며 유혹했는데 어젯밤 모든 걸 포기하고 모리와키 흥업에 가려는 구사나기를 보고 갈아타기로 결심했다고 한다. 구보야마 준키에게 협박당한 건 사쿠라 후보였다. 예전부터 알고 지내던 폭력조직의 모리와키가 그 처리를 맡기로 나서는 바람에 그런 비참한 사태에 이르고 말았던 것이다.

구보야마 준키가 죽은 뒤, 현장을 지켜보던 조직원들이 기회를 노렸다가 그곳에 들어갔다가 나오는 가시와기 슌이치를 혹시나 있을지도 모를 사태에 대비해 납치했다. 슌이치가 협박거리를 가지고 나왔을지도 모르기 때문이었다. 그리고 조직원 중 한 명이 마침 가지고 있던 에로 사진 촬영용 카메라로 연립주택에서 나오는 구사나기를 찍은 것을 기회로 삼아 그를 희생물로 삼기 위한 계획이 시작되었다고 한다.

형사들이 유사와 함께 사무실을 나가자 구석에서 다 듣고 있던 가시와기 슌이치의 얼굴에 겨우 미소가 떠올랐다. 구사나기가 '엄마가 걱정할 테니 얼른 집에 가라'며 책상 옆에 걸려 있던 존 플레이어 스페셜 모자를 던져주자 소년은 그걸 머리에 쓰고 사무실을 나갔다. 구사나기가 '모자를 쓸 거면 단정하게 써'라고 호통치자 계단 쪽에서 소년의 웃음소리가 들려왔다.

## 10

주차장에서 블루버드에 올라타자 구사나기가 창문 옆에 와서 섰다.

"당신에게 뭔가 사례를 해야 할 텐데."

"그럴 것까지야. 결국 의뢰는 받지 않았으니까."

"그렇지만 티셔츠 건을 이야기하지 않았다면 지금쯤 어떻게 되었을까……."

"그건 내가 던진 한 표야. 유효표는 아니지만 말이야."

구사나기는 쓴웃음을 지었다. 그리고 우렁찬 목소리로 말했다.

"청소년 선도위원 일을 포기하지 않았으니 선거에 진다고 해도 그리 섭섭하지는 않아. 하지만 유사를 잃은 건 너무 괴로워. 그 친구가 다리가 불편해진 건 나 때문이거든. 대학 때 장래가 촉망되는 축구선수였는데 내가 일으킨 자동차사고로 모든 걸 포기하게 되었지……."

그때 조립식 선거사무소에서 요란한 박수가 터져나왔다.

"개표가 시작된 모양이군. 마지막 순간까지 유사와 함께하고 싶었는데."

박수 소리의 느낌으로는 구사나기의 득표가 예상 밖일지도 모른다. 그리 큰 시도 아니니 투표 전날 밤 '소년 구출'이라는 뉴스가 의외로 빨리 퍼졌을지도 모른다. 선거에서는 무슨 일이 일어나도 이상할 게 없다. 나는 블루버드의 시동을 걸었다.

"결과가 나올 때까지 아직 시간이 있어." 구사나기가 말했다. "괜찮다면 날 조수석에 태우고 드라이브 좀 해주지 않겠나? 어디 가서 같이 한잔해도 좋고."

"거절하겠네." 내가 대답했다. "의원이 돼서도 이런 고물에 타고 싶다면 그때는 연락줘."

블루버드를 출발시키자 백미러에 비치는 그의 얼굴이 쓸쓸하게 웃고 있었다.

부 록

　첫 단편집이다. 데뷔작《그리고 밤은 되살아난다》뒤에 쓴 〈소년이 본 남자〉〈자식을 잃은 남자〉〈240호실의 남자〉, 두번째 장편《내가 죽인 소녀》집필중에 쓴 〈이니셜이 'M'인 남자〉, 그 뒤에 〈육교의 남자〉이상 다섯 편은《미스터리매거진》에 게재에 최신작 〈선택받은 남자〉를 덧붙여 한 권으로 묶었다. 모두 단편이라고 부르기에는 조금 긴데, 특히 〈선택받은 남자〉는 거의 중편이라 불러야 할 만한 길이가 되었다. 〈육교의 남자〉까지 다섯 편은 이번에 일부 고쳐 썼다. 그 가운데 〈소년이 본 남자〉는 다른 작품과 행을 바꾸는 방식을 일치시키느라 상당 부분 가필하고 정정 작업을 거쳤다. 또 〈240호실의 남자〉는 데뷔작인《그리고 밤은 되살아난다》와 〈소년이 본 남자〉 사이에 쓰기 시작했기 때문에 시기적으로는 그 둘 사이에 일어난 사건으로 설정

되었다. 하지만 발표 순서에 따라 수록하기로 했다. 또 이 책에는 앞선 두 장편소설과 마찬가지로 실재하는 지명과 단체명, 기업명, 개인명, 작품명 등이 자주 나오는데 픽션인 이상 작품 속에 등장하는 것들은 실재와 아무런 관계가 없음을 밝힌다. 신중을 기해 사용했고 어떠한 폐도 끼치지 않도록 배려했다. 만약 그렇지 않았다면 책임은 등장인물들이 아니라 저자의 역량 부족 탓이다. 그리고 내 더딘 작업 속도로 폐를 끼쳤음에도 마감을 정하지 않고 원고를 기다려준 하야카와쇼보 출판사 여러분에게 이 자리를 빌려 깊은 감사의 말씀을 전한다.

직업으로서의 탐정

# 탐정을 지망하는 남자

_하라 료

그 젊은 남자가 사무실 문을 열고 들어왔을 때, 나는 작년 말부터 설날에 걸쳐 임시로 일했던 경비 회사에 보낼 청구서에 내 이름을 적던 중이었다. 세상은 거품경제가 붕괴되고 불황이 이어진다고 떠들었지만 우리 일에는 별 영향이 없었다. 탐정이란 직업은 불황 탓에 줄어드는 일거리가 있는가 하면 불황 덕에 늘어나는 일거리도 있었다. 흥신소나 탐정사무소에 의뢰인이 찾아오는 데는 그들 마음속에 깃든 불안감이 크게 작용한다고 하니, 오히려 이런 세태는 환영해야 할 상황인 듯했다. 다행이기는 하지만 참 인정머리 없는 밥벌이다. 애당초 의뢰인 수가 줄어드는 일은 없지만 그들이 준비해오는 의뢰비 예산은 줄어든다. 그래도 탐정사무소를 찾기로 결정한 사람이라면 그 순간 청구되는 금액을 일단은 받아들일 수밖에 없다. 남은 문제는 의뢰 내용을 어떻게 털어놓느냐 하는 것뿐이다.

젊은 남자는 싸구려 회색 코트를 벗고 책상 너머 정해진 위치에 놓인 손님용 의자에 앉았다. 의뢰인 대부분이 그렇듯 의자에 그런 장치라도 되어 있는 것처럼 차분하지 못한 모습으로 앉아 내 비위를 맞추겠다는 듯 입가에 미소를 지었다. 하지만 그 입에서 나온 말은 내가 예상했던 내용과는 좀 달랐다.

"저를 기억하세요?"

그 말을 듣는 순간 이 젊은이가 낯설지 않다고 느끼던, 의식 아래 숨어 있던 감각이 떠올랐다. 기억이 흐릿한 걸 보니 내가 앞에 있는 남자를 만난 것은 꽤나 오래전이 틀림없다. 스무 살은 넘어 보이는 남자의 어릴 적 얼굴을 또렷이 떠올리기는 때때로 매우 어렵다.

"가시와기 슌이치인데요……."

그는 또래 젊은이들이 그렇듯 자기를 까먹은 상대에 대한 불만스러우면서도 슬픈 표정을 지었다.

그 이름을 들은 순간 그에 대해 알고 있어야 할 모든 내용이 머릿속에 되살아났다. 전혀 떠오르지 않던 기억이 순식간에 떠오르다니, 인간이 사람이나 사물에 이름을 붙이기로 한 발명은 실로 대단하다는 생각이 들었다. 이 발명의 목적 가운데 절반은 이름을 붙이고 그 실체나 그에 대한 자세한 내용을 완전히 잊어버리기 위한 것인 듯도 했지만, 다행히 이 경우에는 달랐다. 가시와기 슌이치의 어머니가 의뢰인으로서 처음 전화를 걸었을 때의 목소리부터 중학생이던 슌이치가 그 사건 관계자 중 한 명이었던 시의원 사무실에서 존 플레이어 스페셜 에디션 모자를 쓰고 나가는 장면까지 또렷하게 떠올랐다. 하지만 나는 표정을 바꾸지 않고 침묵을 지켰다.

"시의원 구사나기 이치로 씨는 기억하시죠?"

가시와기 슌이치는 풀이 죽은 듯 보였지만 그럭저럭 마음을 가다듬고 당시 사건의 줄거리와 자기가 어떤 관계였는지 대략 설명했다. 구사나기와 내가 맡았던 역할이 좀 과장되게 그려진 것만 빼면 그의 이야기는 대체로 내가 기억하는 그대로였다.

"그런 일이 있었지." 내가 말했다. 그리고 별로 흥미 없다는 듯한 말투로 덧붙였다. "넌 그때 중학생이었던가?"

슌이치는 '그렇습니다'라고 대답했지만 그의 시선은 '내가 왜 이런 허름한 사무실에 앉아 이미 아무도 기억 못 하는 칠팔 년 전 일을 열심히 이야기하는 걸까?'라는 듯 사무실의 지저분한 벽과 낡은 책상 주변을 떠돌았다. 열한두 살 때 기운이 넘치고 개구쟁이 같던 소년의 얼굴은 자취를 감춘 대신, 약간 딱딱한 느낌이지만 성실해 보이는 젊은이로 자라 있었다. 넥타이는 매지 않았고 그리 자연스러워 보이지 않는 어두운 남색 양복은 마치 졸업을 앞둔 대학생이 회사 면접이라도 보는 것처럼 단정하게 차려입은 느낌이었다.

"그래, 내게 무슨 일인가?" 나는 짐짓 쌀쌀맞게 말했다. 그가 내 사무실을 찾아온 이유는 대충 짐작이 갔지만 말이다. 가시와기 슌이치의 마음속에서는 더 나아갈지 아니면 뒤로 물러설지 결정하기 위한 마지막 갈등이 일고 있는 것처럼 보였다.

"아뇨, 특별한 용건이 있는 건 아니고요. 근처에 잠깐 볼일이 있어서……." 이런 인사를 마치고 그가 총총히 물러나기를 내심 바랐다. 그는 입 속에 고인 침을 꿀꺽 삼키더니 약간 상기된 목소리로 모순된 소리를 했다. "사실은 제가 탐정이 되고 싶어서 찾아왔습니다."

나는 아무 말도 듣지 못했다는 얼굴로 거의 삼십 초가량 상대의 얼굴을 바라보다 책상에 있는 담배를 집어들고 불을 붙였다. 요즘 젊은이들이 대화에서 흔히 써먹는, 상대방을 놀라게 한 뒤에 '……농담이야, 농담' 하는, 그런 말주변을 기대하며 기다렸다. 설사 슌이치가 농담이 아니라 진심으로 탐정이 되고 싶다고 생각하더라도.

"역시, 안 될까요……?" 슌이치는 그렇게 말하고 깊은 한숨을 내쉬었다.

"안 돼." 내가 말했다. "이 사무실에 누구를 고용할 만한 여유는 없다."

"저는 사와자키 씨가 거절하실 줄 알았어요 그래서 직접 두세 군데 흥신소를 찾아가 거기 취직해서 먼저 탐정 업무의 기초를 익히고 나서 사와자키 씨를 도울 수 있으면 좋겠다고 생각했죠. 그런데 어느 흥신소나 다 신원보증인이 필요하대요. 그래서 구사나기 아저씨에게 보증인이 되어줄 수 있느냐고 의논하러 갔더니 아저씨는 먼저 사와자키 씨를 만나라, 그리고 사와자키 씨가 받아주거나 혹은 추천하는 흥신소가 있다면 보증인이 되어주겠다고 하셨습니다."

나는 구사나기가 할 만한 대답이라 생각하고 쓴웃음을 지었다. 그리고 고개를 저으며 말했다.

"내가 아는 흥신소는 가봐야 분명 범죄자가 되기 위한 기본기나

익히게 될 삼류 이하 흥신소뿐이야. 누구에게도 추천할 만한 곳은 아니지. 게다가 너도 그 나이면 구사나기 씨의 참뜻이 네가 탐정 같은 건 되지 않기를 바란다는 걸 알 수 있을 텐데."

"왜 탐정이 되면 안 되는 거죠?"

"왜 탐정이 되고 싶은 거냐?"

"그건…… 팔 년 전에 아저씨와 구사나기 아저씨가 그 폭력조직 사무실에서 저를 구해낸 것처럼, 그러니까 도움이 되고 사람 목숨을 구하는, 그런 일을 하고 싶어요. 그러니 괜찮다면 제 몫을 할 때까지는 월급 같은 건 없어도 되니까 저를 써주세요."

나는 담배 연기를 혹 뿜어내고는 절반도 피우지 않은 담배를 거칠게 재떨이에 눌러 껐다. 사실 나는 슌이치의 바보 같은 소리에 약간 감동했다. 탐정 일을 시작한 지 이십여 년이 됐지만 이런 바보 같은 소리는 처음 들었다. 앞으로 탐정 일을 이십년 더 계속한다고 해도 그런 소리를 들을 일은 결코 없으리라. 내 뇌리에 와타나베 탐정 사무소를 처음 찾아왔을 때의 일이 스쳐지났다. 하지만 감동은 이내 사그라졌다.

"미리 말해주지. 팔 년 전 그런 사건은 내 오랜 탐정 업무 가운데 한두 번 있을 정도야. 그밖에는 하찮은 조사나 사람 찾는 일이 대부분이지. 그것도 대개는 남의 약점을 파헤쳐야 하는 일뿐이야."

슌이치는 뭔가 반박이라도 하려는 듯이 입을 열었지만 나는 그걸 제지하고 말을 이었다.

"너는 널 폭력조직에서 구해낸 게 구사나기 씨와 나라고 생각하는 모양인데 그건 애초에 잘못 안 거야. 널 구해낸 사람은 나를 고용한 네 어머니다. 네 어머니가 의뢰인이 되지 않았다면 난 널 만날 일도 없었어. 설사 네 어머니가 의뢰인이 되었다고 하더라도, 만약 비용을 지불하지 않았다면 나는 아무 일도 하지 않았겠지. 널 구한 건 네 어머니가 일해서 번, 소중한 두 식구 생활비에서 내가 터무니없이 비싸게 받아낸 비용인 거야. 그런 단순한 경제 원리도 모르니 어기서 무보수로 일하고 싶다는 바보 같은 소리나 하는 거겠지. 세상에는 무보수라도 배워야 하는 일이 있겠지만 탐정 일은 그게 아니라는 건 내가 보증하마."

순이치는 내 위악적인 말투에 미소를 지었지만 이윽고 진지한 표정으로 돌아가 말했다.

"아저씨가 진심으로 자기 일을 그렇게 생각하신다고는 믿지 않아요. 탐정이라는 일은 훨씬 남자다운 삶이랄까, 살아가는 방식이랄까, 그런 것에 깊이 뿌리를 내린…… 뭐라고 해야 좋을지. 저는 잘 표현할 수 없지만 어쨌든 자신이 믿는 것에 확신을 갖고……."

"어디서 그런 어설픈 소리를 배워왔니? 탐정은 그냥 직업이야. 뭔가 수상하고 야비하고 하찮은, 그런 직업일 뿐이다. 그 이상도 그 이하도 아냐. 그런 직업이라는 각오도 되어 있지 않다면 번지수를 잘못 찾은 거지."

순이치는 물끄러미 내 눈을 바라보았다. 그러고 있으면 내가 의견을 번복해주지 않을까 기다리기라도 하는 것처럼. 하지만 이윽고 눈을 감더니 힘없이 말했다.

"그런가요……? 죄송합니다. 불쑥 찾아와서……."

그는 두 손으로 들고 있던 회색 코트를 고쳐쥐더니 일어나려고 했다. 하지만 다시 의자에 앉아 이렇게 말했다.

"딱 하나만 더 묻겠습니다. 아저씨는 탐정 일을 하기 전에 무슨 일을 하셨나요?"

"그건 알아서 뭐 하게?"

"아뇨, 뭘 하겠다는 게 아니라 구사나기 아저씨가 아마 전에 경찰 일을 하신 게 아니겠냐고 말씀하셔서."

"아니, 난 경찰에 근무한 적은 한 번도 없다." 나는 잠깐 생각한 뒤에 말했다. "내게 탐정 일을 가르쳐준 사람이 와타나베라는 옛 파트너인데 원래 형사였지. 죽어버렸지만 말이야. 아마 그 사람과 혼동했을 거다."

"어머니는 아버지와 사랑해서 몰래 도쿄로 왔고 아버지가 교통사고로 돌아가시고 난 뒤로는 홀로 저를 키워주셨죠. 외가는 할아버지도 증조할아버지도 다 경찰관이셨어요. 그래서이겠지만 어머니는 말씀은 안 해도 제가 경찰관이 되기를 바라시는 것 같아요. 그러면 시골에 계신 부모님과 관계가 나아질 수 있다고 생각하는지도 모르겠어요."

"어머니는 건강하시니?"

"예, 그럭저럭. 야간 근무 때문에 무리를 해서인지 마흔일곱이란 나이에 비해 자주 몸이 편찮지만 큰 병은 없어요."

"무보수로 일하겠다는 둥 그런 소리나 하고 다닐 처지가 아니잖아."

"……그렇군요." 슌이치는 중요한 약속이 생각났다는 듯이 크게 심호흡하고 몸을 쭉 폈다. "마지막으로 한 가지만 묻겠습니다. 아저씨는 왜 탐정이 되셨어요?"

대답을 거부할 수도 있고 적당히 얼버무리고 넘어갈 수도 있었다. 그게 이런 질문을 받았을 때마다 내가 반응하는 방식이었다. 하지만 왠지 그러고 싶지 않았다. 내가 탐정이 된 경위 따위야 별로 대단할 것 없지만 파트너였던 와타나베와 나 이외에는 아무도 모르는 일이다. 와타나베가 세상을 떠난 지금, 생각해보면 나는 그 이야기를 누가 들어주기를 바랐는지도 모른다. 어쩌면 결과적으로 상담에 아무런 도움이 되어주지 못했기에, 앞에 있는 젊은이에 대한 최소한의 성의라고 여겼던 걸까?

"벌써 이십 년도 더 지난 일이지. 1970년대 중반에 나는 곧 서른 살이 될 참이었어. 별 볼일 없는 대학을 나와 들어간 별 볼일 없는 회사가 사 년 만에 망하고, 그다음에 들어간 회사도 이 년 반 만에 도산했지. 한동안 직장을 찾다가 세번째 회사에 들어갔는데 이상하게 이직할 때마다 다니는 회사가 크고 번듯한 직장이 되고 급여도 올랐어. 그 시절에는 그런 일이 드물지 않았지."

나는 담배에 불을 붙이고 말을 이었다.

"그 세번째 회사에 들어가 얼마 지나지 않아 아직도 이름을 기억하는 핫토리라는 전무에게 비밀리에 불려가 본사 부속 연구소에서 근무하라는 명령을 받았지. 회사에서 요 몇 년 동안 사운이 걸린 중

대한 기업비밀 정보가 여러 차례 흘러나간 의혹이 있다는 거였어. 이미 보름 전부터 어떤 탐정을 고용해 조사를 시작했는데 외부인이 연구소 밖에서 조사하는 것만으로는 충분하지 않으니 아무래도 연구소 안에서 그 탐정과 연락을 취하며 조사를 진행할 내부 인력이 필요하다는 이야기였지. 서른 살을 앞둔 신입사원 주제에 중역의 명령을 거부할 수는 없었어. 나는 그전에 근무하던 회사가 건축 관련 회사라 그런 쪽 지식이 조금 있는 편이었거든. 그래서 연구소를 확장하고 신축하기 위한 기초 조사를 위해 연구소에 파견되어 연구원 전원에게 새로운 연구소에 대한 의견이나 희망사항을 듣는다는 명목으로 그들과 접촉하게 되었지."

슌이치는 흥미롭다는 표정으로 내 이야기를 들었다. 나는 담뱃재를 재떨이에 떨고 말을 이었다.

"핫토리라는 전무의 예상대로 연구소 안팎에서 동시에 조사한 보람이 있어 한 달도 되지 않아 신제품 설계도와 중요 서류를 빼내려던 범인을 알아냈지. 십 년 넘게 근무한 중견 연구원이었어. 거기까지는 아무런 문제가 없었는데, 골치 아픈 일이 해결되어 너무 기뻤던 나머지 전무가 공로자로 내 이름을 발표한 게 문제였어. 그 뒤로 누구도 나를 제대로 된 동료로 취급해주지 않았지. 연구소 근무는 마쳤지만 그런 소문은 어딜 가나 금세 퍼지게 마련이라 가는 곳마다 중역과 내통하는 감시자를 대하듯 묘하게 정중한 태도를 취하거나 노골적으로 스파이라고 부르며 혐오감을 드러낼 뿐이었지. 당연하다면 당연한 일이었어. 그런 일에 신경쓸 나도 아니었지만 같이 일을 할 수 없는 상태가 되니 방법이 없더구나. 게다가 회사를 바꿀 때마다 급여가 오르는 편한 세상이었기 때문에 일주일쯤 견디다 결국 회사를 그만두었어. 그리고 연구소 안팎에서 협력하던 탐정인 와타나베라는 사람의 사무실, 그러니까 바로 이 사무실을 찾아오게 된 거야."

"탐정이 되기 위해서로군요."

나는 담배를 끄며 말했다. "아니, 의뢰인이 되기 위해서였어."

"예? 어째서요?"

슌이치가 뜻밖이라는 표정을 지으며 물었다.

"핫토리 전무에 대한 조사를 의뢰하기 위해서였어. 내가 찾아낸 중견 연구원은 말하자면 도마뱀 꼬리 같은 존재였고, 비밀 누설의 주범은 핫토리 전무였다는 사실을 알게 됐지. 문제가 커지자 누군가를 희생양으로 만들지 않으면 그 의혹이 언젠가 자기를 향할 가능성이 높다고 판단해서 그런 일을 벌인 거였어. 회사에서 잘려나간 도마뱀 꼬리는 주범의 주선으로 규슈에 있는 같은 업종 연구소에 무사히 취직했지. 그때 나는 그 조사의 상당 부분을 내가 아직 그 회사에 재직하고 있는 것처럼 꾸며서 와타나베를 도왔어. 그런데 모든 일이 끝났을 때 나는 반쯤 이 사무실에 근무하는 꼴이 되었지. 탐정이 되겠다는 결심 같은 건 한 번도 한 적 없어."

가시와기 슌이치는 이해가 간다는 표정으로 내 이야기를 들었다. 그리고 아까보다 허물없는 모습으로 자기 근황을 두세 가지 풀어놓았다. 내가 슌이치에게 불량해 보이던 예전 친구들 소식을 묻자 그는 자기 일보다 더 자세하게 열심히 가르쳐주었다. 날개를 잃은 천사들의 그 이후 삶은 예상대로 평탄하지 못했다. 하지만 그래도 건강하게 살아가고 있는 듯했다. 이윽고 이야깃거리가 떨어지자 슌이치는 자리를 털고 일어나 코트를 걸친 뒤 자기 진로에 대해 조금 더 생각해보겠다는 말을 남기고는 문 쪽으로 걸어갔다. 슌이치는 문에서 나를 돌아보며 물었다.

"그래서, 세번째로 옮긴 직장에서는 급여가 올랐나요?"

"아주 많이 줄었지. 그래도 무보수는 아니었어."

가시와기 슌이치는 웃으며 사무실을 나갔다. 그 순간 팔 년 전 소년의 얼굴이 살짝 드러난 듯한 느낌이었다.


(이 이야기는 이 책을 엮으며 새로 쓴 작품입니다.)

벌써 출간되었어야 할 작품인데 옮긴이의 뜻하지 않은 개인 사정도 겹쳐 늦어졌습니다. 기다리신 독자 여러분에게 미안한 마음 지울 길 없습니다. 하지만 이 단편집에 실린 빼어난 작품들이 아쉬움을 씻어주리라는 생각에 조금은 안도합니다.

사와자키 시리즈로는 유일한 단편집인 《천사들의 탐정》에는 어린이나 청소년이 주요 등장인물로 나옵니다. 냉정한 탐정 사와자키의 눈에 비친 그들의 모습은 때로 어른 못지않게 영악하기도 하고, 어른보다 더 큰 마음의 상처를 지니고 있으면서 어디 털어놓지도 못하는 상태이기도 합니다. 그래서 그들은 어른을 이용해 문제를 해결하려고 들기도 하고 안타깝게 높은 건물에서 몸을 던지기도 합니다.

무뚝뚝한 사와자키지만 작품 속에서 어린이와 청소년을 어린애

로만 대하는 일은 한 번도 없습니다. 거래에서나 관계에서 늘 대등한 인간입니다. 그들을 만나고 찾아다니는 사와자키의 눈에 비친 어린 생명들은 세상이 아무리 변했어도 천사들일 수밖에 없습니다. 그 천사들을 바라보는 사와자키만의 따스한 시선이 느껴져 이 책에 실린 단편들은 더욱 빛납니다.

수록작 가운데 특히 한국 독자의 눈길을 끌 작품은 두번째 수록작 〈자식을 잃은 남자〉일 것입니다. 의뢰인이 한국인이고, 예전 한국 상황에 대한 이야기가 나오기 때문입니다. 물론 그 야당 지도자는 우리나라 사람이면 누구나 아는 김대중 전 대통령입니다. 납치 현장인 호텔 '그랜드팰리스' 역시 1973년 8월 8일에 실제 사건이 일어난 도쿄의 그곳 이름 그대로입니다. 현대사 관련 도서나 인터넷을 검색하여 더 자세하게 알아보시면 한일 외교사에서 매우 중요한 이 사건에 대해 파악하실 수 있을 겁니다.

사실 하라 료의 작품에는 늘 그 시대의 사건들이 자세한 설명 없이 배경으로 스쳐지나갑니다. 특히 각 작품의 도입부에 언급되는 사건이나 현상은 더욱 그러합니다. 우리는 그런 사건들에 대해 잠깐의 검색을 통해 최소한의 내용을 알고 그 시대를 파악하면 작품을 훨씬 더 즐길 수 있습니다.

하라 료는 여러분도 아시다시피 과작하는 작가입니다. 오랜 기다림을 거친 뒤에야 한 편을 내보내는 작가로 유명합니다. 1988년도에 데뷔한 이래 삼십여 년 동안 출간한 작품이 장편 4권, 단편집

1권, 에세이집 1권(문고판으로 만들며 내용을 보충하여 2권으로 분권)이 전부입니다. 그러나 이 단편집에서도 확인할 수 있듯이 하라 료의 작품에 실패작은 없습니다. 데뷔작《그리고 밤은 되살아난다》(1988)로 제2회 야마모토슈고로상 후보에 오른 뒤 하라 료는 제2작《내가 죽인 소녀》(1989)로 제102회 나오키상을 수상합니다. 그리고 같은 작품으로 '몰타의 매 협회' 일본지부가 일본에서 출간된 하드보일드 수작에 수여하는 팔콘상을 받았습니다. 그리고 1991년에는 이 단편집으로 제9회 일본모험소설협회대상 최우수단편상을 받았습니다.

하라 료의 발표 작품을 모두 연도별로 정리하면 다음과 같습니다.

**1988년**《그리고 밤은 되살아난다》(문고판 후기 : 〈말로라는 사나이〉)

**1989년**《내가 죽인 소녀》(문고판 후기 : 〈한 남자의 신원조사〉)

**1990년**《천사들의 탐정》(후기 : 〈탐정을 지망하는 남자〉)

**1995년**《안녕, 긴 잠이여》(문고판 후기 : 〈죽음의 늪에서〉)

**1995년**《미스터리오소》– 2005년에 문고판을 내며 내용을 보충하여《미스터리오소》《하드보일드》

(단편〈감시당하는 여자〉 수록)로 나누어 발행.

**2004년**《어리석은 자는 죽어야 한다》(문고판 후기 : 〈돌아온 사나이〉)

(＊괄호 안의 '문고판 후기'는 후기 형식을 빌려 쓴 탐정 사와자키의 짧은 에피소드들입니다.)

이제 이 단편집이 출간됐으니 남은 작품은 에세이집《미스터리오소》와 장편《어리석은 자는 죽어야 한다》, 그리고 에세이집 문고판에 소개된 1995년도 단편 〈감시당하는 여자〉뿐입니다.

2004년에 나온 《어리석은 자는 죽어야 한다》는 지은이가 후기에 적었듯 '사와자키를 주인공으로 한 새로운 시리즈의 첫번째 작품'입니다. 그 뒤 후속작이 거의 완성되어 수정중이라는 소식까지는 들었는데 아직 정확한 출간 소식을 접하지 못했습니다. 일본에서 나올 신작은 물론이고 이미 나와 있는 작품 가운데 아직 우리말로 소개되지 않은 작품도 여러분을 찾아뵐 수 있을 거라는 기쁜 소식을 조만간 전할 수 있게 되기를 바랍니다.

2016년 4월
권일영

**천사들의 탐정** 블랙&화이트 069

**1판 1쇄 인쇄** 2016년 4월 20일  **1판 1쇄 발행** 2016년 5월 2일
**지은이** 하라 료  **옮긴이** 권일영
**펴낸이** 김강유
**편집** 장선정  **디자인** 정지현

**발행처** 비채
**주소** 경기도 파주시 문발로 197(문발동) 우편번호 10881
**등록** 1979년 5월 17일(제406-2003-036호)
**구입 문의 전화** 031)955-3100  **팩스** 031)955-3111
**편집부 전화** 02)3668-3295  **팩스** 02)745-4827  **전자우편** literature@gimmyoung.com
**비채 카페** http://cafe.naver.com/vichebooks
**트위터** @vichebook  **페이스북** www.facebook.com/vichebook
**ISBN** 978-89-349-7352-2 03830  책값은 뒤표지에 있습니다.

비채는 김영사의 문학 브랜드입니다.
이 도서의 국립중앙도서관 출판예정도서목록(CIP)은 서지정보유통지원시스템 홈페이지(http://seoji.
nl.go.kr)와 국가자료공동목록시스템(http://www.nl.go.kr/kolisnet)에서 이용하실 수 있습니다.
(CIP제어번호: CIP 2016007507)